真・慶安太平記

真保裕一

講談社

目次

《登場人物》

保科《ほしな》肥後守《ひごのかみ》正之《まさゆき》　徳川秀忠の四男　幼名・幸松

篠田《しのだ》半左衛門《はんざえもん》隆吉《たかよし》　正之の傅役　高遠藩家老

保科《ほしな》民部《みんぶ》正近《まさちか》　正之の養父の従弟　家老

北原《きたはら》采女《うねめ》光次《みつつぐ》　正之の家臣　家老

田中《たなか》三郎兵衛《さぶろべえ》正玄《まさはる》　正之の家臣　家老

壺屋《つぼや》丹右衛門《にえもん》　正之の家臣　保科家の伝令役

徳川《とくがわ》家光《いえみつ》　三代将軍　徳川秀忠の次男

松平《まつだいら》忠長《ただなが》　駿河大納言　徳川秀忠の三男

徳川《とくがわ》頼宣《よりのぶ》　紀伊大納言　徳川家康の十男

松平《まつだいら》伊豆守《いずのかみ》信綱《のぶつな》　老中

土井《どい》大炊頭《おおいのかみ》利勝《としかつ》　大老

阿部《あべ》対馬守《つしまのかみ》重次《しげつぐ》　老中

阿部《あべ》豊後守《ぶんごのかみ》忠秋《ただあき》　老中　阿部重次の従兄弟

酒井《さかい》讃岐守《さぬきのかみ》忠勝《ただかつ》　大老

春日局《かすがのつぼね》　家光の乳母　稲葉福

町野《まちの》古那《こな》（おなあ）　春日局の義理の姪　のちの祖心尼

装画　宇野信哉
装幀　高柳雅人

真・慶安太平記

序章

慶安四年（一六五一）七月二十三日

噎《む》せ返るほど湿った夜気の中、闇を裂いて走る男たちがいた。

神田川にかけられた一口橋《いもあらいばし》の西である。旗本屋敷が並ぶ一角の細い路地を、袴《はかま》の裾を担ぎ上げた三人の男が脇目も振らずに駆けていく。

うち二人が、腰の太刀に手をかけていた。後ろの一人は町人風の出で立ちながら、腰を落として摺《す》り足で駆ける姿は鍛えられた武士のものに思われる。

そろそろ四つ刻（午後十時）になるころ合だった。薄雲にさえぎられて月明かりは朧《おぼろ》で、足元は暗い。男たちが駆けつけたのは、奥村《おくむら》権之丞《ごんのじょう》重昭《しげあき》の慎ましやかな屋敷だった。奥に小さく灯りが見えている。

「兄上はおられますか。八左衛門にござりまする」

「夜分に失礼つかまつります」

寝静まる町中に野太い声が響き渡った。辺りをはばかる余裕はなく、彼らはうろたえきっていた。

主の奥村重昭は、その声を暗い廊下の奥まった先で聞いた。今宵《こよい》は静かなものだ。何が起こるわけもない。そう高をくくって酒を軽く嗜《たしな》んだのち、そろそろと寝床へ向かいかけた時であった。

弟の八左衛門と従兄弟の七郎右衛門の声とわかり、たちまち汗が噴き出した。

「いかがした、八左衛門」

取り乱しつつ大股に廊下を戻ると、暗い土間に片ひざつく弟の姿があった。後ろで七郎右衛門と手先の小者が頭を深く垂れる。そろいもそろって、額にびっしり汗をしたたらせていた。

「兄上、申し訳ございません。言いつけどおり、表をそれがし、裏を七郎右衛門が張っておりました。昨晩より、門弟十数名が出入りするのみであったのでございまするが――」

よもや、あの男の姿が見えなくなったというわけか。

重昭はぐっと奥歯をかんだ。身内二人の怖れ縮こまったさまを見れば、訊くまでもない。

城下には食いつめた牢人《ろうにん》どもがあふれ、騒動の種になっていた。町人に難癖つけては小金を脅し取り、商家を訪ねては押し買いをくり返す。埒《らち》もない喧嘩騒ぎも多かった。

しかれども、あの神田連雀町《れんじゃくちょう》の兵法道場に集う者らは、学問を身につけて仕官の道を得ようとする志を、まだしも持ちあわせていた。密かに目を光らせたところで、糠働《ぬかばたら》きに終わると思われた。命じられた当座は、自ら見張りに立ったが、近ごろは弟らにすべて任せ、安穏としていた。油断があった。

八左衛門が忙しなく息を継ぎ、早口に言った。

「今宵に限って一人も裏店《うらだな》から出てこず――。訝《いぶか》しんだ手先が中を検《あらた》めました」

「すると、あの総髪（月代《さかやき》を剃らず、長く伸ばした髪型のこと）の者が姿を消しておったのです。直ちに門弟を問いただしたところ、あきれたことに長持の中に身を隠して、昨夜のうちに道場を出たというのでございまする」

兄の油断が弟にも伝わったのだ。それとなく見張っていたつもりでも、相手方に悟られていたと見える。不覚を取るにもほどがあった。

七郎右衛門が声をつまらせた。

「……引っ捕らえた牢人どもが申すには、丸橋《まるばし》から大それた謀反《むほん》の企てがあると聞き及んだとかで、その支度に向かったものと思われまする」

謀反とは――。

我知らず、ひざが震えだしていた。丸橋忠弥《ちゅうや》という男も牢人を集めて、槍術道場を御茶の水上で開いていた。あの二人は数年前から師弟の間柄であったと聞く……。

よもや徒党を組んで大店でも襲うつもりか。

重昭は咳払いをして、もつれそうになる舌を動かした。

「丸橋の道場は検めたであろうな」

「申し訳ございません。いち早く兄上にお知らせをいたさねばと――」

つまり、丸橋のほうはまだ手つかずなのだ。

これは危うい。湧き出た汗が、たちまち冷えていった。

この四月に、三代将軍の家光《いえみつ》が没したばかりであった。

先代の大御所が身罷《みまか》った折りには、町屋で続けざまに火つけが起きた。破落戸《ごろつき》どもが騒ぎに乗じて盗みを働き、奉行所の捕り方が夜な夜な走り回ったものだ。が、すでに関ヶ原の戦いから五十一年がすぎ、今や徳川の治世は盤石《ばんじゃく》となっている。

滞りなく葬儀は終わり、六月には代替わりの礼も行われた。あとは将軍宣下を待つのみで、地方の外様《とざま》大名や江戸城下に不穏の兆《きざ》しは見られなかった。公儀の押さえが、国の隅々にまで行き届いていた。

一抹の不安があるとすれば、巷《ちまた》にあふれる牢人どもだったのだ。

重昭は腹に力をこめて命じた。

「急げ。直ちに丸橋の道場を囲め。わしは伊豆守《いずのかみ》様に知らせを上げる。もし丸橋の姿まで見えぬ時は、門弟を片っ端から召し捕らえよ」

「御意《ぎょい》にございまする」

大わらわで支度を調《ととの》えると、重昭は一ツ橋門に近い松平《まつだいら》伊豆守信綱《のぶつな》の上屋敷へ走った。三町ほどしか離れていないので、すぐにたどり着ける。

夜気を払って懸命に駆けた。汗が首や脇へしたたり落ちる。こんなことになるなら、手をぬかずに自ら見張るべきだったのだ。今になって悔やんでみても、遅すぎた。

奥村家は、祖父の代から勘定所の役方にあった。その縁から、勘定頭を務める松平右衛門佐《うえもんのすけ》正綱《まさつな》の配下についた。重昭は、松平家の養子となった伊豆守信綱に、二十五年も仕えてきている。

松平信綱の才は、計り知れない。

小姓組番頭から、たった十年で老中に上りつめた。江戸城の普請《ふしん》で、大名家を指図して人足を集め、見事に修復を指揮してみせた。島原《しまばら》でキリシタンの一揆《いっき》が起きた際には、手こずる九州の大名家を見かねて自ら肥前《ひぜん》へ赴き、総大将となって敵の根城《ねじろ》を落とす武功を上げた。

才知に富み、知恵出《い》ずる。

伊豆守という官位も相まって、江戸の町人さえ信綱を〝知恵伊豆〟と称する。

ただし、知恵が回りすぎるうえに、いつも言葉少なく、皮肉めいた物言いをしたがる。そのため、城の内外問わず、多くの者から煙たがられていた。

家臣の重昭から見ても、何を考えているのか、わからないところがあった。牢人どもに目を光らせよと命じてきたが、意図はどこにあるのか。重昭がいくら尋ねようと、詳しい由《よし》を語ってはくれなかった。

信綱は老中の中で年嵩《としかさ》にあり、筆頭格と言えた。牢人が騒ぎを起こして城下にいらぬ不安が広がれば、祝うべき将軍宣下にけちがつく。念には念を入れて、万全の手を打っておくべし。しつこくそう信綱に言い寄る者がいたに違いなかった。

しかし、なぜ警戒する先が、神田連雀町の道場であったのか。

もっとたちの悪い連中は、あちこちに徘徊《はいかい》していた。あの者らは向学心に富み、鍛錬に励む気概があった。大名家の家臣にさえ、通う者がいると聞いた。

密命を受けてから、ひと月半になる。信綱には何かしらの当てがあったわけか。その読みが怖ろしいまでに的中したとすれば、この先に待ち受ける騒動が案じられてならない。

神田連雀町の兵法者は、なぜ姿を消したのか。

丸橋忠弥が口走った謀反とは、何を意味するのであろう。

黒雲のごとく湧き起こる不安を払い、重昭は夜を駆けた。

姿を消した総髪の男——由比正雪《ゆいしょうせつ》。

あの男には、かねてより紀伊徳川家に出入りしているとの噂があった。が、重昭は今日まで一切信じてこなかった。名のある大名家から仕官の誘いを受けたというのも、嘘に決まっていた。

牢人に古来の兵法を説く町のしがない学者が、神君家康公の御子息に値遇《ちぐう》を得るなど、ありえなかった。あの男は牢人を集めて小銭を稼ぐため、紀伊徳川家の名を勝手に使っていたに違いないのだ。

もし端《はな》から謀反を胸に秘め、そのために人を集めていたとするならば……。

あやつらは何を企んでいるのだ。知恵伊豆様なら、その答えを知っている。

重昭は一ツ橋門めざして、走りに走った。


ついに動いたか。

知らせを受けた松平信綱は、庭の闇を見すえて不敵な笑みを浮かべた。本人は笑ったつもりなどなかったが、家臣たちの目には、そう見えた。

「よいか、者ども。奉行所へ走るぞ。支度だ、急げ」

縁先で身をひるがえすと、注進に駆けつけた奥村重昭が腰を上げた。

「丸橋めは、何を企んでおるのでござりましょうか」

「知れたこと」

それだけ言い残して、信綱は早くも夜着の片肌を脱ぎ、奥向《おくむき》へ足を急がせていた。いつものことなので、側に仕える者が慌ててあとを追っていく。

奥座敷の襖を開け放ち、信綱は両手で頬を張った。

重昭らに任せたのでは、話が伝わりにくい。鋭い先読みができる者など、今の奉行所には一人もいない。ほかの老中に話を通すのも、あとでかまわなかった。何より由比正雪と丸橋忠弥を追うのが先だ。

「やはりあやつは動きおったか」

信綱は、また笑みとともに独りごちた。

この動きを待っていたわけではなかった。できるものなら、騒動は起こらないでほしいと願っていた。が、徳川の屋台骨を揺るがしかねない事態が迫っているのだ。ここは一刻も早く、不穏の芽を摘まねばならない。

褌《ふんどし》ひとつになって、下腹に力をこめた。島原へ向かった時にも負けない武者震いに襲われた。血の臭いと殺気立つ戦場の光景が、鮮やかに甦ってくる。あの時も、キリシタンと農民に、九州の食いつめた牢人どもが加わっていた。今度もまた、容赦なく主君を改易《かいえき》して藩を無理やり取り潰した徳川家を、恨み骨髄に入る連中が牙を剝《む》こうと企てている。

信綱は今年で齢《よわい》五十六になった。が、剣術の鍛錬は日々かかさず、体は鋼《はがね》のごとく鍛《きた》えてあった。まだ老けこむ歳ではない。存分に戦っていける。

「早くせぬか」

小姓が急いで持ち寄った麻裃《あさかみしも》を、自ら手を伸ばして奪い取った。愚図に用はない。

「下がれ。邪魔だ」

さあ、どこから手を下すか。

知恵をめぐらせるまでもなく、事の絡繰《からく》りは見えていた。

一昨日の二十一日に、保科肥後守正之《ほしなひごのかみまさゆき》が江戸を発ち、日光へ向かった。家光没後百箇日の法要のためである。渋る正之を信綱が説き伏せて、参詣《さんけい》の役目を引き受けさせた。あの男が江戸を離れているうちに、将軍宣下までの手はずを、すべて整えておきたかった。新将軍の叔父という立場を利して、好き勝手をされたのでは迷惑なのだ。

ところが――。時を同じくして、あの由比正雪が姿を消した。

この機を逃すまいと動いてきた、としか思えなかった。

忌々《いまいま》しい男――保科正之。

手早く着替えをすませた信綱は、足袋《たび》をはかすのにもたつく小姓を蹴り飛ばした。肩を貸す中《ちゅう》間《げん》が驚き顔で見上げてくる。

やっとあの男を足蹴《あしげ》にできる。

二代将軍秀忠《ひでただ》の落とし胤《だね》。家光の弟でありながら、江戸から遠き信濃高遠《たかとお》の地に預けられて、保科《ほしな》家の養子となった。遅い元服の時まで、徳川の血筋を一切語らず、逼塞《ひっそく》と言っていい約《つづ》まやかな日々をすごしてきた。

信綱自身も、叔父である松平正綱の養子となった。父の大河内《おおこうち》家を継《つ》いだのでは、地方奉行止まりが目に見えていた。が、父の弟の正綱は、たまたま家康に認められるという幸運を得て、由緒ある松平の名を受け継ぐ家に養子として入ったのだ。その叔父の、さらに養子となれれば、自分も将軍の側近となって働ける。

信綱はたった六歳の幼子ながら、世間というものが見えていた。自らを叔父に売りこみ、狙いどおりに養子の座を射止めた。

――伊豆守殿は、肥後様と身の上が似ておりますな。

出自を知った者によくそう言われてきた。

どちらも由緒ある名家の養子となり、将軍のお側についた。が、その言葉の裏には、いくら出世しようと、そなたは一人の家臣にすぎない、との本音がちらついていた。保科正之とは違って、将軍家の血筋にはなく、出世のために生家を捨てた強欲者。そういう見下しさえ感じられた。

家光の弟でありながら、決して出しゃばらず、いかなる時も慎み深く、礼節をわきまえる。人を立て、血筋を笠に着た高慢さなど微塵《みじん》も見せず、非の打ちどころがない。保科正之をけなす者は、信綱の知る限り、江戸城内に一人としていなかった。

が、あの男の性根は見えていた。節度ある器量の持ち主なのではなく、ただ兄の勘気《かんき》を怖れてきたにすぎないのだ。

家光は癇癪《かんしゃく》を起こしやすく、過去に幾人もの家臣の首を刎《は》ねてきた。実の弟さえ殺しているのだ。もっともその知恵をつけたのは、信綱らの側近であった。いずれにせよ、家光の勘気を浴びた者は、二度と浮かばれない。

己の身と保科家を守っていくには、慎み深く、ひたすら兄を慕う弟を演じるほかはなかったのだ。その仮面の下で、あの男は野心の爪を研《と》いできた。

家光亡きあと、嫡男《ちゃくなん》の家綱《いえつな》はまだ十一歳。幼い将軍に取り入れば、徳川家を思うがままに牛耳《ぎゅうじ》れる。何しろ将軍の弟であったのだ。もう自分に逆らえる者はいない。

思い上がりも甚《はなは》だしい。

この信綱が、必ず化けの皮を剝がしてみせる。

牢人どもの信を集める怪しき兵法者——由比正雪こそが企みの要《かなめ》なのだ。あの男はどこへ姿を消したか。直ちに奉行所の尻をたたいて、連中を一網《いちもう》打尽《だじん》にせねばならない。

「灯《あか》りなどいらぬわい」

信綱は小姓の手を振り払って廊下へ出た。

北町奉行所は常盤橋《ときわばし》門内にある。

「行くぞ」

面倒なので草履を抱えたまま、一目散に常盤橋門へ走りだした。

第一章

将軍と弟　寛永七年（一六三〇）六月

江戸とは実に退屈なところだ。

信濃高遠藩の上屋敷は、鍛冶橋《かじばし》門の内にある。三万石という小藩に似合った倹《つつま》しい屋敷なので、そう広くもない庭には紫陽花《あじさい》ひとつ咲いてもいない。桜があっさり散ったあとは、ぽつぽつと形ばかりに植えられた躑躅《つつじ》がいくらか目を和ませてくれた。けれども、菜の花は膳を彩る炊き合わせで食すしかなかった。

高遠の春は、やや訪れが遅くとも、野山には花が咲き乱れたものだった。これでは気持ちが和みもしない。息がつまって仕方がない。

侘《わ》びしく整えられた裏庭に出ると、幸松《こうまつ》は大きく伸びをした。江戸の曇った空を見上げる。四《し》書《しょ》は読み飽きたし、この屋敷に幸松より武術に秀でた者はいない。無聊《ぶりょう》を持てあますとはこのことだった。

ため息をついて肩を落とし、足元の石を蹴り飛ばした。申し訳ばかりの小さな池に、次々と波紋が広がっていく。

一月に呼び出しを受けて出府《しゅっぷ》し、もう半年にもなる。

せめて遠出が許されたなら、少しは気も晴れたろう。が、これではまるで、蟄居《ちっきょ》の身だ。

はからずも後ろの濡れ縁に、人の気配が近づいた。幸松は慌てて襟元を合わせ、振り返った。

案の定、傅役《もりやく》を務める篠田半左衛門隆吉《しのだはんざえもんたかよし》が、いつのまにか立っていた。幸松とは目を合わせずに頭を下げると、いつものとおりに畏《かしこ》まって廊下に端座《たんざ》してみせた。

「怖れながら申し上げまする、信濃守《しなののかみ》様」

「今、戻ろうとしておったところだ。そう怖い顔をするな」

幸松は笑いながら下駄を脱ぎ、縁先へ上がった。袴を軽く掌で払う。

篠田はさらに面輪《おもわ》をしわめて言った。

「いつ何時、ご招請《しょうせい》の使者がおいでになるか、わからないのでござりまする。大御所様の御前で万々一、粗相《そそう》でもあろうものなら、それがしの首のみならず、信濃高遠藩のお取りつぶしもありうると――」

「よせ。もう聞き飽きた。半年もお呼びがないのだぞ。お目見えなど叶うものか」

「なげかわしいことを仰せにならんでくださいませ。今は身を退かれたお立場なれど、大御所様には、公方《くぼう》様をお助けして政をお見定めになるとの容易ならざるお役目がござりまする」

篠田のほうこそ、常々大げさになげきたがる癖があった。

口やかましく強情な男と、家中で名が通っている。が、ほかの家臣は怖れ畏まるばかりで、まともに声すらかけてもこなかった。小言であろうと、まだ救われた。

「西之丸筆頭《にしのまるひっとう》、大炊頭《おおいのかみ》様の命にござりますぞ。家中一糸乱れず、心より信じてお待ち申し上げるのみ。信濃守様のお心に揺らぎがあるのでは、皆の心もまとまりませぬ」

大御所の徳川秀忠は、江戸城の西之丸を居としていた。その年寄筆頭が、土井《どい》大炊頭利勝《としかつ》である。

進物を持参して江戸を訪ねてきたオランダ商人が、仲介役として現れた土井利勝を見ての感想を、商館日記に書いている。――黒い、醜い、絵にかいた悪魔の様に怖ろしい顔をしていた人、と。

ひどい喩《たと》えようである。よくよく怖れられたものだが、当時の宿老がオランダ人を警戒し、あえて怖ろしい顔を作って見せたのは当然だった。台湾との貿易で、日本とオランダの間に輸出税をめぐる紛争があったからなのである。

土井利勝は、大坂夏の陣の前から秀忠づきの家老となり、将軍の取次役を一手に担ってきた。利勝を通さねば、秀忠と話はできない。オランダ商人のみならず、多くの者が利勝の顔色をうかがうほかなかったのである。

幸松が高遠保科家の養子となったのも、秀忠の内意を、利勝が伝えてきたからなのだった。

生母の静《しず》は、江戸城内の大奥で奉公していた。たまさか秀忠に見そめられて、子を授かった。が、正室の江《ごう》が譲らずに、静は側室の地位を許されなかった。

子おろしの薬まで飲まされた、とも言われている。秀忠の乳母であった大姥局《おおうばのつぼね》が見かねて、見性院《けんしょういん》という尼に静を託し、大奥から退けさせた。

見性院は武田信玄《たけだしんげん》の次女で、かつて父の配下にあった穴山梅雪《あなやまばいせつ》の正室だった人である。が、本能寺の変の直後に、家康が伊賀を越えて岡崎へ逃げ帰った際、随行していた梅雪は落ち武者狩りに襲われて、命を落とした。無事に逃げのびた家康は、梅雪の妻であった見性院を、この先も庇護していくことを決めたのである。

静が仕えていた大姥局の夫も、もとは信玄の家臣だった。ともに武田氏との縁が深いため、見性院と大姥局は、信玄の下で力をつくしてくれた元家臣らの再興を心中密かに願っていた。そこで、武田氏が治めてきた信濃高遠の地を領する保科家へ話をつけて、幸松が預けられることになったのだった。

七つの歳に保科肥後守正光《まさみつ》の養子となって、早十三年がすぎた。幸松は、掌中の玉より手厚く育てられてきた。

将軍の御落胤《ごらくいん》――。

もし幸松に不幸でもあろうものなら、公方様に申し開きができない。

養父の正光までが、幸松の前では常に居住まいを正し、決して声を荒らげることはなかった。藩主として、人としての務めを、日々とくと諭されてきた。

将軍家の血筋を辱《はずか》めるようなことをしてはならない。家中の者がそう表立って口にすることはなかった。が、一藩主として身を立てるのでなく、この国の武家を背負う者としての覚悟を持って生きるべし。傅役の篠田のみならず、すべての家臣が幸松にある種の願いを託してきた。

大御所への目通りが叶うならば、高遠保科家は譜代《ふだい》の名門と見なされる。雄々しき未来が拓《ひら》けていく。

そういうものなのかもしれない。この十三年、幸松は家中の切なる大望に応えるよう、精進と研鑽に励んできた。けれども、正直なところ、自分が大御所の子だとは、いまだ信じられずにいるのだった。

笑ってしまう。田舎育ちで、野山を駆け回ってきた小猿のような者が、実は徳川将軍家の血を引くとは、誰が信じるだろう……。

「なあ、そろそろ高遠に戻らんか」

試しに言ってみると、たちどころに篠田の眉がきりりと吊り上がった。

小言を返されるより早く、幸松は続けて言った。

「それがしの身にもなってくれ。この姿であちこち頭を下げにゆくのは、恥ずかしくてならぬ。わかるであろうが……」

幸松は、今年で早二十歳になった。が、短くはあっても前髪をまだ童《わらべ》のように垂らし、月代も剃ってはいない。いまだ元服をすませていないからなのだ。

十六のころから、家中では信濃守と呼ばれてきた。幕府から与えられた正式な官位ではなかったが、幼名の似つかわしくない大人の体つきになっていた。信濃高遠藩を継ぐ者だから、勝手に信濃守を標榜しようというのである。

目通りが叶った時こそ、成人と認められる時。晴れて元服を迎えられる。そうずっと聞かされてきた。

このところ養父の正光は、来たるべき登城の時に備えて、参府する譜代大名の屋敷を訪ねに回っていた。高遠の名産を手土産に、世継《よつぎ》の幸松を引き合わせて、その名を知らしめるためだった。

二十歳にもなったのに、なぜまだ元服させずにいるのか。そう問われて当然なのに、誰も尋ねてはこなかった。つまり、それほど幸松の出自が、多くの者に広まっていたのだ。

まだお目見えできないため、無念ながら、元服できずにいる。そう喧伝することで、保科家たっての願いを叶えたい、との思惑があった。

幸松は、つい先だっても、養父の正光に言ったのだ。

「父上。人目を引きすぎる行いは、かえって保科の名を汚すことになりませぬでしょうか。あの者らは大御所様に認められたくて、血眼《ちまなこ》になっておる。そう見なされたのでは、我らの名折れとなりましょう」

正光はいつもの温和な目のまま、平然と微笑み返した。

「そなたは保科家を継ぎ、この先ご公儀のお役目を任されていく身ぞ。我が高遠保科家は小藩にすぎぬゆえ、名と実を有される多くの名家のご助力を請《こ》わねばならぬ時もあると、今から肝に銘じておきなさい。その時のためにも、そなたの顔見せが肝要なのじゃ。それに――」

正光がふと、厳しい眼差しに変えて言った。

「――愛しい我が子を引き立てたいと願うのは、親として当然のこと。案ずるでない。必ずお目見えは叶う。そなたは信じて待っておればよい」

正光自身は当然ながら、たとえ大御所であろうとも、親としての思いは変わらぬはず。そう言われたのでは、返す言葉が見つからなかった。

篠田に説かれて渋々と、幸松は奥の書院へ向かった。すると、廊下の先から慌ただしい足音が聞こえてきた。

「畏れながら申し上げまする」

弾むような声に気の高ぶりが感じられた。

篠田が歩みを止めて、負けじと声を跳ね上げた。

「いかがした、何事じゃ」

「大炊頭様より使者が参りました」

ついに——来たのだ。

部屋の前に控えていた小姓らが喜びに腰を浮かした。

「おめでとうございまする、信濃守様」

篠田がその場にまた座るなり、額を床にすりつけた。

続いて廊下の先から、どやどやと破顔の老臣たちが幸松のもとへ走り寄せてきた。中には目に涙を浮かべる者までいた。

不思議と幸松の胸に、喜びはなかった。どこか面はゆく、当惑と気後れが、せめぎ合うように揺れていた。

二十歳にして初めて、実の父と相見《あいまみ》える。しかもその父は、征夷大将軍という国中の武士を束ねる明珠《めいしゅ》であった人なのだ。

田舎育ちの小猿とは、立場に差がありすぎた。二十年も顔を見ていなかった者を、我が息子と本心から思えるのだろうか。見すぼらしき形《なり》に驚き、大いに落胆するかもしれない。どうして喜べようか。

幸松は涙をぬぐう家臣に囲まれながら、濡れ縁の先に低く垂れこめた曇り空に目を転じて、そっと吐息を洩らした。

大仰に着飾った使者が帰ると、歓喜に沸き上がった家中が、五日をすぎた切り花のように萎れていった。

使者が口上の最後に告げたのだった。本丸、大廊下にて、お待ちください、と。

なぜ本丸なのか。大御所の住まいは、西之丸である。本丸には、将軍の家光が暮らす。

西之丸の年寄筆頭からの使者が、幸松を連れて本丸へ登城せよという。その意は、推し量るまでもなかった。

お目見えが叶う相手とは、西之丸の大御所ではなく、将軍の家光なのだ。まずは将軍である兄に挨拶せよ、というわけだった。

幸松を呼び寄せた正光は、いつもの笑みとともに優しく言った。

「案ずるでない。武門を束ねるおかたでも、そなたには血を分けた兄である。礼を失してはいかんが、怖れることはない。拝謁《はいえつ》が叶うだけでも、ありがたいと思うのじゃぞ」

「心得ております」

養父が何を言いたかったのかは、幸松にもわかった。

将軍家光は、幼いころから蒲柳《ほりゅう》の質があり、病に悩まされてきた。そのせいもあるらしく、ことさら気難しいとの評判が、城下に広まっていた。

機嫌を損ねて勘気を被った者は、たちまち改易された。目をかけていた小姓の振る舞いが気に入らないと、無惨に斬り殺したことさえあった。

将軍の機嫌を決して損ねてはならない。多くの大名が怖れおののいているという。

もちろん、幸松はそのような話を聞いたにすぎなかった。将軍という地位には、重い責務がある。気を張りつめた日々を送っているのであろう。しかも、父親が大御所として西之丸に座し、今なお家光の裁きを見定めていた。城の内外に騒動あろうものなら、徳川の基址《きし》に響きかねない。そう考えるあまり、厳しく見定められてきたのは疑いないのだ。その内実を知らない者から見れば、ただの怖ろしい因業者と見えてしまう。

家光の立場はつらく、孤独でもあるのだろう。

「案ずるでないぞ。公方様に認められたなら、必ず大御所様とのお目見えが叶う」

正光は我が身を諭すかのように、案ずるな、とくり返すのだった。

家光がまた薬指の爪を噛んでいた。

江戸城本丸の中奥、御座之間《ござのま》。庭を挟んだ向かいには、黒書院がある。その先は、狭い中庭をまた挟んで白書院があり、松之廊下が伸びている。

爪を噛む家光の頬は白ばみ、目はよどみ、庭先のどこを見ているのか、近侍する松平信綱にも見当がつかなかった。背も老女のように跼《せぐく》まり、天下に号令を発すべき将軍が見せる姿ではない。が、いつものことなので、信綱はただ鎮座し、口をつぐんでいた。

家光の胸の中は、手に取るばかりに読めた。

九歳の夏に、竹千代づきの小姓となってから、二十六年にもなる。家光が生を享《う》けてから、ずっと仕えてきた。苦楽をともにしてきたと言っていい。登城する大名の前ではもちろん、乳母である春日局《かすがのつぼね》の前でも、家光は決して爪を噛むことはなかった。信頼する信綱の前だから、気を許して己をさらけ出しているのだった。

「のう……会わねばならぬのか」

家光が背を柱にあずけたまま、か細い声で訊いてきた。

信綱は短くうなずき、言った。

「拝謁をお許しになられたのは、上様にございまする」

「うるさい者が多いからよ。拒めば、笑い物となる。そうであろうが」

家光は体裁を気にしていた。将軍として当然であった。ただでさえ幼いころから病がちで、多くの家臣を案じさせてきた。二十七歳にもなって弱々しい姿を見せたのでは、全国二百五十藩の舵取りに差し支えが生じる。

「聞いたぞ。そもそも出自も怪しいのではないか」

まだ難癖をつけたがるとは、往生際が悪い。

すでに信綱は一度、保科正光に世継の幸松を紹介されていた。高遠の土産を持参したいと言って、一ツ橋門内の上屋敷に連れてきたのだ。

まだ髻《もとどり》も結っていない幸松をひと目見て、声が出そうになった。薄い眉と柔和な面差しが、家光とよく似ていたのである。

噂はすでに聞いていた。西之丸の土井利勝が、お目見えのために動いている。そもそも幸松を高遠へ養子に出したのも、利勝が間に立って奔走したため、と聞いた。おそらく保科家から貢ぎ物をたんまりともらい、間を取り持ってやったに違いない。

今年になって、保科正光は幸松を江戸へ呼び、信綱らの宿老を訪ねては、世継としての挨拶を重ねていた。お目見えまでの外堀を埋めるため、利勝がすべて裏で手を引いているのだった。

二十歳になってもまだ髻を結わせていないのも、見え透いた策と思えた。大御所との親子の名乗りがまだなので、元服の時を迎えられずにいる。可哀想なことである……。世の情けを集めたうえで、謁見の許しを得ようという末巧《すえだくみ》なのだった。

その噂を聞かされながらも、秀忠は頑として首を縦に振らなかった。

会えば、幸松を実子として広く認めることとなる。

正当な血筋を有する男子が、新たにまた一人増えるのだった。保科家の養子となっているが、徳川の身内として引き立てねば義が通らず、面倒事が生じかねない。

保科家に手を貸す利勝の狙いは、見え透いていた。

今は大御所として睨みを利かせているが、いずれ秀忠は、家光に政の一切を託することとなる。その際、秀忠づきの宿老である自分が、すんなり本丸へと移れるのか、お墨付きは得られていない。

なぜなら本丸には、松平信綱という家光の最も頼りとする男がいるからだった。

そこで、幸松という嫡子《ちゃくし》の資格を有するもう一人の子を支えることで、自分の力を保持しておきたいと考えている。

利勝があえて派手に動いたために、幸松の噂は役方《やくかた》を通じて、家光の耳にも届いた。

——弟がもう一人いたのか。

家光はただでさえ、二歳下の弟に手を焼いていた。

松平大納言忠長《ただなが》。

信綱も、どれほど頭を悩ませてきたかわからなかった。春日局などは半狂乱になって、自分の息子を忠長の配下につけたうえ、その不行跡をいまだ集めさせているほどなのだ。

それほどに忠長は、誰が見ても、才に長《た》けた人物だった。

幼くして四書五経を読みこなし、家光より早く柳生新陰流《やぎゅうしんかげりゅう》を体得した。機知に富み、人を喜ばせる話術にも長けていた。戦国を生きぬいてきた古参の大名に言わせると、大伯父に当たる織田信長に面差しが似ているようで、その再来と評されることさえあった。

比べて家光は、幼少から体が弱く、病を長引かせることが今なお多かった。家臣のみならず、実の父母までが、弟の忠長に期待を寄せた。祖父の家康から、正式に継嗣として認められたにもかかわらず、なのである。

家光は荒れた。酒を浴びるように呑んでは泣きじゃくり、親からあてがわれた妻を遠ざけ、見向きもしなかった。始終ふさぎこみ、人を信じず、独善におちいりやすくなっていった。

将軍としての器とはいかに。そう意識するあまり、器はいつしか鋳型《いがた》となって、家光の心を縛り、狭く固めていったのだった。

「父上もずるいお人だ……」

二十年も放っておいて、どの面で会えるのか。波乱の種になりかねない子と会いたくないがため、将軍たる長男に押しつけてきた。

「いいえ。大御所様の命があってのことではござりませぬ。大炊頭殿の恣意《しい》に疑いなし、と思われまする。まず上様に拝謁を賜ることで事跡とし、大御所様のお心を解きほぐさんとの狙いでありましょう」

「どういう男なのだ。その幸松は……」

問われて、信綱は返事に迷った。

面差しは家光に似ていながら、人を和ませる笑みを見せる若者だった。受け答えは明朗快活でよどみなく、語気の力強さは心の芯の太さを感じさせた。田舎者と称していたが、野山を駆けて育った純朴さと、たくましさを持ち合わせていた。その内面はむしろ、次男の忠長によく似ていると言えた。

「どういう男であろうとも、大御所様がお認めになられていないとなれば、今は上様の足元にも及ばぬ、小藩の小倅《こせがれ》にすぎませぬ」

信綱は心にもないことを告げた。家光の心中を察すれば、あの男を褒めあげることはできなかった。

「徴《しるし》ばかりの優しいお言葉をかけてやりさえすれば、親子ともども喜び勇んで、本日は帰りましょう」

「声さえかければ、よいのだな」

「ただし、優しいのはお言葉だけになさるべきと思われまする。今は互いの地位の違いを教えておくのも一興か、と……」

「どうすれば、よい」

いつものように頼りない目を寄せてきた。気の進まない時は、側衆《そばしゅう》を拠り所とするのが常なのだった。

信綱はしかと受け止め、あごを引いた。

「忙しいと断り、すぐに座を離れるのです」

「——よし。やつを通せ」

ようやく気分を持ち直して、家光がそろりと腰を上げた。

地元名工の手になる太刀ひと振り。鮮やかな深紅の猩猩緋《しょうじょうひ》十間。唐織りの緞子《どんす》十巻。花の絵を散らした大皿八枚。小袋に収めた銀砂が五つばかり。

まさしく田舎の小大名に似つかわしい、ささやかな土産物だ。

信綱は冷ややかに断じた。こんな品で拝謁への礼としたうえ、大御所への口添えを願うのだから、おこがましいにもほどがある。参府の挨拶に来た外様大名に与えてやるぐらいしか、役に立ちそうもない。土井利勝も指図したはずなので、やはりあの老いぼれは今なお、家光より弟のほうに未練を抱いているのであろう。

そもそも利勝の義理の妹が、忠長の乳母を務めていた。その夫も、今では忠長づきの家老となった。そのうえ家光に、もう一人の弟と引き合わせようというのだから、まったく底意地が悪い。

もしや利勝は、急に現れたもう一人の弟と対面させて、家光を慌てさせようとの魂胆があるのではないか。そう信綱は疑ってもいた。もし血迷ったあげく、新たに現れた弟を面罵したうえ、刀にでも手をかけたならば、将軍にあるまじき振る舞いとの非難が出よう。

昨年の二月、家光は疱瘡《ほうそう》の大病を患った。多くの家臣が先行きを悲観する中、利勝は憎らしいほど落ち着いていた。あわよくば、忠長に将軍職が転がりこむかもしれない。そう見ていたからなのだ。今また利勝は、胸中で多くの算段を重ねている。

家光は上段之間ですましたまま、差し出された土産物に目もくれなかった。下段の隅で、泥《どろ》蛙《かわず》のように平伏する親子を、はすから見下ろしていた。

「高遠保科家の幸松にござりまする。日ごろ心より憧れ、かつ慕いつのらせてきた公方様への御拝謁が叶い、まこと恐悦至極にござりまする」

幸松は声を震わすことなく、言いよどみもせず、力強く言い終えて額を床に押しつけた。

将軍の言葉を待っているのはわかるが、信綱は家光に目配せして、無言を通させた。

幸松は動じなかった。心細そうな素振りは微塵も見せず、じっと身動《みじろ》ぎひとつせずにいた。頭を下げているにもかかわらず、その堂々たる所作は、己への確たる自信をうかがわせた。

隣の養父のほうは、わずかに頭と肩を揺らした。あまりに無言の間が長すぎる。なぜ誰からも声がかからないのか。胸に巣くう不安を懸命に抑えているのが見て取れた。

律儀に頭を下げ続けている二人を、信綱は平然と眺めた。焦らしに焦らして、慌て惑う様を、家光に見せてやりたかった。小物ぶりを目にすれば、少しは胸を撫で下ろせる。

だが、幸松はまったく動じずにいた。今日まで二十年もの間ずっと、兄弟の名乗りを上げられるその時を待っていたのだ。いつまでも堪え忍ぶことができる。そう体で表すかのように、信綱には見えてきた。

家光の目が次第に見開かれ、気圧《けお》されでもしたような面持ちへと移ろってきた。これでは裏目に出かねない。幼いころ、剣術の鍛錬で忠長と木刀を合わせ、その気合いにたじろいだ時と同じ顔になっていた。

　まずい。すぐさま信綱は短く告げた。

「面《おもて》をお上げくだされ」

　もちろん幸松はわずかに頭を揺らしながらも、顔を上げはしなかった。畏れ多くて目を合わせられない。その意を示すのが礼儀であるからだ。

　ここは家光が声をかけねばならない時である。目配せを送ると、家光が忙《せわ》しなく息を吸い、甲高い声で言った。

「……顔を見せてはくれぬのか」

「まことありがたき幸せにござりまする」

　ようやく幸松が少しばかり顔を上げた。

　その目が素早くまたたかれたのを、信綱は見逃さなかった。水鏡に映った己の顔を、そこに写し取って見たからなのだ。

　家光のほうは、あらかじめ耳に入れておいたというのに、まさしく驚愕の色を顔に表していた。瓜二つとは言えないが、否定できない面影を重く受け止めたのだ。

「おお……よく来た。苦労であった」

　何か言わねばならない。その気持ちが先走る言い方だった。

「いいえ、この幸松、優しき父と厳しくも志篤き家臣に囲まれて育ち、苦労したことなど一度もござりません。さらには日夜お慕い申してきた公方様のご尊顔を拝めたとなれば、それがしほどの果報者がいずこにおりましょうか」

ますます家光の目が見開かれた。

信綱も正直、あっけに取られた。とっさにこれほど巧みな言葉を返せる、その才知と度胸に驚かされた。将軍の目前に初めて出でて、震え縮み上がる者は多く見てきた。されども、初の対面で、これほど堂々たる受け答えができるとは……。

これも将軍家の血筋なのか。

「そうか……人に恵まれたか」

「はい。多くのおかたがたがご尽力くださればこそ、それがしの今がござりまする。そう父からきつく教えられてまいりました」

しっかりと養父の功績を巧みに織りこんだ言い方までしてみせるのだから、感心するほかはなかった。

この初対面は、まさしく幸松の圧勝だった。

信綱は急いでまた目配せを送った。そろそろ腰を上げるころ合いだと思えた。

「……その顔を、父上にも早く見せてやりなさい。喜ぶであろう」

家光が言って、腰を上げた。また親子がそろって平伏する。

信綱は驚きつつ、家光のあとにしたがって御座之間を出た。顔を見せてやりなさい。心にもないことを、よくも言ったものである。

もし秀忠がお目見えを許せば、たちまち大名の間に噂が広がる。もう一人の弟が、正式に実子として認められた。高遠保科家はこの先、徳川一門並みの扱いを受けることとなる。祝儀が保科家に押し寄せるであろう。

見ず知らずに等しい初対面の弟に、わざわざ塩を送るも同じになる。了見の狭い家光にしては珍しいことであった。

廊下の角へ達したところで、家光が振り返った。暗く厳しい目つきで、信綱を見つめてきた。

「父上は、あやつと会うかな」

会えば敵と見なすしかない。あの者は将軍の座を脅かしかねない。そう家光も悟れたのだとわかる。

「大炊頭殿が何を口添えしようと、決して会わせはいたしません」

「よしなに頼むぞ」

卑屈な笑みが家光の口元に浮かんで、消えた。

いくら待っても保科家に、大御所秀忠からの使者は訪れなかった。

痺れを切らした正光は、土井利勝の屋敷に足を運んだ。が、色よい返事はもらえなかったという。

幸松が江戸に呼ばれて、十月《とつき》がすぎた。将軍が父と会うべきと言ってくれたにもかかわらず、なぜ音沙汰なしなのか。理屈がまったく通らなかった。

「お気落としせず、よき知らせを待ちましょうぞ」

幸松は気落ちなどしていなかった。が、少しでも浮かない顔を見せると、篠田が急に四角張って言うのだった。

ただ幸松は、高遠の実り豊かな秋が恋しかっただけなのである。

やがて師走が近づいたころ、篠田が身を寄せ、耳打ちしてきた。朝の習学を終え、剣術の鍛錬に移ろうとする時のことだった。

「——ただ今、永井《ながい》様を通じてのお願いに力を入れるべく、手を回しておるところにございまする。必ずやお目通り叶うはず……いや、叶わねば、人の世の道理が通りませぬ」

永井尚政《なおまさ》は、土井利勝と並ぶ西之丸づきの宿老だった。が、幸松は挨拶に出向いていない。なぜなら、尚政の官位は、信濃守、なのである。当然、幕府から与えられた正式なもので、保科家中が幸松を信濃守と呼んでいるのとはわけが違った。

こちらが勝手に信濃守を名乗っているのだ。本物の信濃守が、どこまで骨折りをしてくれるものか。幸松には疑わしく思えるのだった。

「もう、よい。早く帰ろう、高遠へ」

「なりませぬぞ、信濃守様。今のお言葉、篠田は一切耳にしておりませぬ。もし殿がお聞きになれば、どれほど悲しまれるでしょうか」

養父にも焦りがあるのは見受けられた。

正光は齢七十になる。まだ矍鑠《かくしゃく》としてはいたが、後ろから見る背中が近ごろ小さくなってきた気がしてならなかった。

早く大御所にお目見えして、家督を幸松に譲りたい。保科家を名門譜代とするための確かな一歩を踏みしめておかねば、隠居などは絶対にできない。それが最後の役目、と任じているように見えるのだった。

多くの者が待ち望んでいた知らせは、師走の初旬に届けられた。

またも家中は沸きに沸いたのち、水を打ったような静けさに包まれた。

西之丸への登城を許されたのではなかった。駿河大納言の屋敷へ詣でることを許されたのだ。

松平権大納言忠長、二十六歳。駿河と甲斐《かい》に遠江の五十万石を知行《ちぎょう》する。将軍家光の弟。幸松のもう一人の兄。

秀忠と正室の江は、三男である忠長を寵愛してきたという。忠長は、俊才のうえに容姿も端麗で、多くの家臣からも好かれていた。

だが、家康は長幼の序を重んじるべきとして、家光を継嗣と定めた。両者の家臣の間では、将軍の座をめぐる鍔迫《つばぜ》り合《あ》いがあったらしい。忠長は元服するとともに、世継ではないと示すため、自ら松平姓を名乗るようになっていた。

幼いころより目をかけてきた三男の頼みであれば、秀忠ももう一人の息子の目通りを許してくれるはず。そう知恵を入れる者があったのだろう。

「ここまでして、また叶わぬとなったのであれば、潔く高遠へ帰れるというもの」

「お戯《たわむ》れは聞きとうござりませぬぞ」

篠田が真顔になって言い、幸松に厳しい眼をそそいできた。

江戸城の天守が間近に迫る竹橋を越えて駕籠《かご》が進むと、ひときわ広々とした屋敷が右手に見えてきた。塀の長さは何百間になるのか、目で追うのも難しいほどだった。

保科正光と幸松は、ずらりと居並ぶ家臣の出迎えを受けた。三十名は超えていただろう。家老に導かれて長々とした廊下を歩かされた。

豪華な欄間《らんま》と襖絵に気圧されつつ、大広間に通された。

ところが、百畳は優に超えていそうな部屋の中に、誰の姿もなかったのである。主君の忠長はあとから姿を見せるにしても、近侍する者が先に控えていて当然に思えた。しかも、奥の襖が開け放たれ、師走の冷気が満ちていたのだ。

意図がわからなかった。寒い部屋で待て、というわけなのか。

「おうおう、よく来た。もそっと奥へ進まんか」

戸惑っていると、朗々たる声が響き渡った。

目を走らせると、開け放たれた襖の先に、手入れの行き届いた枯山水の庭が見え、藤色の肩衣《かたぎぬ》に銀鼠《ぎんねず》の袴をはいた男が立っていた。

瓜実型の顔で眉が細く、切れ長で精悍《せいかん》な目。鷲鼻《わしばな》ぎみで、唇は細く、横にやや長い。

駿河大納言様は、大伯父に当たる信長公にそっくりである。そう幸松も噂には聞いていた。

忠長たちの母である江は、信長の妹――お市の方の娘であった。父の浅井《あざい》長政《ながまさ》は、当時から偉丈夫として名高かった。忠長は、その両人の血を色濃く引いているのだ。

この容貌が、多くの家臣の心を引きつけた面はあったろう。立ち姿から勇猛さが醸《かも》され、まさしく武門の長たる者に相応しき容貌に見えるのだった。

まさか忠長一人が庭先で待っているとは思いもせず、幸松は父に続いて、その場に平伏した。

正光が慌てて言葉を返す。

「よもや庭においでとは思いいたらず、無調法のほど、なにとぞご容赦願い奉りまする」

「高遠保科家の幸松にござりまする」

急ぎ名乗りを上げると、なぜか笑い飛ばすような声が聞こえた。

「よしてくれ。ささ、おふたかたとも面を上げてくださらぬか」

手厚い言葉をかけられても、直ちに顔を上げるわけにはいかなかった。さらに畏まっていると、今度は笑い声が伝わってきた。

「いやいや、驚かせて相すまぬ。家臣のおらぬ場で、会っておこうと考えたのよ。どうか面を上げてくれぬか。このとおり、お頼み申す」

思いもしない言葉に目を向けると、副将軍とも言える人が、田舎の大名親子に頭を下げていたのだった。

幸松は身を縮めて言った。

「畏れ多いことにござりまする。無礼は我等式《われらしき》のほうであり、大納言様が鞠躬《きっきゅう》なされるようなことにはござりませぬ」

「いいや、悪いのはそれがしのほうである。何せ、どこぞの田舎者かもしれぬゆえ、我が家臣らの前で恥をかかせたのでは忍びない。そう不遜《ふそん》にも考えてしまったからな」

幸松はまた驚きに目を見張った。

家光に拝謁した時のことが思い出された。家光も側衆の松平信綱も、長く幸松たちに平伏させたままでいた。ところが、忠長は外連《けれん》なく本音を打ち明けたうえ、自ら頭を下げてみせたのである。

「それに、幸松、おぬしと腹を割って話したいこともあった」

にわかに目を鋭くして言い、幸松一人にうなずいてきた。

「肥後守殿、御嫡男をしばし借りるぞ」

　今度は笑みとともに手招きしてきたのだった。

「兄上は、おぬしに何を言った。正直なところを聞かせてくれぬか」

　忠長は、保科家の下屋敷がすっぽり入ってしまいそうなほどに広い池の前まで歩き、ささやくような声で言った。

「大御所様に早く顔を見せてやりなさい、喜ぶであろう、と……。まことありがたきお言葉にござります」

「おぬし、人がよすぎるな。その言葉を信じたのか」

　幸松は意味がわからず、五歳上の兄を見つめ返した。

　忠長が横に近づき、さらに声を小さくした。

「笑え。ここでは思いつめた顔など、するな。どこで誰に見られているか、わからないのであるからな」

　忠長は気安く幸松の腕を二度たたき、さも可笑しそうに笑い声を上げるのだった。

　まったく意味がわからない。

「それがしは、大伯父である信長公に、見た目が少し似ておるらしい。母上もそう言っておられた。けれど、今のそれがしは、信長公ではなく、弟の信行《のぶゆき》も同じ……」

　織田信行の名は、幸松も知っていた。信長のすぐ下の弟である。

二人の父の信秀《のぶひで》が亡くなると、兄弟は家督を激しく競い合った。ついに信行は兄への謀反を企てたが、宿老であった柴田勝家《しばたかついえ》が信長へと寝返り、密告した。知らせを受けて信長は直ちに策を練り、仮病を使って信行を誘い出したうえで、暗殺したのである。

「そのようなことを仰せになるとは……」

「笑え。うちにいる勝家が見ておろうぞ」

自分の配下にも、信長に密告した柴田勝家のような者がいる。そう忠長は本気で信じているように見えた。どうして笑えようか。

「ほら、怖い顔をするでない。断っておくが、それがしは兄への謀反など企ててはおらぬ。ゆえに、ずっと松平を名乗ってきた。将軍の座など狙うつもりは、毛頭ない。そう表しておいたほうが、徳川家のためであるからだ。それでも、兄上とその配下は、今も目を光らせておる」

幸松は一度大きく息を吸った。懸命に頰をゆるませてみるが、無駄だった。

とても笑えはしない。ようやく会えた実の兄二人の間に、今なお骨肉の争いが密かに続いているのであれば、あまりにも耐えがたい。

「父上とて、事情は察しておる。そなたには決して会わぬであろうな」

幸松は慌てて屋敷に背を向けた。驚きおののく顔を、人に見せるわけにはいかなかった。

「なぜでありましょうか」

「会えば、新たな火種を熾《おこ》してしまう。考えてもみよ。父上はすでに自らの手で、実の兄の子と弟を改易している。どちらも徳川家を守るためにだ」

兄とは、家康の次男である秀康《ひでやす》のことだ。長久手《ながくて》の戦のあと、家康は人質として次男を羽柴秀吉に養子として差し出した。羽柴の姓をあてがわれた秀康はその後、さらに下総《しもうさ》の結城《ゆうき》家へ養子に出された。秀忠が二代将軍となったのも、兄の秀康が他家の養子に出されていたからなのだ。

その息子の忠直《ただなお》は、父に似て勇猛果敢で、大坂夏の陣で真田幸村《さなだゆきむら》軍を打ち破る武功を立てた。が、恩賞の少なさを不服として、江戸への参勤に応じなかった。そこで秀忠は、忠直を改易して、豊後《ぶんご》の地へ配流《はいる》したのである。

さらに、実の弟の忠輝《ただてる》も、家康が没したあとで、不行跡を理由に、やはり改易と配流の処分を下していた。

たとえ徳川の一門でも、将軍に反抗的な態度を見せれば、領地を取り上げられる。各地の大名は震え上がったと言っていいであろう。

「幸松よ、故事をもっと学べ。織田信行は、好きこのんで兄と争ったのではない。家臣に御輿《みこし》を担がれて、己こそ家督を継ぐに相応《ふさわ》しき者と思わされるようになったからぞ」

その結果、一の家臣だったはずの柴田勝家に裏切られた。信長による調略もあったのだろう。

「身内の間で、醜い争いはするな。そう東照《とうしょう》様は考えられて、兄上を世継と決めた。兄弟二人で力を合わせ、徳川の世を守っていけ。しつこいほどに、それがしは言われてきた」

忠長の声に、憂いの響きが滲《にじ》んで聞こえた。

池の前へと歩き、幸松に目をそそいできた。

「東照様の教えを忘れずにいる。そうお伝えするためにも、誓いの徴とする手形を、兄上と久能《くのう》山《ざん》に奉納したものよ……。それがしは嘘偽りなく、あの時と変わらぬ思いを抱き続けておる」

けれど、兄の家光は、弟の決意を信じてはいない。多くの家臣が世迷い言をささやいていたのかもしれない。将軍の座を脅《おびや》かす者がいたのでは、騒乱の種となる。

「そなたが雄々しく身を立てていけば、保科の家臣も多くの恩恵を受けていく。ゆえに、徳川の血を引くそなたに心よりつくし、懸命に押し上げようと努めていくであろう。そこに胡座《あぐら》をかいてはならぬのだ」

「我ら高遠藩の者は皆、志篤く、それがしを支えてくれておりまする」

「甘いぞ、幸松。高遠藩は、わずか三万石ぞ。そなたをこうして参府させ、方々へ挨拶に回っておるのだ。恥ずかしくない手土産を用意せねばならず、かなりの金がかかる。重臣のみならず、多くの家臣が倹約に励んでおろう。そなたが実子と認められれば、高遠藩は譜代名門と見なされて加増され、皆の禄《ろく》も必ず上がる、そう信じておるからぞ」

　幸松は恥ずかしかった。この参府のために、五十名もの家臣が同道してくれた。地元の名産を山ほど荷車に積んできたのであった。そのすべては領民が年貢を納めているからであり、湯水のように金を工面できるはずもなかった。

「よく考えよ。そなたまでが焦って、出自をひけらかそうものなら、人の妬《ねた》みを必ず集めよう。己を戒め、家臣を抑えよ。人の欲がある限り、戦《いくさ》世《よ》は終わりを見ない。多くの故事がそう教えてくれる。肝に銘じておくのだぞ」

　いくら一門の者であろうと、将軍に逆らってはならない。もし謀反の兆《きざ》しが、わずかでも見られたなら、徳川の治めに罅《ひび》が生じてくる。小さな罅は、いつしか人の心の裂け目となり、血で血を洗う戦へつながりかねない。

「笑え、幸松。二人の兄を笑い、二十年も親子の名乗りを上げられずにきた悲しき父を笑え。笑い飛ばして、我等の轍《てつ》を踏むな。己の信じる道を、しかと歩め」

幸松は返す言葉が見つからなかった。

将軍の座とは、単なる家督を継ぐのとは、わけが違った。その座が揺るごうものなら、跡目を狙って戦を仕掛ける者が現れてくる。かつて室町では、将軍が家臣に謀殺され、日本の津々浦々へと戦が広まっていった。

徳川家の将軍は、まだ三代目にすぎなかった。先が固く約束されているわけではない。

実の父の秀忠も、そして兄の家光も、徳川の世を守りぬくため、身内であろうと容赦ない裁きを下すほかはないのだ。

江戸に来たのは間違いだった。幸松は足先から身が震えた。

実の父親にひと目会いたい気持ちはあった。が、養父と篠田を説き伏せて、ここは己に見合った高遠の地へ、潔く帰るべきなのだ。

「堅苦しい話は終わりだ。さあ、酒の支度じゃ」

忠長は踏ん切るように明るく言うと、幸松の背に手をかけながら屋敷のほうへと誘《いざな》った。

大御所の病　寛永八年　正月

年が明けると、まず大御所秀忠の暮らす西之丸へ、家光と忠長の兄弟そろって年頭の挨拶へ出向くのが習わしになっていた。松平信綱は、家光づきの小姓組番頭として、西之丸へ帯同した。

広間の下座にて束帯《そくたい》姿の家光と忠長が並んで待つと、西之丸の年寄筆頭の地位にある土井大炊頭利勝が上手から現れ、襖の前に端座した。信綱は家光の後ろに控えて、頭を下げた。

「大御所様の御成《おなり》にございまする」

数寄屋坊主《すきやぼうず》の声が響き、やがて秀忠が怪しい足取りで、のそりと姿を見せた。

この年、五十三歳。父の家康は、当時としては高齢の七十五歳で没している。が、秀忠の黄色くにごった目と土気色の顔は、まさしく老人のそれに見えた。

二年前の夏、家光の疱瘡が癒えるとともに、秀忠の左の脇に大きな腫れ物ができて、体の具合が悪化していった。以来、好きな鷹狩りへ出かけることがめっきりと減り、食も細った。

秀忠の頼りない足の運びを見て、信綱は信じて疑わなかった。大御所の病は、着々と進みつつある。顔のむくみも増していた。家光の目にも、その推移は見て取れたに違いなかった。

もし大御所の身に何かあれば、またぞろ土井利勝が怪しい動きを見せるだろう。

信綱は目の端で、黒く太々《ふてぶて》しい利勝の横顔をうかがった。幸松とかいう田舎者の若造は国元へ帰っていったが、またいつ江戸へ出てきてもおかしくはなかった。次は、徳川一門の力を借りでもして、将軍の正当な弟との地位を固めにかかってくるのは目に見えていた。早いうちに手を打たねばならないであろう。

「大御所様と新たなる年を言祝《ことほ》げること、まことの喜びと存じておりまする」

家光が決められた口上を淡々と述べていき、秀忠が弱々しい目と声で応じた。

「本年も徳川と日ノ本の安寧《あんねい》のため、力を尽くせよ」

「御意にございまする」

忠長も兄にならって深々と一礼した。その体つきは家光より二回りほどもたくましく、どちらが武門の長たる者か、訝しく見る者は今もって多かった。忠長の家臣どもは、家光がまた病に倒れることを望んでいよう。徳川の真なる安寧は、まだ先にあると言えるのだった。

年頭の儀式は滞りなく終わった。秀忠がのろのろと腰を上げにかかり、側衆が慌てて駆け寄っていった。

大御所を見送るために、信綱らは深く頭を下げた。すると、はからずも家光が声を放った。

「このような場でおうかがいを立てるご無礼をお許しください」

「何か懸念すべきことがあるのか……」

肩を支えられた秀忠が動きを止めた。

「はい。大御所様は高遠保科家の御嫡男とお会いにはならぬのでござりましょうか」

信綱は心底から驚き、面を上げた。

まさか新年早々、真正面から問いただそうとは思わなかった。家光は時にこうして、誰の意も聞かずに、独断でことを起こしたがる。

相手が秀忠となれば、特に意固地となりやすい。父と母が、弟に多くの期待を寄せてきたことを、今も恨みに思っているからだった。

やや下がった場に控える忠長も、兄の切り出しに驚いていた。利勝は、懸念を隠そうともせず、睨《にら》むがごとき目をそそいだ。

秀忠は座り直すことなく、家光を見下ろした。

「そなた、会ったのであろう」

「才気にあふれる見事な若者でした」

「ならば、わしが会うまでもない」

秀忠は言うなり、ゆらゆらと上手へ歩いて姿を消した。

息子が急に問いつめてきた意は、秀忠にもわかったはずだ。実子として、人前で認めるつもりがあるのか。ないのであれば、今後も目通りを許してはならない。そう家光は父に向かって暗に訴えたのであった。

息子の直言を受けて、秀忠はうまい言い方でごまかして逃げ去った。自分の本意は語ろうともしていないのだ。つまり、会いたい気持ちはあるが、おまえのために我慢している。そう匂わせたかったのだろうと、信綱は考えた。

利勝があとを追って、そそくさと広間から出ていった。それを見て忠長も、兄に一礼してから腰を上げた。家光が無言でうなずき返す。このあと将軍には、江戸へ参勤に来ている多くの大名から、年頭の挨拶を受ける儀式が、延々二日にわたって続く。

家光は去り際に、信綱の前へ近づくと、小声で素早くささやいてきた。

「父は、いかなる病であろうか」

「調べさせます」

信綱も低く応じて頭を下げた。

家光が小姓と本丸御殿へ戻っていくのを見届けると、信綱は数寄屋坊主の一人に声をかけて引き留めた。

長く立ち話はできなかった。誰の目があるか、わからないのだ。

おぬしに頼みたいことができた。そう短く伝えておけば、礼金目当てに必ず人目を忍んで屋敷のほうへ訪ねてくる。彼らは城内で大名や役方に給仕するのが仕事でありながら、案内係としての役目も持つ。将軍に拝謁する際には、城内で正装に着替える必要があり、贔屓《ひいき》の数寄屋坊主を作っておかないと、支度の部屋を用意してもらえなくなる。そのために、彼らは心づけを得る機会が多い。大名家にも出入りをしていて、顔も広い。彼らを使えば、噂は集められたし、逆に広めることもできるのだった。

坊主に餌《えさ》をまいてから本丸へ帰ろうと足を向けると、背中に声がかけられた。

「西之丸の数寄屋坊主に何の御用でしょうかな」

地の底から響くような低い声だった。振り返らずとも、誰が呼びかけてきたかわかる。

土井大炊頭利勝だ。小太りで短軀《たんく》。脂ぎった肌が黒みを帯びている。家康の落胤との噂が一時は立った。が、単に体つきと狡賢《ずるがしこ》さが似ているにすぎなかった。家康ほどの知力と胆力は、この男にはない。

信綱は面輪を変えず、廊下の端へ下がって黙礼を返した。二回りも歳上なうえ、口やかましい男なので、下手に出ておくに限るのだ。

「失礼でもありましたなら、この利勝が承りましょうぞ」

「いいえ、滅相《めっそう》もございませぬ。大御所様がお目見えになる際、それがしにも丁寧に世話をしてくれるため、礼を伝えておいたまでにございます。これも大炊頭殿の躾《しつけ》が万全たればこそ、と感服いたしておりまする」

「いやいや、それがしは何もしておりませぬ。皆の者が大御所様を見習っておるまでのこと」

見え透いた上辺の謙遜だった。小さな黒々とした目が、また何か企んでいるのであろうと本心を告げていた。どこまでも、食えぬ男だった。

「我らも大炊頭殿の教えをしかと学んでまいりたいものにござります。では、これにて失礼つかまつりまする」

信綱は深く一礼してから、腰をかがめつつ歩きだした。

背中にはまだ探るような目がそそがれていた。あの数寄屋坊主には些末《さまつ》な用を言いつけておき、また別の者に声をかけて頼むしかなさそうだった。

大御所にまたぞろ病の気配あり。

信綱は新たに別の数寄屋坊主を使って、あえて城内に噂を広めた。奥向きからの注進と、ほかの宿老らの動きを見るためだった。

かねてより信綱は、城内の役方にさして用がなくとも仕事を言いつけては、礼として金品を送る懐柔策を続けてきた。家光が病で伏せるたびに、不穏な動きを見せる者がいないか、確かめずにはいられなかったのだ。

半月ほどかけて、信綱はじっくりと城内の動きを探った。

家光は今も女にさしたる興味を示さず、夜も奥泊まりをすることがなかった。寝間とする中奥の座敷に、贔屓の小姓を呼ぶのが常なのだった。

信綱には計りかねる嗜好だが、徳川家のために早く世継をと遠回しにでも言おうものなら、家光はたちどころに機嫌を損ねて口を利かなくなる。

このごろの家光のお気に入りは、酒井重澄《さかいしげずみ》と堀田正盛《ほったまさもり》であった。ともに痩身、色白で小柄、目鼻も小作りで整っている。酒井は家光の三歳下で、堀田は四歳下。それぞれ小姓として十年、まさしく身も心も家光に捧げてきた。

二人は信綱より若輩であるうえ、さしたる仕事の腕もなかった。が、多くの領地を与えられ、先に譜代大名に列してもいた。堀田は春日局の義理の孫でもあるが、すべて夜伽《よとぎ》に励んだおかげなのだから、腹が立つ。

早晩気も変わろうと甘く見こんでいたが、家光はすでに二十八もの歳を重ねていた。もしまた病に伏せって、子を作れぬ体になりでもすれば、一大事となる。

信綱は一計をめぐらして、春日局に知恵を授けた。家光好みの華奢《きゃしゃ》で眉目《びもく》の整った若い女を探し、髪を短く刈って稚児《ちご》のような姿にさせるのである。奥泊まりをしない家光も、朝は仏間で家康公の位牌《いはい》に手を合わせに大奥へ出向く。その際、導き役として奥坊主がついて回る。その中に、家光好みの者を加えておけば、必ずや目に留まる。狙いは悪くないと思えたが、いまだ無念ながら成果は上がっていなかった。

このまま家光に子がなく、もし大御所が倒れでもすれば、次男の忠長を徳川性に戻し、継嗣の資格を持たせるべき。そう土井利勝が言いだすに決まっていた。

こういう時こそ、知恵を使う時なのだった。

二月に入ると、差し迫った知らせが、西之丸の奥女中から入ってきた。

信綱は機を見て、家光と二人になった。夜の奥座敷で小姓を下がらせると、家光も用向きに見当をつけたらしい。近くへ寄れ、とあごを引いてきた。

「父上は悪いのか」

「腹の痼《しこ》りを気にしておられるようにございます。御膳に箸をつけぬことさえある、と」

「まだしばらくは、保《も》つかのう」

「定かなことは……。しかれども、今から備えておくべきでございましょう」

「その顔を見ると、正利《まさとし》からいい知らせが来たな」

稲葉《いなば》正利。春日局の四男である。

長兄の稲葉正勝《まさかつ》は、母が家光の乳母になると、小姓として召し抱えられた。書院組番頭を務めたのち、今では家光づきの年寄衆に出世していた。

一方、正利は、忠長づきの小姓となった。おそらく春日局は、忠長の動静に目を光らせておくべき、と早くから考えていたのだろう。戦国の例を見るまでもなく、兄弟は家督《かとく》を争う敵となる。

あの女は感心するほどに悪知恵が回る。息子を使って今でも、忠長の評判をかき集めている。しかも、よくない噂があれば、必ず信綱に知らせてくる。家光がいくら寵愛していようと、酒井重澄と堀田正盛では頼りにならない。信綱のほかに、家光を支えていける器量を持つ者はいない、と見こんでいるからだった。

「いくつか使えそうな話が届いております」

「申せ」

「ひとつは、昨年の秋、田畑の実りを食い散らす猿を、領民の訴えに応じて、退治しております」

「それがしも、あやつから聞きはしたが……。褒められはしても、何に使えるというのか、わからぬな」

「お忘れでございましょうか。駿府の城下には、浅間《せんげん》神社が置かれております。そもそも浅間神社は、東照大権現様が元服なされた神聖な地。さらには、猿を神獣として奉ってもおります。よりによって、その神聖なる猿を狩るとは、無礼極まりなき所行と申せましょう」

　家光の細い唇に酷薄な笑みが漂った。

「牽強《けんきょう》にもほどがあるのう」

「いいえ。天下に号令を発すべき公方様がそう厳しく断じられたなら、逆らえる者がどこにおりましょうか」

　家光はまんざらでもない顔を見せて言った。

「まだあるのか」

「近ごろ駿府では、夜盗による辻斬りが続いたとか」

「忠長の治めがなっていないから、であるわけか」

「さらに、深酒がすぎるとの話も聞こえてまいります」

　稲葉正利をうまく使えば、酒乱となった忠長の辻斬りという、強引極まりない噂を城下に流すこともできるだろう。

「まだ少ないな。もっと集めろ。多くの大名が聞き及び、やむなし、と思わせるほどの不行跡がなくてはまずい」

「御意にございまする」

いくら忠長をそそのかそうとも、あの男は人と己を見る目を持つ。みだりに醜態をさらすことはない。が、副将軍の地位にあると信じたいがために、家臣の非礼には厳しく処する嫌いがあった。家光ほどではないにしろ、気位《きぐらい》の高さは、あの男も持ち合わせていた。その辺りを煽《あお》り立てる手はありそうだった。

早晩、大御所は病に倒れる。

その機を逃すわけにはいかなかった。

十六名の家臣に守られて高遠へ帰った幸松は、息のつまる日々から解放された。が、呑気に田舎遊びをしていられる暇はなかった。

「信濃守様。今後は領内の治めにも気を配っていただかねばなりませぬ。殿からも、きつく言いつけられてまいりました。まずは秋の収穫をあらためて勘定したうえで、村々の見聞に出かけていただきまする」

篠田らの宿老にずらりと囲まれ、迫られたのだ。が、幸松としても望むところであった。いつしか家督を継ぐ日のためにも、今のうちから多くを学んでおかねばならなかった。

たとえ雪がちらつこうとも、領内の主立った地をめぐっていった。冬の厳しい暮らしを見ることは、帳面を眺めて年貢の高を案ずるのと違い、領民の心に少しは寄り添える気にさせられた。父らしい言いつけに思え、身を引き締めて領内の巡見に精を出した。

忙しい日々をすごすうち、江戸より気がかりな知らせがもたらされた。

年明けに、大御所秀忠が病に倒れたというのである。

にわかに高遠城中がざわつきだした。親子の名乗りが上げられなくては、保科家を譜代名門へ押し上げる道が狭まってしまう。

さらに三月になると、にわかには信じ難い一報が届いた。

「どういうことか……」

幸松は父からの手紙を危うく取り落としかけた。

駿河大納言忠長が、たび重なる不行跡を理由に、大御所から勘当されたというのである。

酔った忠長が、家臣数名を手討ちにした。その件を江戸に知らせた傅役までを斬ろうと暴れた。さらには、一の宿老である朝倉宣正《あさくらのぶまさ》を、不届きなので切腹させたい、と大御所に訴え出たと記されていた。

「何かの間違いであろう。なあ、皆の者」

幸松は取り乱して、家老らに問いかけた。が、父が拠り所もない風聞を、わざわざ早馬にて届けてくるわけがなかった。

昨年末に、初めて会うことのできた忠長は、人づてに幾度も聞いたとおりの人物だった。

実は隠された弟がいた、と急に知らされたにもかかわらず、将軍家の習わしや来歴、己の体験までを、つぶさに語ってくれた。のみならず、祖父家康の形見となる葵紋《あおいもん》の入った小袖《こそで》を分け与えてくれたのである。

幸松は、話に聞くしかなかった偉大な祖父が愛用した小袖を手に、涙を抑えることができなかった。大御所から実子と認められていないために、葵の紋の入った装束《しょうぞく》は身につけられない。

けれど、そなたはまごうことなき徳川家の者である——そう忠長は言ってくれたのだった。

そこまで気遣いのできる人が、なぜ酔ったあげくに家臣を手討ちにしたのか。人の心は移ろいやすいと言うが、幸松には疑問でならなかった。そこには深いわけがあってしかるべきなのだ。この三月《みつき》の間に何があったというのか。

遠い高遠の地から、ただ兄を案ずるしかない身がもどかしくてならず、何かできることはないかと思案した。ひとつ見つけられたが、無謀で危うい手出しなのかもしれない。実父である大御所が決めたことであれば、幕府の宿老らも当然、納得ずくなのだと思われる。その真っ当な事由は、どこに根差すものなのか。

その夜、幸松は考えたすえに、篠田一人を奥座敷へ呼んだ。

近侍《きんじ》する小姓を遠ざけたのを知るや、篠田は面輪を固めて幸松を見すえた。

「心中、お察し申し上げまする。しかれども、大御所様のお裁きにござりますぞ」

いくら兄弟であろうとも、まだ実子としても認められていない者に、できることがありましょうか。言わんとすることは、尤《もっと》もだった。

「尋ねるまでもないが……母の生家は、真田《さなだ》であったな」

そっと幸松が切り出すと、篠田の目が見開かれた。

養父正光の正室は、真田昌幸《まさゆき》の四女であったのだ。正之が養子として高遠に来る前に亡くなっていたため、会うことは叶わなかった。が、優しき人であったのは、側近からよく聞かされてきた。

養母の生家である真田家は、信玄と勝頼《かつより》に仕えていたが、武田氏が滅んだあとは信長や上杉とも結び、その後は家康の配下にあった。ところが、旧領の返還をめぐって徳川家と対立し、豊臣秀吉の力を頼ることとなった。

　関ヶ原の戦いでは、昌幸と次男の幸村が上田城にこもり、秀忠の進軍をはばんだことは、よく知られている。その際、真田家の行く末を守るため、昌幸は長男の信之《のぶゆき》を徳川方へ送り出した。〝犬伏《いぬぶし》の別れ〟として名高い逸話である。

　実は、その関ヶ原の戦いの際に、高遠保科家でも、東西の板挟みとなる状況があった。

　養父の保科正光は、徳川方の東軍に属していた。が、その正室は、秀忠の進軍をはばんだ真田昌幸の娘なのだ。正光は当時、家康の命で浜松城を守っていた。小牧長久手の戦いや小田原征伐にも正光は出陣し、多くの手柄を上げてきた。ところが、関ヶ原への参陣は認められなかった。正室の生家が、真田家だったからである。

「何を考えておられるのです」

「わかっていながら、訊くな」

「いいえ。皆目、見当もつきませぬ」

　篠田はしれじれと心にもないことを言った。

「真田の忍びは、世に鳴り響いておる。上田籠城や大坂の陣でも、多くの忍びが焦頭爛額《しょうとうらんがく》の働きをしたというではないか」

「お戯れを……。戦国の世の流言を信じなさるとは、まことなげかわしい。世迷《よま》い言はお慎みくださいませ」

「保科の領地は狭く、家臣の数もたかが知れている。それでも父上は、多くの戦場で武勲《ぶくん》を上げてこられた。天王寺表の戦いでは、槍と鉄砲傷を受けながらも、十四もの首級《しゅきゅう》を上げたというではないか。獅子奮迅たる働きができたのも、忍びによる調略《ちょうりゃく》があったればこそ。いつだったか、采女《うねめ》がそう自慢げに申しておったぞ」

北原《きたはら》采女光次《みつつぐ》は、古手の家老で、大坂の陣にも参陣していた。

幸松は誘いをかけるため、当てずっぽうに言ったのだった。が、たちまち篠田の口元のしわが深くなっていった。

「北原はお伽噺《とぎばなし》のつもりで申したのでござりましょう。いかにも幼子が喜びそうな話ですから」

「ほう……。それがしを二代将軍の落胤と知りながら、采女は戯れに嘘を語ったと申すのか」

篠田はしばし言葉につまった。唇をわずかに震わせたのち、ようやく言った。

「大納言様を案じられるお気持ちは、この半左衛門も同じにござりまする。しかれども、忍びを江戸や駿河へ送ろうなど、あってはならぬこと。まさしく徳川家に弓を引くも同じ」

「大げさなことを言うな。駿府へ便りを出すのも同じであろうが。大納言様を案じているとお伝えして、詳しい話を聞くまでのことではないか」

「この半左衛門、今のお話は耳に届いておりませぬぞ」

睨みを利かせて言うと、早々に腰を上げた。

部屋を出ていこうとする背に告げた。

「ならば仕方ない。叔母上に頼むとするか」

篠田が足を止めて振り返り、怖い目で見つめてきた。

こちらは本気だ、と幸松は負けじと見つめ返した。

正式には叔母でなく、亡き母とともに真田家から来た女中頭だったが、幼い正之の乳母代わりも務めてくれた人である。幸松の生母である静に遠慮しつつも、無上の愛をそそいでくれた。今も城の奥向きを取り仕切っており、幸松は二人の母に恵まれたとさえ考えていた。

当然、真田家から送られてきた家臣とも、縁が深い。

「なりませぬぞ。そのような世迷い言は、決して家中でみだりに口走らないでいただきたい」

「無論、そのつもりでおる。それがしが頼みとできるのは、半左衛門、そなた一人であるからな」

深くうなずいて幸松は言った。

篠田はもう目を合わそうともせず、足早に奥座敷を出ていった。

翌朝のことだった。

怪しい気配を察して目を覚ますと、幸松の枕元に一人の男がひざまずいていた。

黒装束は着ていなかった。柿色の篠懸《すずかけ》姿で、額の上に黒く漆《うるし》塗《ぬ》りされた六角の小さな箱のようなものを紐でくくりつけていた。修験者《しゅげんじゃ》の身形《みなり》だとわかる。

歳のころは、幸松よりいくらか上だろう。背はそう高くはない。眉を剃っているのか、心中を読みにくい顔立ちだった。どこから忍び入ってきたのか、暗い枕元で静かに片膝を立てていた。

「初めてお目にかかりまする。壺屋《つぼや》丹《に》右《え》衛門《もん》と申す者にござります」

信濃高遠の山々には、修験道場がいくつもあった。修行に明け暮れる山伏《やまぶし》は、関所を通らずに国々をめぐる獣道《けものみち》を知ると聞く。そのため、忍びの多くが山伏の身形を使い成す。

「我ら、先代より保科家の伝令役を務めてまいりました。時に内探も手がけておりますゆえ、若君様に力添えをせよ、との命を受け、参上仕《つかまつ》りました」

幸松は布団を払って跳ね起きた。

篠田が話をつけてくれたのだ。誰の目があるわけでもないが、自然と声が小さくなった。

「あまり大っぴらに探りを入れては、ご公儀への逆心と取られかねない。充分に意をそそいでくれ」

「委細心得ておりまする。ひとまず江戸と駿府へ急ぎ、話を集めてまいります。では――」

丹右衛門は頭を下げるなり、一切音を立てずに姿を消した。

高遠と江戸の間は、おおよそ三十五里。

丹右衛門からの知らせは、すぐには届かなかった。

その間に江戸の藩邸から、大御所の容体を伝える便りがまた持ちこまれた。

三月末になって、腹の痛みは和らいだらしい。食も少しは戻った。が、長く患っていた目の調子が悪く、人の支えなくば歩けなくなっているという。いつでも旅立てるよう、支度を調えておくこと。そう最後に父は書き添えていた。

実父である大御所の病は案ぜられた。しかし、手紙の最後に記された養父の花押《かおう》を見て、幸松は篠田に伝えた。

「大御所様はもちろんのことであるが、父の字の細さが気になってならぬ。至急、問い合わせてくれぬか」

「失礼とは存じましたが、すでに伝令を走らせましてございます」

篠田は先に文を読み、手を打っていたのだった。それほど文字が細く、弱々しく見えてならなかった。

幸松にとって、大御所の秀忠は、実の父でありながらも、その手応えはあまりに薄かった。多くの家臣に囲まれて暮らし、万全の手当を受けているであろう。養父である正光も、江戸の藩邸で多くの配下に支えられていた。が、誰よりもまず養父を案ずべきなのは、継嗣である幸松なのだ。

遅れてもう一通の便りが、幸松のもとへ届けられた。

朝、目を覚ますと、枕元に置かれていたのだ。丹右衛門からだとわかり、身を起こしてつかみ上げた。薄暗い部屋の中で読み進めていく。

――いくつか大名家に、不行跡を吹聴する者あり。出所不明につき、内探中。大納言様は駿府にて逼塞しておられるとの由。配下が子細を見定め次第、上申に参り仕ります。なお、御尊父様は憂苦に及ばず。息災《そくさい》であられまする。

真田の忍びの業《わざ》をもってしても、いくらか手を焼いているようだった。忠長の不行跡を吹聴する者とは、誰であるのか。吹聴というのだから、幕府からの通達とは違い、あくまで噂の範疇《はんちゅう》なのだと考えられる。

末尾には短く、正光の消息も添えられていた。

何か収まりの悪い書き方に思えて、さらに懸念が増した。幸松はいつ何時でも江戸へ発てるように旅の支度を調えた。

早くも五月が近づき、山の青葉が輝きを増したころ、丹右衛門が高遠へ戻ってきた。夜に訪ねる。そう記された紙片が、日課の素振りから戻ると、文机《ふづくえ》の上に置かれていた。

その夜、奥座敷で一人待つと、静かに襖が開いて、修験者姿の丹右衛門が現れた。幸松のもとへ忍び足で近づき、ひざをついて声を低めた。

「まこと奇妙な按排《あんばい》になってまいりました」

「大納言様が勘当されたのは、真であるのか」

「いずれは配流されるであろうと、大名がたがまことしやかに語っておられまする」

駿府から遠方へ配流されるとは、あまりに急な成り行きだった。首をひねるほかはない。

「まだ正式に命じられてはいないのだな……」

「その噂を初めに流したおかたがおられまする。参府していた豊前《ぶぜん》小倉《こくら》藩主、細川越中守様に間違いありませぬ」

細川越中守忠利《ただとし》――。関ヶ原の戦いの前から、江戸に人質として差し出されていたため、秀忠に目をかけられてきた、と聞く。正室は、徳川家康の長男信康の孫である。しかも、秀忠の養女となってから嫁いでおり、徳川家とは縁がかなり深い。外様でありながらも、まさしく将軍家の子飼いと見なされている大名だった。

「駿府へ足を運んだところ、確かに大納言様は、不始末をしでかした家臣を手討ちになされておられました」

「わけもなく家臣を斬って捨てる人であるものか」

「まことと仰せのとおりにござりまする。その者は、大納言様が鷹狩りに出ているさなか、下女の一人と密通し、夫に訴えられたのだと聞きました。ところが――その仕打ちを聞いた越中守殿が憤られて、誰彼かまわず触れ回っておるとのことなのです」

「わからぬな……。他家の始末を、なぜ憤る」

「その調べに少々手を焼き、参上が遅れました。手討ちにされた家臣の名は、小浜七之助。西国の船手頭《ふなてがしら》を務める小浜民部光隆殿の、次男か三男かと聞き及んでおります」

船手頭とは、船と水運を司る幕府の役職だった。藩の持つ船の数を定めるとともに、海運の認可権も握る要人と言えた。

「そうか……。細川の領する小倉藩は、九州の北の端。瀬戸内の海運を握る地でもあるな」

幸松は、九州の地の少ない知識をさらいながら言った。

丹右衛門がしたりと見返してくる。

「そのとおりにござりまする。小倉藩がもっと船を増やし、海運での稼ぎを上げたくとも、大坂の船手頭の許しがなくては、新たな船は造れませぬ。そこで、細川家はかねてより、小浜光隆殿に近づいて、せっせと貢ぎ物を贈っていたと言われております」

便宜を図ってもらうべく、盛んに供応を重ねていたところなのだ。

そのさなかに、船手頭の息子が駿府で手討ちにされた。

小浜光隆は亡骸《なきがら》を引き取りに行き、葬儀も上げねばならなかったろう。細川家への許しがいつ下りるものか、見極めすらつかなくなったに違いない。たとえ七之助に非があろうとも、細川家にとっては、迷惑この上ない話なのだった。

いずれにしても小浜七之助には、主君の忠長を激怒させる密通という不始末があった。傅役を通じて子細が江戸に報じられたろう。おそらく、家光の息がかかっていたと思われる。忠長はそのことも疑い、傅役を斬ろうとまでしたため、宿老の朝倉宣正が見かねて諫《いさ》めたに違いない。が、忠長からすれば、裏切るような注進をした者を庇《かば》うような振る舞いに腹をすえかね、朝倉までをも切腹させようと考えたのではなかったか。

「さらに不可思議なのは、大御所様が病に倒れられたのは、大納言様の不行跡を耳にされたからなのだと、越中守殿が内々に口外なされてもおられるのです」

幼いころから目をかけてきた忠長が家臣を次々と手討ちにしようものなら、父として驚き、消沈はするだろう。が、だからといって、病になるとは考えにくい。食が細り、具合が悪くなったことを、大げさに言い散らしているとしか思えなかった。

「まだ解せぬことはございまする。大御所様が病に倒れられた時、公方様は鴻巣《こうのす》へ鷹狩りに出かけておられました。役方から知らせを受けられても、すぐには帰府せず、さらに所を移して十日も鷹狩りを楽しまれておられたのです」

その事実は、江戸後期にまとめられた『徳川実紀』にも記されている。

もちろん実紀は、後世の編纂《へんさん》であるため、それまでに出た書誌の寄せ集めに近い面はある。が、秀忠の病と家光の鷹狩りに関しては、『江戸幕府日記』からの引用なのである。信憑性はかなり高いと見ていい。

実紀によれば、秀忠の発病が、二月二十二日。

家光が江戸城に帰ってきたのが、三月四日。

父親が倒れたと急の知らせを受けながらも、家光は平然と鷹狩りを続けていたのである。

実紀を編纂した者は、事実を忠実に記したため、将軍親子の亀裂を、結果として後世に伝えてしまったと言えるだろう。

「さりながら、越中守殿は、こうも触れ回っておいでです。大御所様がお倒れになられたのは、公方様が鷹狩りに出られる前であった。大納言様の不行跡を諫めるため、土井大炊頭殿らをお遣わしになられたうえ、自らも二度にわたって異見した、と……」

その事実も、細川家文書の中に残されている。江戸に参府していた細川忠利が、忠長の行状を聞きつけて、領国の小倉にいる父の忠興に知らせた書状である。秀忠が病に倒れた日付が、明確に記されているのだ。

二月十二日――と。

実紀の元となった江戸幕府日記との違いは、何を意味するのか。

家光が鷹狩りに出かけたことは、城で働く役方の者であれば知っている。大名らも話には聞いていたはずなのだ。そう考えれば、なぜ日にちに違いが出たのかは、明らかだろう。

日記に記されていた二月二十二日に秀忠が倒れたのでは、都合の悪い者がいたのだ。

なぜならその時、家光は鷹狩りに出かけており、江戸を留守にしていた。よって、二十二日に秀忠が倒れたのでは、数々の不行跡を働いた忠長を自ら諭す時間がなかったことになってしまう。しかも忠長は、二月の初旬に駿府へと帰っているのである。細川忠利が父への手紙で書いたような事実はなかったことになってしまう。

すべての辻褄を合わせる方法はひとつ。

実は十二日に秀忠は病を発症していて、その後に家光は鷹狩りに出かけた。だから、再び秀忠の体調が悪化しても、すでに容体の見当はついているので、慌てて江戸へ帰ることは、あえてしなかった。

秀忠が倒れたのは、あくまで忠長の行状を聞かされたからなのだ。家光が鷹狩りから江戸城へ戻ったあとで、そう事実とは明らかに違う嘘を、細川忠利に告げた者がいた、と推定できる。

忠長を陥れるための計略があった、としか考えられない。

「待て……どういうことなのだ」

幸松は暗がりを見すえ、懸命に知恵をめぐらせた。

もし本当に忠長を陥れようと謀《はか》った者がいたのであれば……。

もちろんその者は、大坂の船手頭を務める小浜光隆に、細川家がすり寄っていた事実をつかんでいた。だから、小浜七之助が手討ちにされたことを細川が聞けば、たちまち怒りをつのらせて、忠長を非難するに違いない。そう考えたのではなかったか。

秀忠が倒れたことを利用して、忠長を追いつめる。将軍の座を脅かしかねない弟は、力を奪っておくに限る。かつて二代将軍の秀忠が、実の弟と兄の息子を配流に追いやった手を見習うべし。

自分で導き出した答えが信じられず、幸松は身を震わせた。指先が凍えるかのように冷えていた。

「大御所様のお躰《からだ》は、かなりお悪いのか」

「一時、食事もとれるようになったと聞きますが、また四月に入って、胸と腹の痛みに苦しまれておられます……」

秀忠がもし平癒しなければ、すべては策を謀った者の思うがままになる。

大名の間でいかなる噂が広まろうとも、秀忠に対面して尋ねられるわけもなかった。ましてや病が重いのでは、会って話をすることさえ難しい。

「このままでは、大納言様の行く末が危うくなる……」

「おそらくは上総介様や、越前守様の二の舞となろう。そう多くの大名がたが仰せになってござりまする」

松平上総介忠輝は、秀忠にうとまれたあげく改易されて、今は信濃諏訪家で預かりの身となっている。松平越前守忠直は、参勤に応じなかったとの理由から配流されて、わずかな供と豊後で暮らす。ともに、将軍の座を脅かす者と見なされて、陽の当たる場所から追われたのである。

「今ほど大御所様の息子でなければよいのに、と思わされたことはないな」

本音を漏らすと、丹右衛門が厳しい目つきを見せた。

「何を仰せられます。もし上総介様や越前守様が処断を不服と表しておれば、徳川家がふたつに割れていたかもしれないのです。紀伊《きい》の権大納言《ごんだいなごん》頼宣《よりのぶ》様には、今なお将軍の座をうかがっておる、とのよからぬ噂も聞こえてまいります。徳川の世を守るためには、将軍に逆らう様を見せた者には、たとえ身内であろうと厳しく断じるほかはないと申せましょう」

秀忠が側近の話を頭から信じこんで、忠長の勘当を決めたのかどうかはわからない。将軍を支え、徳川家の秩序を守るために、やむなく秀忠を説き伏せた者がいたとも考えられる。

昨年末に、忠長と初めて会った時にかけられた言葉が思い出された。

——戦世は終わりを見ない。

まさしく忠長の懸念が、そのまま的中したのだった。

「大納言様はいかがなされておいでなのか」

「かなり力を落とされている、と聞きました。しかしながら、公方様の許しを得るべく、天海《てんかい》様や崇伝《すうでん》様に文を認《したた》めておいでのようにござりまする」

天海は天台宗の僧で、川越の喜多院の住職を務めていたことから家康と会い、縁ができた。日光に家康を奉り、上野に菩提寺として寛永寺《かんえいじ》を開いている。以心《いしん》崇伝は臨済宗の僧で、駿府で家康に謁《えつ》して以来、幕府の文書起草を任されてきた。

ともに秀忠と家光からも信を得ていた。その二人を頼ることで、勘当を解いてもらおうというのだろう。

幸松はいまだ、大御所の息子という手応えを持てずにいた。家光と忠長の弟でありながら、遠い高遠の地で気を揉《も》むことしかできずにいる身が辛かった。もちろん、自分が江戸にいても、できることはなかったと思う。

せめて文を認めることぐらいしかできなかった。丹右衛門であれば、駿府の忠長に必ずや届けてくれる。

その夜、幸松は明け方まで時を費やして、忠長を見舞う心からの手紙を書いた。

今朝も家光は一切口を開かず、出迎えた正室の孝子《たかこ》には目もくれず、淡々と徳川家の位牌を拝み終えるや、早々に立ち去った。

将軍の背を見送る上﨟《じょうろう》たちの目の奥には、荒《すさ》んだ暗い光が宿って見えた。大奥の上﨟年寄は、御台所《みだいどころ》となった孝子について京から来た者たちなので、正室を軽んじて恥じない家光を恨みに思っているのだった。

何のために大奥はあるのか。

足早に去る家光を廊下の端から見送ったあと、おなあは孝子に向けてまた深く頭を下げた。

摂家の出とあって、孝子の肌はひときわ白い。その無垢《むく》な白さが、ことさら痛々しい。元和九年に、家光の母の猶子《ゆうし》となって江戸へ来て以来、もう八年になる。将軍秀忠にも気に入られて正式に婚礼の儀を執り行い、御台《みだい》となってから早くも六年がすぎた。

つらく虚しい日々だったろう。この先も正室としての暮らしが、形ばかりに続く。将軍の妻となったからには、大奥という狭く限られた場で生きていくしかないのだった。

今では孝子も家光のことを、雅《みやび》な京の暮らしを知ろうともしない江戸の田舎者、と見下していた。そうやって己を支えるしかないのだろう。その心中を思うと、おなあの胸まで、きりきりと痛みが刺してくる。

おなあは手をついた姿勢を保ち、御清之間《おきよのま》へ向かう孝子と上﨟らを見送った。

将軍を送り出したあとは、生家である鷹司《たかつかさ》家の菩提《ぼだい》を弔《とむら》う慣いになっていた。が、おそらく孝子が熱心に手を合わせることはない。鷹司家をただ守っていくために娘を徳川家へ売り渡した父への恨みを、日々重ねているはずなのだから。

孝子は教養もあり、また麗《うるわ》しく、優しい人でもあった。家光は大きな思い違いをしていると、おなあは考えている。

憎き母が勝手に選んで決めた妻。

大奥に入ってすぐ、おなあは知った。家光は、生母である江《ごう》に嫌われてきたと、今なお信じている。江は弟の忠長を溺愛し、できるものなら三代将軍の座に就けたいと考えてきた。ゆえに、自分は疎《うと》まれている。

おなあも、二人の男の子を産んだ。多少の出来不出来は、人として目につくことはなくもなかった。が、どちらも愛しく大切な我が子であった。立派な武士となり、見事に役目を果たしてほしい。そう祈る気持ちに変わりはまったくない。

江は、五年前に亡くなった。大御所秀忠と三男の忠長は、命日の墓参を欠かさずにいる。ところが、家光は頑として足を運ばずにいた。それほど、今なお母を恨みに思っているのだ。

――母が気に入って選んだ女になど、己の子を産ませるものか。

そういう意固地な気持ちも、いくらかはあるのだろう。けれど、家光は大奥で働くほかの女に手を出そうともしていない。中奥の小座敷にお気に入りの若い小姓を呼んでは、夜伽をさせているという。

戦場におなごはいない。滾《たぎ》る血を冷ますために、若い徒《かち》の者を抱いた。最初の夫であった小松城主の前田直知《まえだなおとも》からそう聞いた。が、今は戦国の世ではなかった。二十八歳にもなる将軍に子がないのでは、徳川家の存亡にかかわりかねない。母親から疎まれたという見当違いの辛苦から、すべての女への恨みを塗り固めているかのように見えてしまうのだった。

おなあは白羽二重の裾を払って腰を上げ、表使《おもてづかい》のつめる御納戸へ急いだ。今のうちに買い物の差配をしておかなければならなかった。

使番の女中が記した帳面を端から見ていき、不足分を書き足していった。六百人近くもの女が暮らすため、毎日の買い入れを欠かすわけにはいかないのだ。

不幸にも離縁されたあとに嫁いだ町野幸和《まちのゆきかず》は、会津藩の重臣だった。が、藩主の蒲生忠郷《がもうたださと》が世継のないまま没したために減封され、それとともに家禄《かろく》を失った。新たな仕官の先は見つからず、一家で江戸へ移り住み、おなあの義理の叔母である稲葉福《いなばふく》を頼った。

お福は将軍嫡子の乳母となり、江戸城内で働いていた。その夫の稲葉正成《いなばまさなり》は、小早川秀秋《こばやかわひであき》の配下にあり、関ヶ原の戦いの際には主君を説き伏せて徳川方に寝返らせたという功績があった。お福は、織田信長を討った明智光秀《あけちみつひで》の重臣、斎藤利三《さいとうとしみつ》の娘で、山崎の戦いで明智家が羽柴秀吉《はしばひでよし》に滅ぼされたあと、母方の親戚に当たる三条西家に匿《かくま》われて、公家の教養を身につけた。その見識を家康に認められて、乳母になれたと聞く。

おなあも、最初の夫に離縁されたあと、父の建立《こんりゅう》した寺で住職を務める叔父のもとに身を寄せ、禅を学んだ。少しは教養も身につけていたので、お福を頼れば、夫婦ともども江戸で働けると考えたのだった。

おなあは四十歳になった春に、お福の引きで大奥へ入った。

毎日が驚きの連続だった。武家の娘が生家を離れ、ほぼ女だけが暮らす閉ざされた城の中で、健気に黙々と働いていた。父親の家禄が少なく、人減らしのように奉公へ出された娘が多かった。

年端もいかない若さで女の園へ入り、外へ出ることはほぼ許されない。奉公して三年目に六日の宿下がりが認められているものの、大奥の内実を触れ回らないようにと、おつきの者がついて回る窮屈さだった。

お福もおなあも武家へ嫁ぎ、子に恵まれるという幸運を得た。が、大奥へ入ると、使い走りのような仕事のうちは辞めることができても、多くの女が生まれた家を助けるために働き続けるしかない。女盛りの時期をすぎても、ひたすら奉公する日々に甘んじていた。

馬が合わない者を輩《ともがら》といびり、夜の床をともにする相手を奪い合う。些細な妬みであろうと、積み重なっていけば深い恨みと憎しみへ育ち、女だてらのつかみ合いが頻発する。荒んだ心を持てあまして、奇行に走る娘もいた。

悩み、苦しみ、泣く女たちを見て、お福がふたつ返事でおなあを大奥へ引き入れてくれたわけがわかった。女たちの争い事を持てあましていたからなのだ。

おなあは叔父の寺で仏法と禅の心を学んでいる。迷いを断って、気持ちを安らかにすることの深意と大切さを説き、寂しき女たちを慰めてくれというのだった。

「わたくしには荷が重すぎます」

「いいえ、そなたの澄んだ声を聞き、慈愛に満ちた話に触れるたび、心が洗われるようであった。決して世辞や諂《へつら》いではなく、本心でありますぞ。身の辛苦を糧《かて》に、心を磨いてきた証でしょう。そなたが近くにいてくれると、どれほど心強く思えることか。娘らの話に耳を傾けてやるだけでも、心の荒みが濯《そそ》がれていくと思えてならぬのじゃ。頼みますぞ」

帝《みかど》から春日の称号を与えられた叔母に頭を下げられ、おなあは引き受けるほかはなかった。

お福は五十三歳。髪に白いものが増えた。家光に子がないため、何のための大奥だと、宿老から責められているとも聞いた。

大御所が病に倒れたのを機に、家光とその取り巻きは、忠長の不始末をあげつらったあげく、ついには蟄居《ちっきょ》へと追いやっていた。これで将軍の座を脅かす者はいなくなった。あとは世継ぎを待つばかり。

お福はこのところ、大奥の差配をおなあに任せ、密かに駕籠を仕立ててどこかへ出かけていく。家光が大奥の女を好いてくれるよう、願掛けに出向いていると言う者もあった。家光が疱瘡を患った際には、お百度参りを欠かさなかった人なのだ。世継を得るためなれば、たとえ真冬の水垢離《みずごり》も怖れはしないだろう。

おなあは買い入れの差配を終え、御納戸を出た。長局《ながつぼね》の出入り口となる〝七つ口〟へ向かう。

廊下を歩んでいくと、使番の娘から声をかけられた。

「春日局様がお呼びにございます」

お福は田安門の近くに屋敷を与えられていた。ようやく登城したようだ。

急いで小座敷へ進むと、御小姓が静かに襖を開けた。

秋の中庭を背に、お福があらたまるように背筋を伸ばし、待っていた。

「遅くなりまして相すみませぬ」

おなあがひざをついて頭を下げると、お福までが畳に三つ指をつき、丁寧な辞儀をしてきた。

こういう姿勢を見せるのだから、また面倒事を頼まれるのだ。

「そなたの働きぶりには、いつも頭の下がる思いでおりますぞ」

いきなり世辞を言われて、おなあは笑みを返した。

「いいえ。春日局様の足元にも及びませぬ」

「そなたが来てくれてからは、本当に楽をさせてもらっている。ありがたきことである」

こんなに褒めそやされると、頼み事の中身が怖ろしくなる。よほど難儀なことか……。

お福は言いにくそうに目を畳に落としてから、面を上げた。

「実は、そなたの娘を、遠目から見てまいった」

驚きに息を呑んだ。

娘の名は、おたあという。おなあの夫が蒲生家に仕えていた縁から、同じ配下にあった岡重政の息子、吉右衛門のもとに嫁いでいた。

蒲生家が改易されたため、吉右衛門もおなあ一家と江戸へ上がり、お福の力添えによって、おなあの夫とともに今は幕府役方の末席にある。

「どういうことでござりましょうか」

「そなたの娘の噂は話に聞いておった。目鼻立ちがきりりと美しく、若き剣士のような凛々しさであると……」

お福はまた言いにくそうに下を向いて、続けた。

「この目で確かめて、声をなくした。どこか、わたくしの義理の孫に似ておった……」

お福の義理の孫――堀田加賀守《かがのかみ》正盛。その母は、お福の夫の稲葉正成が最初の妻との間にもうけた娘であった。

堀田正盛は、家光の小姓として出仕し、一千石の家督を継いだのち、今や知行を一万石に増やして、譜代大名の一人となっていた。お福の孫だからではない。家光の寵愛を受けてきたからなのである。江戸城内で大っぴらに語る者はなくとも、誰もが知ることだった。

「そなたもよく知っているであろう。公方様は、肌の色が白く、小柄で細身の瓜実顔《うりざねがお》で、目鼻立ちと眉の凛々しい者が好みなのじゃ」

まだ言わんとするところがわからなかった。家光の好みは話に聞いていた。けれど、それは衆道の相手の好みなのだ。

よもや、お福は……。急に胸の奥が苦しくなった。

「恥を忍んで申す。徳川家の末を守るため、おたあをこの大奥に預けてくださらぬか」

「何を仰せです」

「このとおり……頼みますぞ」

お福がまた三つ指をつき、姪に向かって深々と頭を下げた。

大奥へ出仕させるとは、夫と離縁させよ、ということである。その代わりとして、おなあと同じく、娘の夫の吉右衛門は江戸城内で引き立てられていく。残した幼い娘も心配はいらない。すべて徳川家が守っていく。

あまりのことに、おなあは小さく首を振った。

家光が寵愛する堀田正盛に似ている女。その母親は、都合のいいことに、大奥で働いている。もし朝の総触れの際に、家光がおたあを一目見れば、女であろうと必ずや気を引かれるはず……。

家光と徳川家のため、夫と子のある娘を側室として差し出せ、と言ってきたのだった。

「このままでは世継が生まれず、将軍の座をめぐる争いが徳川家中で生じていくのはさけられそうもありませぬ。駿府の大納言様こそ将軍に相応しい。そう言いだす者が、きっと現れるでしょう。もしそのような不遜な動きを見せる者あらば、公方様は激しくお怒りになられ、何をされるか不安でならぬのです」

お福の上の子の稲葉正勝は、家光づきの年寄である。

もう一人、四番目の男子の正利が、忠長の重臣になっていた。ゆえに、忠長の動静はあますことなく正利から兄の正勝に伝えられていると聞いた。忠長が大御所から勘当された裏には、お福の二人の息子が大きくかかわっている。そうささやく者が多かった。

「徳川の世を守るため、手を貸してもらえぬか。これ、このとおり……」

「どうか面をお上げください」

「力になってくれるか」

お福が期待に目を光らせた。

「おたあは、もう二十六です」

「公方様よりふたつ下。正盛と同じ歳」

お福の気が知れなかった。十歳になる娘のいる女を、ただ寵愛する男に少し似ているから、将軍にあてがってみようと考える。女のよさを知らしめることが叶えば、必ず世継が生まれてくれる。

「どうか徳川家のため、娘に話をしてみてはくれぬか」

武門を束ねる主家のためであれば、夫と娘と別れて、夜伽の相手を務めるぐらいは何でもない。光栄に思わなくてどうするのだ。そう言わんばかりに聞こえた。

人の心を何と弁《わきま》えているのであろうか。

徳川家の前には、すべてが許されて当然。そういう思い上がりが感じられてならない。たとえ血のつながりがなくとも、自分の乳を与え続けた者であれば、我が子同然に愛しく思えてくるのだろう。けれども、心から徳川のためを思うのであれば、まず家光を諭し、男としての――将軍に相応しき――道を説くのが先ではないのか。

お福も大奥で長く暮らし、ほかの女たちと同じように心を病んでいるとしか思えなかった。

「徳川のためぞ。このとおり、お頼み申す」

おなあの手を握るなり、お福は頭を下げながら、さめざめと泣きだした。

保科家相続

呆れるほど狙いどおりに、細川忠利はうまく立ち回ってくれた。

信綱は熟々《つくづく》満足だった。

大御所が病に倒れてからは、とりわけ事を慎重に運んできた。小姓を通じて、わざわざ土井利勝の耳にも噂が届くように砕心《さいしん》した。忠長が小浜七之助を手討ちにした事実は打ち消しようがなく、細川によってさらに多くの大名が知ることとなった。

家光は西之丸に参内しては、見舞いと称して人払いをしたうえで、秀忠に耳打ちをくり返した。弟の悪行が止まらず、大いに困っている。ついに禿《かむろ》を唐犬に食わし、侍女に酒を無理やり呑ませて責め殺したと聞くにいたっては、もう手の施しようがない。どういたしたらよいのでありましょうか。

家光もよく秀忠を説き伏せたものだ。弟を自ら裁くのは忍びない。涙まで流して訴えたというのだから、忠長への憎しみの深さを、信綱はあらためて知って慄然とした。

ついに病床の秀忠は決意を固めた。

「もう忠長を子とは思わぬ。親子の縁を切るゆえ、どのような成敗も許す。あとは頼むぞ」

いくら土井利勝が手をつくそうとも、大御所の裁きを覆すことはできなかった。

これであの才に秀でた男が、家光の座を脅かすことはなくなった。あとは忠輝や忠直のように改易へ持ちこみ、どこか遠くへ配流すればいい。

ただし、口うるさい紀伊の大納言頼宣には、なお目を光らせておくべきだった。もし家光まで病に倒れでもすれば、自分のほかに将軍を継げそうな者はいない。そう言って、しゃしゃり出てくるのは目に見えていた。

もう一人、高遠保科家の幸松もいたが、あちらは他家へ養子に出された身だ。土井利勝の肩入れぶりは気になるものの、将軍の座を脅かす器量と人望には欠けていた。もし徳川家の縁戚として松平姓を望むようであれば、その頭を打ちすえてやれば、おとなしくなるであろう。

「餌さえ与えてやれば、あの男は使えるな」

蟄居を命じられた忠長が、付家老の領する甲州へ向かったことを知らせると、家光は安堵の面持ちを見せた。

小姓を下がらせたあと、信綱は一礼してから家光の前へとひざをつめた。

「あの者は幼少から人質として生きてきました。その祖父も信長公から秀吉公へと主君を渡り歩き、父も羽柴の姓を賜《たまわ》っておきながら、のうのうと徳川に寝返っておりまする。この先さらに生きぬくには、ひたすら徳川家につくすのみ、と心得ておるのでありましょう」

祖父の名は、細川幽斎《ゆうさい》。もとは足利の幕臣でありながら、たちまち信長の配下へと転じ、さらには秀吉につくという変わり身の早さが身上の男であった。

父は細川忠興《ただおき》。逆臣明智光秀の娘を娶《めと》っておきながら、秀吉にすぐさま荷担するという日和見に長けた男。その血を受け継ぐのだから、鵜《う》の目鷹《たか》の目で徳川家の動静を見定めているのだった。

「うまくやったのう。どう打ち明けたのじゃ。手を明かせ」

「いいえ、それがしは細川越中守殿に会ってはおりませぬ」

「では、誰を遣わした」

「お忘れでありましょうか。越中守殿は、公方様と同じく柳生新陰流の使い手にござりまする」

柳生但馬守宗矩《たじまのかみむねのり》は、徳川将軍家の兵法指南役を任されてきた。

徳川家に取り入りたい細川忠利は、新陰流を学ぼうと、宗矩の弟子となっていた。剣術の師から聞いた話であれば、一も二もなく信じるのは当然だった。

さらに、宗矩の息子の十兵衛《じゅうべえ》三厳《みつよし》は、家光の小姓となり、長く稽古の相手役を務めてきた。が、忠長の指南を手がけた折りに、馬が合ったのか酒の席へたびたび呼ばれて、親交を深めた。そのことを知った家光は、酒席で無礼があったと言い、三厳に蟄居を命じた。今は縁者を頼って小田原の地で一人すごしている。その嫡男の許しを得るためにも、宗矩であれば喜んで計略に手を貸すと考えたのだ。

まだほかにも裏の事情はあった。

細川忠利の生母は、明智光秀の娘である。また、家光の乳母で大奥の采配を握る春日局は、明智家の重臣だった斎藤利三の娘なのだ。光秀が本能寺で織田信長を討った際に、斎藤利三の息子たちを細川忠興が匿っており、春日局は今なお細川家への支援を続けていた。

細川家は、小倉という遠い九州の地を家康にあてがわれ、江戸へ参勤するたびに莫大な出費がかさんだ。名門の外様として、見栄を張って大行列を組みたがることもあり、細川は常から倹約に努めていたのである。

秀忠と家光は、外様大名との信を深めるため、〝御成《おなり》〟と称して屋敷を訪ねる遊山《ゆさん》をくり返してきた。が、御成を受けて饗応するには、やはり多額の出費がかかる。

伊達家や島津家は、新たな書院を作事までして、将軍を江戸屋敷に迎えていた。が、元手に乏しい細川は、将軍から声をかけられようとも、丁寧に辞退するほかはなかった。

見かねた春日局は、二百五十両もの大金を忠利に預けた。その金を使って、細川家は船の新造を計画した。だから、船手頭の小浜光隆に近づいたのである。さらには、少しでも財を潤そうと、藩で新たな銭を鋳造《ちゅうぞう》したうえ、ベトナムへ輸出してもいた。

ただし、このあたりの子細を、家光に告げられない理由が、信綱にはあった。

なぜなら、信綱の養父である正綱も、長崎代官を継いだ末次平蔵茂貞の手がける台湾との密貿易に資金を出していたからなのだ。勘定頭というその職を利して、養父がせっせと余録《よろく》を稼いでいたことなど、とても口にはできなかった。

「そうか、さらに褒美を与えてやれば、まだまだ殊勝に働くであろうな、あやつは……」

「御意にござりまする」

信綱は折目高に礼を返した。

家光はまだ策を秘めているように思われた。忠長が江戸に帰ることは、最早ありえなくなっている。将軍が許しを与えない限り、忠輝や忠直のように田舎でひっそりと暮らしていくほかはなかった。あるいは、憎き弟を、文字どおりに葬り去るつもりでいるわけか。

いまだ底知れぬ恨みを、弟に抱き続ける。その執念を少しは政に向けてもらいたい。が、望み違いというものかもしれない。

骨肉相食《あいは》む戦国の世であれば、家光は疑いなく覇者《はしゃ》への道を歩んでいたであろう。織田信長も評判高き弟を殺して家中をまとめ、京への道を一気呵成《いっきかせい》に進んでいった。

ここは、家光の執念を見習わねばならなかった。生家を捨てて松平正綱の養子となったのは、将軍の下で働いて力を握り、思うがままに世を動かしていくためなのだ。

邪魔立てする者は、容赦せず葬り去るに限る。

八月に入ると、信綱のもとに知らせが届いた。

家光のもう一人の弟が、江戸に駆けつけたのだ。

六月の初旬から、秀忠は胸の激しい痛みに悩まされていた。鍼灸《しんきゅう》や薬の治療を受けたが、七月になって痛みが増し、八月三日、ついに見舞いの登城は断るとの連署が諸大名に下された。

いよいよ大御所が思わしくないと聞きつけて、高遠から慌てて参府したのであろう。

またぞろ土井利勝を頼り、見舞いの許しを得ようと泣き落としにかかってくるのは見えていた。

信綱は先手を打ち、見舞いの登城を断る旨を、家光と奥医師を通じて西之丸の家老に認めさせた。いくら落胤であろうと、これで大御所へのお目見えは叶わなくなる。病が理由なのであり、土井利勝も引き下がるほかはないはずだった。

ところが、本丸御殿の廊下で、その利勝に呼び止められた。

まるで信綱を待っていたかのように、小座敷の襖の奥から唐突に、黒々とした悪相がひょいと現れたのだった。

「お聞き及びでしょうか。保科肥後守殿のお加減が優れないとか……」

その知らせは、信綱の耳に入ってはいなかった。

本心をのぞかせまいとするように、利勝はわずかに目をそらして言った。

「まことお気の毒なことにござります。大御所様に続いて、御養父殿が病に伏せられるとは……。多くの大名がたが不憫《ふびん》に思われている、とうかがいました。それがしも胸が痛みまする」

信綱は納得した。利勝が思惑を秘め、あえて諸大名に触れ回っているのだ。二人の父が時を同じくして患うこととなった。せめて大御所への見舞いは許されていいのではないか。そういう世評を作る気なのだ。

信綱に伝えてきたからには、家光の耳にも入れておきたいとのふくみがある。

つまり利勝は、裏でこの信綱が動き、家光に多くの知恵をつけたとは、まだ知らずにいるのだ。

信綱はにじみ出そうになる笑みを嚙み殺した。

断じて見舞いに行かせはしない。奥医師の岡本啓迪院《おかもとけいてきいん》にまた家光から念押ししてもらう必要がありそうだった。

高遠藩の幸松が参府した直後、家光は大御所の回復を祈るためと称して、寛永寺と浅草寺にて猿楽を続けて興行した。

小藩にすぎない高遠保科家は陪席を許されなかった。もちろん、信綱があえて声をかけずにすませたのである。

その後は、台風による大雨が続き、関東一帯で川の堤防が壊れ、人畜に甚大な被害が出た。が、家光は年貢の棒引きはしない、と冷淡に告げたのみであった。

その手配に追われているさなか、保科正光が没したとの知らせが江戸城中奥に届けられた。

「伊豆よ、そちがまず悔やみに行け」

土井利勝に先を越されるな。家光の判断は速かった。

あの男が大御所の使者となったのでは、勝手な約束を取りつけかねない。すでに家光は、利勝が保科家へ見舞いに行くと聞き、先に手紙を使者に届けさせてもいた。ただし、儀礼の範疇にすぎず、兄弟としての優しい言葉など、一片たりとも添えられていなかった。それでも将軍から見舞いの奉書をもらえたのだから、三万石の小藩としてはありがたかったに違いないのだ。

信綱は直ちに駕籠を手配し、配下の者をともなって、高遠藩の上屋敷へ急いだ。

幸松は家老を引き連れて式台に現れると、床に手をついて頭を下げた。その目は赤く腫れ上がっていた。

「公方様より温かきお言葉をいただいたうえ、かようなご配慮を賜りまして、父も喜んでおりましょう。恐悦至極にござりまする」

目を赤くしながらも声は震わさず、平伏の所作にも乱れはなかった。

養父にすぎない男の死であり、少しは落ち着いていられもするのだろう。涙の跡は、家臣の手前もあるため、股でもつねって仕上げたものかもしれない。そう意地悪く考えたくなるほど、見事な返礼の所作だった。

忌々しいまでに、そつがない。知恵が回るうえに、肝も据わっている。

そう家光にありのままを告げたならば、何を思うであろうか。忠長を蟄居させたうえ、腹違いの弟まで憎んで害を加えようものなら、器の小ささをさらに喧伝するものとなる。

信綱は有り体な悔やみを述べると、早々に保科家の屋敷を辞した。

しばらくは幸松を冷遇し、様子を見るしかないのだろう。もし家光の弟という出自を誇るようであれば、断固としてたたくほかはなかった。

高遠に帰って養父を弔うと、幸松はまた慌ただしく江戸へ戻った。

信濃高遠藩三万石の家督を継ぐことを、家光から正式に認められたのである。

ただし、期待していた秀忠との対面は叶わなかった。しかも、保科家の五人の家老が本丸の筆頭年寄である酒井《さかい》雅楽頭《うたのかみ》忠世《ただよ》の屋敷に呼ばれて、上意を伝えられたのだった。

「公方様は御兄弟としてお認めになられないのであろうか」

篠田や北原らの家老は悔しげに言い合った。譜代とはいえ小藩にすぎないため、使者のみを遣わされたことを軽く見られた、と考えたのである。

徳川家の血筋にありながら、たった三万石という知行《ちぎょう》ではあまりに少なすぎる。紀州、尾張、水戸の一門は、いずれも二十五万石を超えていた。この機に必ず加増される。そう皆は信じていたのだった。

気持ちはわかるものの、幸松は言葉を選んで言った。

「それがしは高遠こそが真の故郷と思うておる。皆の者は違うのか」

「いいえ。領地への思いとは別の話にござりまする。殿の胸中を思えばこそ、皆は悔しゅうてならぬのです」

父の従弟に当たる保科民部《みんぶ》正近《まさちか》が、幸松をあえて殿と言い、唇を噛んでみせた。

「すでに告げたはずぞ。人の欲がある限り、戦世は終わりを見ない。その言葉を授けてくださった駿河大納言様が今いかなる仕打ちにあわれているか、皆もとくと考えてほしい」

居並ぶ家臣が身を揺らして、幸松を見つめた。

「それがしは高遠藩主を継げて、嘘偽りなく、心から喜んでおる。この先はもう大炊頭殿を頼ってはならぬ。藩主として、最初の命を下させてもらおうぞ。我等は我等の道を歩んでいく。そう決意を新たにすべきである。よいな、皆の者」

幸松は自分で言いながら、不思議な気がした。

まだ元服もしていない若輩者が、年嵩の宿老を諭していた。家督を継いだからにはこの先、保科家を背負っていかねばならず、一千の家臣のみでなく、高遠に暮らす数多《あまた》の領民をも守るべき務めが課せられたのだった。

篠田が畳に手をつき、頭を垂れた。

「御意にござりまする、殿」

また殿と呼ばれて、背筋が伸びた。篠田にならって、古参の家老も頭を垂れた。

正近があらたまるように声を張った。

「今のお言葉を我等、肝に銘じてまいりまする」

「あ、待て。どうか頭を上げてくれぬか。それがしはまだ赤子の藩主ぞ。そなたらが導いてくれねば、よちよち歩きもできぬ。この先もしかと手を貸してほしい。このとおり、頼む」

幸松も慌てて頭を下げた。

篠田が驚き顔になったあと、ふくみ笑いを洩らすように言った。

「いやいや、殿こそ面をお上げくだされ。このままでは、頭を下げ続ける我慢比べになってしまいまする」

「おお、そうであるな。よし、皆で面を上げて、しかと前を見つめていこうではないか。父亡きあと、さらに高遠の地を豊かにするには何が肝要か。今宵はまず、ここで知恵を出し合おうではないか」

「ありがたきお言葉にござりまする」

その夜は、領内の治めについて心置きなく論じられた。


六日後に、幸松と五人の家老は、家光への拝謁が許された。

家督を継いだ礼を述べるための儀礼的な対面だった。家光から言葉はなく、西之丸の秀忠を見舞うことも叶わなかった。されども、不平を語る家老は一人もいなかった。

幸松は晴れて前髪を切って髻《もとどり》を結い、二十一歳にしてようやく元服の時を迎えた。

その翌日には、再び登城して、養父と同じ肥後守の官位と祝いの品が下された。

諱《いみな》は、養父から一字を取って、正之《まさゆき》、とした。秀忠や家光から偏諱《へんき》を賜ることはもとより望まなかった。

保科肥後守正之。

その名に不足はない。高遠藩主として生きるのみ。

決意を固めた夜のことだった。久方ぶりに丹右衛門が、夜の庭に現れた。若い庭師に呼ばれて縁先に立つと、茂みの横に修験者の形をした丹右衛門がひざまずいていたのだ。

「お知らせいたしまする。駿河大納言様は崇伝師の忠言をお聞き入れなされて、詫び状を認められたとのことにござります」

正之は胸をつかれ、丹右衛門に訊き返した。

「では、言いがかりとしか思えぬ数々の不行跡を認めたというのか……」

「すべては酒と病のせいであった。この先は年寄衆の命にしたがう。誓詞《せいし》をあげて申し上げる、と……」

さぞや無念であったに違いない。城下の猿を退治したのは領民のため。小浜七之助を手討ちにしたのは、家中の掟《おきて》を守るためであったのだ。

聞くところによれば、松平忠輝や忠直の改易も、言いがかりに等しい理由からだったらしい。

今また強引に些事をあげつらい、将軍の手によって弟が追いやられようとしているのだった。

甲府へ行き、己の力で領地を見事に治めてみよ。成し遂げた暁には駿府へ戻そう。そう家光は言い渡したと聞くが、実は多くの家臣に囲まれての蟄居に等しいのだ。このまま甲府の地に留め置かれて、大御所への見舞いも許されることはないのかもしれない。忠輝と忠直は今なお、人知れず配流の地で暮らしている。

正之は星の見えない暗夜を仰いだ。

兄が蟄居を無理強いし、囚《とら》われの弟が泣く泣く詫び状を認める。さらに末の弟である自分も、実の父の見舞いにも行けずにいる。

虚しさに胸がつまった。三万石の小藩を預かるにすぎない者に、幕内での権限は一切なく、遠い地から一人無事を祈ることしかできない。たとえ血縁にあろうと、地位に開きがあるため、家光に会って話すことさえ難しい。ましてや、もう一人の兄を許してもらえないかと問うなど、不遜も甚だしい。

ただ己の無力を見つめるしかない。

師走《しわす》も押しつまると、秀忠の容体はさらに悪化した。西之丸への見舞いは許されず、高遠へ帰るわけにもいかず、そのまま年が明けた。

元日は、江戸城内で年頭行事が執り行われる。参府する大名が将軍と大御所に拝謁し、年明けの祝いの言葉を申し上げるのだった。

「大御所様のお加減がよろしければ、いよいよお目見えが叶うかもしれませぬぞ。殿」

篠田は期待を抱き、大手門の下馬所まで、正之を見送りに来た。家督を継いだことで、実の父に初めて挨拶できるかもしれないのだ。

行事の当日に登城するのは初めてのことだった。元日は譜代のみが参列する。外様と役方は二日以降となる。

広々とした下馬所は、各藩の大名が乗る駕籠と馬に、おつきの徒《かち》の群でごった返していた。近くの櫓《やぐら》で太鼓が鳴り、決められた順を守って、大名が次々と大手門に入っていく。高遠は小藩なので、名門譜代の間を見て、城内へ進まねばならなかった。従者は門前で待つ決まりになっている。

冷え冷えとした朝の寒気の中、正之は一人、本丸御殿へ歩いた。我ながら気が張りつめ、息さえ苦しくなってくる。新参の藩主なので、見知った顔はほとんどなく、戸惑いに足取りまでが乱れそうになった。

父と挨拶に出向いた大名の姿を遠目に見かけたが、いくら心細かろうと駆け寄って話しかけるわけにもいかない。黙したまま丁寧に辞儀を返し、保科家が世話になってきた数寄屋坊主に導かれて、大広間へ進んだ。

豪奢《ごうしゃ》に彩られた廊下の隅で端座し、頭を下げた。

上段之間に家光が座している。中段之間には、年寄衆や取次の役方が控える。父が亡くなった際、悔やみの言葉を述べに来てくれた松平信綱の顔も見えた。

役方に名を呼ばれた。正之は頭を下げたまま、下段之間の端へ進んで平伏した。

「ここに新たなる年を迎えられたこと、徳川家を支える一藩主として、深く御礼申し上げまする。公方様と徳川家のさらなるご繁栄をお喜びするとともに、ささやかな一助となれるよう尽力いたすことをお誓いいたしまする」

大御所様のご快癒をお祈り申し上げている。そう言い添えたかったが、血筋をほのめかすようにも受け取られはしないかと不安になり、口にはできなかった。

ありきたりな挨拶のみにとどめ、正之は祝儀の品の目録を受け取って、すみやかに辞去した。

将軍から大名へ声がかかることはないと聞いていたため、落胆はしなかった。が、大広間を出たあとも声はかからず、西之丸へ足を向けることは、やはり叶わなかった。

大手門を出てきた正之の顔を見て、篠田は痛ましげに眉の端を下げたあと、今度は大きくうなずいてみせた。

「馴染みの役方から聞きました。大御所様はお加減が優れず、譜代名門のお方々のみ、目通りを許されたそうにござりまする」

「そうか。ご挨拶できるほどには快癒なされたわけか。それを喜ぼうではないか」

「はっ……」

無理して喜んで見せたが、強がりは長く続かなかった。

ほどなく秀忠は寝床から起きられなくなったという。そして、ついに二十四日の夜遅く、息を引き取られた、との知らせが届いた。

正近や篠田らの家老は、声を押し殺して泣いた。ついにお目見え叶わず、親子としての名乗りを遂げることはできなくなった。が、正之は悲しくとも、涙まではこみ上げてこなかった。顔を見たことも、声を聞いたことさえない人なのだった。

そもそも母の静も、父のことを語らなかった。側室として認められなかった事情もあり、父という人はただ夜をともにした尊き殿方――との思いしか抱いておらずとも、不思議はなかったろう。

実の父が死んだ。正之に実感はまったくなかった。自分の父は、保科正光。多くの、感謝しきれないほどの教えを受けてきた。あらためて今また、そう思えるのだった。

幕府による葬儀の前に、秀忠の形見分けが行われた。

正之は城に呼ばれて、銀子五百枚を与えられた。ありがたくはあるが、高遠藩の知行に見合った形見にすぎなかった。

ちなみに、秀忠の弟である尾張の義直《よしなお》と紀州の頼宣には銀子三万枚、水戸の頼房《よりふさ》には銀子二万枚、ほかに刀剣や掛け物、茶壺など愛用の品も下された。

さらに、西之丸の大奥で秀忠につくしてきた者も側室と認められて、形見が分け与えられた。が、正之の母には何も下されなかった。ここでも正之は、実子としての扱いを受けなかったのである。

葬儀には必ず参列できる。篠田たち家老は、そう声をかけてくれた。だが、その当日、正之たち保科家には、江戸城の清水門を警固する旨の命が下されたのだった。

「これはいかなる仕打ちか」

「直ちに大炊頭様に話を通しましょうぞ」

土井利勝は、秀忠のたっての願いにより、西之丸を離れて、本丸の宿老となっていた。つまり、家光の補佐役を務めていたのだ。将軍直々の命であるかを、利勝にたださねば気がすまないと息巻く者もいた。

「先に申したであろう。大炊頭殿を頼るのはやめねばならぬ。我らは公方様より命じられた役目を、しかと果たすまでぞ。みだりに不平を語るでない、よいな」

憤る家老らには言わなかったが、この厳しい命には、深い意が隠されていそうに思えるのだった。葬儀が執り行われる増上寺《ぞうじょうじ》とは、あまりにも離れた門を警固する。もし不満を表そうものなら、将軍の命を蔑《ないがし》ろにするも同じ。そう受け取って、保科家を誹《そし》る者が出てくるかもしれない。

試されているのではないか。

公方様と徳川家を支えるために精を出す。そう年頭の挨拶で口にした言葉に嘘はないか、今こそ確かめる時。そう家光にささやく者がいたとも考えられる。忠長と同じく将軍家の血を引く者は、油断ならない。よく見極めておく必要がある。

三月に入ると、今度は土井利勝の屋敷に呼ばれた。ささやかな持てなしを受けたあと、増上寺台徳院廟《たいとくいんびょう》の普請《ふしん》を切り出された。

台徳院とは、朝廷から贈られた秀忠の戒名である。秀忠の霊を奉る聖堂の作事を、家光から命じられたのだった。

「ありがたき幸せにござりまする」

この命を受けたことによって、家老らは胸のつかえが下りたようだった。

「家中こぞって力をつくし、必ずや素晴らしき霊廟にいたしましょうぞ」

費《つい》えはかさむが、藩の蓄えをすべて吐き出しても臨むべし。高遠藩の力を見せねばならない。

そう熱く語る者まで出て、家中は沸いた。新参の藩主としては、家財を投げ打つわけにいかないと思うものの、家臣の意気込みを削ぐことはできなかった。

高遠から人手を集めると、幕府の殿舎や寺社の修繕を司る作事奉行とともに、縄張り（設計）を始めた。高遠藩の奉行役を定めたうえで、正之も増上寺へ幾度も足を運んだ。

いよいよ礎石の並べにかかろうとするころ、またも土井利勝に呼ばれて、今度は江戸城へ参じた。譜代小藩の大名にあてがわれた雁之間《かりのま》で待つと、正之は初めて白書院へ通された。式日の際に、譜代や名門との対面所として使われる格式高い部屋だった。

名を告げられて下段之間へ進むと、上段には家光の姿があった。

大広間と違って、中段之間は造られていない。これほどの間近で、将軍と向き合うのは初めてだった。下段の上手には、土井利勝と松平信綱が厳めし顔で控えていた。

信綱が正之を見ずに言った。

「まもなく東照大権現様十七回忌の神忌祭《しんきさい》が下野《しもつけ》日光山にて営まれる。そなたも社参の支度を調えよとの命にござります」

家康の十七回忌法要にお供せよ、というのだった。

かつて養父の正光は、秀忠の上洛に、四度も供奉《ぐぶ》していた。小藩であっても、それほど秀忠からは信を得ていた証と言えた。そして今、正之も日光社参の供奉を命じられたのである。

「恐悦至極にござりまする」

家康の孫であるから――そう軽々しく受け取ってはいけない。正光と同じように、道中の警固役を命じられたにすぎないのだ。家老らはまた泣いて喜びそうだが、知行に似合った謙虚さを保つべし、と言い添えておいたほうがいいだろう。

余計な心配だった。上屋敷へ戻ると、正近も篠田も粛然と受け止めた。

「霊廟の作事も進めねばなりませぬし、また費えがたんとかさみまするな」

篠田に言われるまでもなく、正之も不安でならなかった。人も金も、かなり霊廟の作事につぎこんでいた。

江戸から日光までは、通常七泊八日の旅となる。岩槻《いわつき》と古河《こが》と宇都宮《うつのみや》の城を将軍と側近は使えるが、供の者は近くの宿に泊まる。警固の人手が多くなれば、その旅費は馬鹿にならないのだった。

「形見分けにいただいた銀子は、もうつきたのか」

正之が訊くと、正近の顔の皺が深くなった。

「社参の警固には恥ずかしくない数をそろえねばなりませんので、作事のほうは人を雇うしかないか、と……」

「秋の年貢を頼りにして、商人から借りるしかありませぬな」

篠田が渋い顔でつけ足した。

養父が没して、まだ半年あまり。早くも藩主としての采配を試されていた。

腹を据えるほかはなかった。ここを乗り切らねば、家臣や領民に見限られかねない。いくら将軍の弟でも、うつけ者では誰もしたがってはくれまい。多くの大名家も、保科正之という男の器量を見定めようとしているだろう。そして、命を下した家光もが——。

またも高遠から人手を呼び寄せ、霊廟の普請を進めさせた。

その間に、正近が日光へ随行する者の編成を急いだ。手空きの者は、増上寺での作事に当たる。正之も手伝いたかったが、さすがにそれは篠田に止められた。藩主が泥仕事をするなど聞いたことがないというのだ。が、自ら増上寺へ足を運び、声をかけることは欠かさなかった。

江戸城の堀や櫓の普請は、今も続けられていた。諸藩が命じられて、人と費えを出すのだが、いざ自分が任されてみて、その重荷が身に応《こた》えてくる。

徳川がつつがなく世を治めているから、夥《おびただ》しい血の流れる戦は、幸いにも起こらずにいる。その徳川家を、数多の大名家が支えて、さらに配下の武士と領民が汗を流す。

もし藩主が家臣や領民に目を向けず、好き放題を続けたならば、藩の資財は困窮していく。その尻ぬぐいに、犠牲を強いられる者が必ず出てくるのだった。

この者らを苦しめる舵取りは、断じてできない。懸命に働く男らの姿を目にすることで、正之は藩主の務めを今一度胸に刻みつけた。

高遠保科家は将軍の警固役として人馬と武具をそろえ、日光社参に随行した。

ところが、麓の今市《いまいち》の宿に到着すると、家光からの奉書が届いた。服忌《ぶっき》に当たるため、正之は東照社への参拝を控えて、宿に留まることを命じられたのである。

「これはいかに……」

同行してきた家老の北原は、難しい顔になって奉書を睨んだ。養父の正光が没して半年あまり。家督相続の許しを出したのだから、家光も年寄衆もすでに承知していたはずなのだった。さらに言えば、実父の秀忠が没して、まだ三月。社参に供奉せよ、との命を下してきた意味がわからないではないか。

承知の返書を、待っていた使者に手渡した。

「大御所様が身罷られておるために、公方様も参拝はいたしませぬ」

思いもしない伝言を受けて、正之は驚きに声を呑んだ。

家光も服忌に当たるために参拝はしない。ゆえに、正之も控えよ。そういうことなのか。

「殿。公方様はお認めになってくださったのですぞ」

「早まるな。父が亡くなり、それがしは家督を継いだ。東照大権現様の法要がなされるさなか、家中そろって喜び勇むような振る舞いをしたのでは、無礼極まりないぞ。それがしは父を悼み、離れたところから東照大権現様の御冥福と徳川の世の安寧をお祈りさせていただく。あとは、北原、代参をしかと頼む」

正之は確信していた。やはり試されていたのだ。

もし大御所の子として認められたと思い上がるのであれば、そう家光のもとに知らせが上げられたのだろう。社参に随行できただけでも栄誉である。そう思って、ここは静かに宿から祈りを捧げるべきなのだった。

「よいか、皆の者。それがしが宿に残るのは当然と思え。我等はあくまで公方様の警固を任された身である。断じて不平を漏らしてはならぬ。よいな」

遠い甲府の地で蟄居するもう一人の兄の胸中を思いながら、正之は己の胸にしかと言い聞かせた。

当てが外れるとは、このことだった。

日光の社参から江戸へ帰府した夜、松平信綱は離れの茶室にこもった。

近臣も部屋から追いやり、一人で考えたかった。こういう時に、本音をぶつけ合える相手は、家中にはもちろん、江戸城内にもいなかった。

燭台のほのかな灯りの中、ゆっくりと茶を点《た》てて考える。

保科正之は奉書の命にしたがって、東照社の参拝を見送った。北原という家老が名代として銀三十枚と太刀目録を奉納した。家中の者は静かに宿で待ち、主君が留め置かれたことに憤ることはなく、逆に将軍の弟として認められたと早合点して浮つく者もいなかったという。

正之の慎み深さと保科家の統率ぶりは、たちまち随行する者の間に広まった。養父の正光も亡くなっていたため、家臣ともども喪に服すべきであると、皆が身で表すとは感心するほかはない。帰りの道中も、保科家は後ろを守らせてもらう、と自ら進んで引き受けもしたのだった。

「またもしてやられたな、伊豆よ」

家光は機嫌を損ねるどころか、得心するような言い方をした。

大御所の落胤という出自を誇らず、警固の役を任されようと、面持ちひとつ変えずにいる。増上寺の霊廟作事に続いて日光社参の旅費がかさもうとも、ひたすら徳川家のために役目を果たそうとする。

本当に欲がないのか、田舎者なので家光からの命をただありがたがり、疑う素振りすらないわけか。少なくとも、そこらの譜代が軽んじられるに等しい命を下されれば、お家の恥と受け止めて、多少は腹を立てる様を見せたがるものだった。

保科正之という男の本心が、まったく見えてこない。

二十年も出自を語らずにきたのだから、耐える力は身につけている。

考えてみるならば、家康は幼少から人質として暮らしたため、敵対する者の動きに絶えず目を光らせ、相手の胸中を読み解いてきたと言われる。苦難の時が、人の才を磨く。保科正之にとって、実の父から認められずに片田舎で育ったことが、細心さと思慮深さを養ったのであろう。

だが、出自を誇らず、分別を保っている限り、あの男を担ぎ上げようと謀る者は出てこない。そこまで読んで、慎み深くしているのであれば、侮れない男だ。

そう深慮するならば、警戒すべきは、譜代一門の間で正之の評判が高まっていくことにつきる。この先も油断せずに、動きを見ていくしかないのだろう。

煩悶を拭いきれぬまま茶室を出ると、使いの又者《またもの》が一通の書を携えてきた。その返事をもらうために、今も門口で待つ者がいるという。

折りたたまれた文を開いた。春日局から急な願いがある、と書かれていた。

先日、姪の娘を大奥に出仕させようとしたが、病がちのために断られたと聞いた。今度は兄の斎藤利宗《としむね》が会いたいと言ってきているようであった。

「よし、今すぐ会うぞ。そう使者に伝えよ」

信綱は畏まる又者に伝えて、奥座敷へ急いだ。

春日局の兄の利宗は、父親の利三が本能寺の変に荷担した罪で処刑されたあと、肥後の加藤清正に預けられた。清正亡きあと、三男の忠広《ただひろ》が家督を継ぎ、利宗も重臣として仕えていた。が、二年前、病を理由に暇をもらって肥後藩を離れ、江戸へ出てきた。春日局の仲立ちもあって、今は幕府直参の旗本となっていた。信綱も、利宗が肥後にいた時と同じ石高《こくだか》になるよう、手を貸しもした。

その際に、利宗が肥後藩を離れた本当の訳を聞き、信綱は大いに納得できた。藩主の忠広が江戸に参府した折、忠長の人柄に触れて、兄とまで慕うようになったからだというのである。

利宗は、妹の春日局から、家光兄弟の折り合いの悪さを聞いていた。このまま藩主が弟の忠長を兄事《けいじ》するようになれば、肥後藩に災いが降りかかってくるかもしれない。しかも、藩主の忠広は、家老の忠言に耳を貸さず、重臣の間で藩政をめぐる諍《いさか》いまでが起きていたのであった。

その斎藤利宗が、また知らせたいことがある、と言ってきた。妹の出世を利して、己の地位を得たがる強欲さが、あの男の片違《かたたが》いな眉目によく表れていた。

半刻ほどして、斎藤利宗が屋敷を訪ねてきた。近くで待っていたらしく、よほど知らせに値打ちがあると考えていたようである。

「お目通り叶いまして、恐悦至極にござりまする」

三十歳も下の信綱を前に、利宗は卑屈なまでに頭を下げてみせた。

「お聞かせ願おう」

「それがしは妹に言われ、肥後藩に残る仲間と便りを保ち続けてまいりました。お慕いする駿河大納言様が蟄居を命じられたと聞いた殿が、何を思っておられるか……肥後を離れた身でありますが、案じられるところがござりました」

弁明でもするかのように、利宗は回りくどく話を進めた。

信綱は目で先を急がせた。

「実は、再び家中で騒動が起きておるとのことにございます。若君様が手慰みの座興として、家臣の心を試そうと、お上への謀反を匂わせる連判状をしたためられたため、殿から厳しくお叱りを受けたというのです」

これは使えるかもしれない。信綱は即座に知恵をめぐらせた。

いくら座興とはいえ、不遜にもほどがあろう。加藤忠広の嫡男である光広《みつひろ》は、家康の曾孫に当たる。元服後に家光から、松平の姓も与えられていた。しかも、偏諱を賜り、光広と名乗ってもいるのだった。

それほどの栄誉を受けながら、謀反の真似事をして遊ぶとは、忠広の躾があまりにもなっていなかった。家中で騒ぎになるのは当然だった。

「よくぞ知らせてくれた」

おそらく小倉藩の細川も噂を嗅ぎつけ、いそいそと知らせを上げてくるに違いなかった。将軍にすり寄り、我が身を立てることばかりを考える連中は多い。

この件を家光にそれとなくささやけば、たちまち向かっ腹を立てて、仕置きすると言いだすに違いなかった。うまくいけば、加藤家の改易も考えられる。

もし九州の地に五十万石もの知行地がぽっかりと空くならば、必ず細川がまた加増を得ようと、へつらってくる。餌をぶら下げてやれば、あの男は汗を流して懸命に走る。九州の抑え役を任じて、必ず家光の走狗《そうく》となってくれる。

なるほど……。春日局も、その辺りを狙って、知らせを上げてきたのだった。

そもそも細川忠利は、明智光秀の娘の子だ。春日局は、光秀の妹の孫なので、細川とは血縁にある。利する相手に相応しい。さすがは身びいきが好きな女の考えることだ。

「褒美を取らそう。沙汰を待て」

信綱が餌を与えてやると、斎藤利宗はまた卑屈にひれ伏してみせた。

信綱の読みは当たった。細川からも書状が届き、家光はたちまち激怒した。

五月の下旬。加藤忠広は江戸へ呼ばれながら、品川宿に留め置かれて、入府を認められなかった。池上本門寺にて、上使から改易を言い渡された。

その上使役を仰せつかったのは、稲葉正勝。春日局の息子である。

信綱より一歳下だが、母の威光もあって、家光にはいたく気に入られている。信綱より先に一万石の知行を領して、大名となった。本丸づき年寄衆の一人でもある。

あの男が上使を命じられたのは、加藤光広の不遜極まりない座興を最初に報じたのが、春日局の兄だったからだ。細川からの知らせも、母を通じてまず正勝に伝えられたのち、家光へと届けられたと思われる。

すべては、春日局とその一族の手柄と見なされたのである。

信綱は愕然とした。春日局はあくどいまでに知恵が回る。息子の正勝と違って、兄は家禄も位も軽く、お目見えの資格を有する旗本であっても、将軍に意見できる立場にはない。そこで、息子と信綱を通すという、両構えの策を採ったのだ。信綱であれば、必ず家光に知らせ、兄に褒美を取らせてくれる。息子も手を貸せば、家光は怒り狂って改易を言い渡す。

さすがは春日局だ。ほとほと感心させられる。

徳川家のためではなかった。家光と身内のためであれば、形《なり》振《ふ》り構わず力をつくす。女も男もなかった。人は、家を支えることで、己を立てる。

——ならば自分も、この機をうまく使うしかない。

信綱は中奥の庭を通して、江戸城の天守を見上げた。五月晴れの下、葵の紋を刻んだ瓦が輝いて見える。

今度はこちらが知恵をめぐらし、利沢を得る番なのだ。

暗闘の果て　寛永十年　二月

その日、家光に呼ばれて登城すると、思いもかけない知らせが待っていた。

中段之間に端座する松平信綱から、上意が伝えられた。桜田門内に上屋敷を与えるとのことだった。大坂岸和田を領する松平康重《まつだいらやすしげ》が上屋敷を移したため、跡地を高遠保科家へ譲るというのであった。

「まこと恐悦至極にござりまする」

正之はさらに頭を下げて礼を述べた。

すると、珍しくも家光から直に声がかけられた。

「今年も日光社参に参る。支度を忘れずにしておくのじゃぞ」

「ありがたき幸せにござりまする」

「それと……そろそろおぬしも嫁を娶ってはどうだ」

正之は当惑した。正近や篠田らの家老が、嫁探しを進めるべきと言いだしていた。が、まさか将軍からも同じことを言われるとは思っていなかった。

「それがしはまだ若輩者にござりまする」

「いいや、肥後殿はすでに四品《しほん》まで昇られた、由緒ある家門にあられますぞ」

信綱が笑みをたたえながら言った。

これまた驚きに声が出ない。信綱は今、家門、と言い表した。

徳川家の一門にある、と将軍の側近が認めたのである。もちろん、増上寺の霊廟作事や日光社参によって、すでに正之の出自は大名家に知れ渡っていた。しかしながら、将軍自ら表立って口にしたわけではなかった。

先だって年寄並となった信綱が、家光の前で徳川一門と言うからには、将軍によって正式に認められたことを意味するのだった。

正之が当惑しつつ平伏したままでいると、家光が言った。

「そなたの翌日に、同じ四品へ昇進した男がいたであろう」

家光から新たな官位を与えられた日のことだった。譜代の控えの間に、その者も衣冠と束帯の正装で、拝謁の時を待っていた。内藤《ないとう》左《さ》馬助《まのすけ》政長《まさなが》。

本来、従四位の官位を与えられるのは、譜代の十万石を超える大名とされていた。が、正之の領する高遠藩は、三万石にすぎなかった。ただし、徳川一門であれば、その限りではない。ここでも家光は、官位を昇進させることで正之を一門衆と認めたのである。

同じように、内藤政長の陸奥《むつ》岩城《いわき》平《たいら》藩は、七万石である。名門譜代とはいえ、四位を賜ることは希なのだった。

政長はこれまで、改易された藩に出向いて城を受け取る役目を、三度も任されてきた。特に昨年の五月に改易となった肥後藩の熊本城受け取り役は、家臣の抵抗が危惧されたため、難役とされた。が、春日局の息子である稲葉正勝らと肥後へ赴き、無事に受け取り役を果たし、代官を据えてきたのだった。六十五という齢《よわい》もあり、息子に家督を継ぐ前の、祝いをかねた昇進と言われていた。

「左馬助は子だくさんで知られておる。そなたに不満がなければ、縁組を進めてよいであろうな」

兄である将軍が取り持ってくれる。

断れるはずはなく、正之は頭を下げた。

「祝着至極にございまする」

小姓に導かれて控之間へ戻りながら、正之は首をひねりたくなった。明らかに風向きが変わりつつある。

昨年末には、大藩を与《あずか》る譜代大名とともに、四品への昇進を果たした。増上寺霊廟の作事に日光社参もあったため、二代将軍の落胤との出自は広く喧伝された。三万石の小藩では、あまりに不遇すぎる。そう言われることが多くなっていたのは事実だった。正之は取り合わずにいたが、家光の耳にも伝わっていたに違いない。

もう一人の兄の忠長は、ついに昨年の十月にすべての領地を没収されて、病気養生のために上州高崎へ移されていた。事実上の改易と配流であった。

忠長は以心崇伝を介して、家光に詫び状を送った。これまでの不行跡は病のせいで、今後は養生に努める。その文言を盾に取り、兄は弟に改易を言い渡したのだ。

その報を聞いて正之は、土井利勝の屋敷へ足を運び、子細を尋ねた。年寄衆の中にも、暗に家光を諫めようとする者はいた。が、家光は頑として譲らなかったという。その直後、正之は家光に呼ばれて、官位昇進を告げられたのである。

今度は、登城しやすい近場に上屋敷を与えられた。さらに、日光社参への随行をまた命じられ、妻帯までを勧められた。

弟の一人を改易し、逼塞させている。二人の不仲は、多くの者が知る。父の秀忠も、家康が亡くなると、すぐさま忠輝や忠直を改易した。その代わりに尾張や紀伊らの一門を厚遇し、巧みに鞭と飴を使い分け、家中の引き締めを図ってきた。

同じ狙いが、家光にもあるのだろう。幼少からの恨みを、大御所が没したのを機に晴らすのでは、腹黒くも狡猾に思われる。ゆえに、もう一人の――父が認めてこなかった――腹違いの弟には、優しく救いの手を差し伸べてやる。そういう胸算用なのであろう。

城を出ると、下馬所で家臣と駕籠が待っていた。正之の浮かない顔を見るや、足早に篠田が駆け寄ってきた。

「いかがなさりましたでしょうか」

「桜田門内に上屋敷を拝領した。さらにまた日光社参に随行せよ、とも……」

短く伝えると、篠田が眉を寄せた。

「まことありがたきことにござりまする。しかしながら――また少々、物入りになりまするな」

栄誉でありながらも、家移りと社参には少なくない費えが要る。霊廟と昨年の社参で藩の貨財は底をつき、秋の収穫を得て、ようやく息をつけたところなのだ。

再び家中に質素倹約を強いねばならなかった。

「苦労をかける」

「いいえ、桜田門の内となれば、登城も楽になりまする。つまり、殿に御政道の差配をお願いすることともなる。公方様はそう思われているに違いありませぬ」

正之もそう信じたい気持ちはあった。

だが、家光の周りは、小姓組上がりの家臣がずらりと固めていた。病床の秀忠に命じられて、家光づきの年寄となった土井利勝と酒井《さかい》忠勝《ただかつ》のほかは、幼いころから家光につくしてきた者らなのだ。稲葉正勝しかり、松平信綱しかり。堀田正盛などは特に寵愛を受けてきたと知られている。

「さらに嫁を迎えろと勧められた……」

浮かない顔を見せると、篠田が目を丸くした。

「これほどの栄誉がござりましょうか」

相手の名も聞かずに、篠田は目を和ませた。

だが、婚礼にはまた、かなりの費用がかかるのだった。

三月に入ると、さらに家光は近しき者を引き立てた。

松平信綱。阿部《あべ》忠秋《ただあき》。堀田《ほった》正盛《まさもり》。太田《おおた》資宗《すけむね》。三浦《みうら》正次《まさつぐ》。阿部《あべ》重次《しげつぐ》。六人が相談して旗本と御家人を統括し、小事を裁決せよ、と命じたのである。

驚くべきことに、すべて小姓組番頭からの出世だった。家光は、幼いころから自分を支えてきた者をそろって出世させたのである。

さらに、日光社参から戻って五月になると、古くから年寄を務めてきた土井利勝と酒井忠勝を、新たに老中という職に移すことで、政から遠ざけさせた。

代わりに年寄衆を導く役目を担ったのが、小姓上がりで春日局の息子である稲葉正勝だった。

さらに松平信綱と同じく、堀田正盛と阿部忠秋も年寄並みとした。

つまり、家光の周りは、すべて子飼いの家臣になったのだ。

かつて家光は、将軍宣下を受けたあとで、傅役を務めてきた青山《あおやま》忠俊《ただとし》を宿老から外し、減封《げんぽう》のうえに蟄居もさせていた。それというのも忠俊が、たびたび家光を強く諫めることがあったからだ。その後、忠俊は許されて、出仕を命じられても、決して応じなかった。それほど家光の独断ぶりが、腹に据えかねていたらしいのだ。

今回も同じ意図が感じられた。口うるさい土井利勝と酒井忠勝を遠ざけて、自分につくしてきた者を側に置けば、思うがままに差配ができる。

もしや家光は、利勝らから咎められかねない命を下す気でいるのではないか。そう嫌でも不安はつのってくる。

新たに普請し直した桜田門の上屋敷に移ると、正之は裏庭に出て、鳥笛を吹いた。これを使えば、必ず配下の者が側に現れる、と丹右衛門から渡された小さな竹笛である。

ほどなく奥座敷の襖が開いた。庭師姿の丹右衛門がひざをついて頭を下げた。

「お呼びにござりましょうか」

「確かめたいことがある。……大納言様は息災であられるのか」

「近ごろは、酒を浴びるように呑まれておられると聞いております。今では従者も近寄らず、塀で囲われた離れ屋に一人、お住まいであられる、と」

あまりの惨状に、正之は胸を突かれた。塀で囲われたのでは、牢に閉じこめられるも同じではないか。

嫌な話が思い出される。正之は今年の初めに、松平忠輝の息子である徳松《とくまつ》の死を聞かされた。忠長と同じく、才に長けたと評判の高き徳松は、父の忠輝が改易されて、他家への預かりとされた。今や六人衆の一人となった阿部重次が、領国の武蔵岩槻《いわつき》藩に引き取ったのである。

ところが、重次の家臣に軽んじられ、元服も許されず、逼塞を強いられた。ついに昨年、焼身自殺を遂げたというのであった。

忠長までが人知れず、牢に囚われるも同じ境涯に置かれていた。副将軍の誇りは奪われて、失意の底にあると思われる。まさか徳松の二の舞になりはしないか……。

「さらに、気がかりなことが、ひとつござりまする」

丹右衛門が暗い面輪をうつむかせた。

「申せ」

「松平伊豆守様が、武蔵忍《おし》城を拝領なされました。その際、相模津久井《つくい》領も下されております。そこはかつて、駿河大納言様の領地でした」

正之は息がつまった。忠長がかつて治めていた地は今、幕領となっている。その一部が、信綱に与えられていたとは知らなかった。

「おぬしは……何を言いたい」

黒く鈍い光を放つ丹右衛門の瞳を見返した。

あとはお察しのとおり。そう言いたげに、丹右衛門はただ黙している。

「駿河の地元で、悪い噂が立っておるのか」

「いいえ。今や大納言様の名を口にするのも、はばかられておる、と」

忠長は駿河の領民のために猿退治を行い、地元では大いに喜ばれたと聞く。ところが、神獣を成敗するなど不遜極まりない、と改易の理由のひとつにされたのである。元の藩主をありがたがるようなことを言えば、どこから役方に伝わるかわからない。噂すらはばかられても当然だろう。

一年前には、肥後の加藤忠広が改易されている。

その肥後には、小倉藩の細川忠利が十四万石も加増されて、転封した。時を同じくして、松平信綱が宿老並みに出世した。そのうえに、忠長の旧領の一部を、信綱が拝領している。

忠長が甲府へ蟄居となった際、騒ぎをあおるように触れ回った細川が、人も羨むほどの加増を受けて、家光の腹心と言える信綱も特段の出世を遂げたのだった。

正之は唇を噛んだ。今の江戸城内に、家光を諫められる者はいない。あえてそういう布陣を敷いたとしか思えない。もし、そうであるならば……。

塀に囲われて虚しき日々を送る、もう一人の兄を思った。

「駿河大納言様は本当に一人きりでおられるのか」

「いかにも」

「配下にあった者らは何をしておるのだ」

「大納言様に諫言《かんげん》できなかったとして、家老の朝倉宣正様は大和郡山藩に、屋代忠正《やしろただまさ》様は越後高田藩に、鳥居忠房《とりいただふさ》様は出羽山形藩にと、それぞれ身を預けられたと聞いております。ただ一人、稲葉正利様が高崎に同道されましたが、自由の身とは言えず、藩主安藤重長《あんどうしげなが》様の下、蟄居されておられます」

「待て。稲葉正利殿は確か春日局の……」

「四男にございまする」

丹右衛門の返事は早かった。すでに調べは行き届いているのだ。

春日局は、家光の乳母だった人で、その息子が幽閉先にも同道している。つまり、忠長の行状は、すべて稲葉正利から春日局を通じて、家光へ伝えられていると見ていい。もしかすると、最初から稲葉正利は、その役目を担わされてきた、とも考えられる。

これまで二人の兄の間に何があったのか、正之は多くを知らない。だが、家光は配下に人を送りこませるほど、弟の動きに目を光らせてきたのだった。

「蟄居の身とはいえ、稲葉正利が高崎にいるとは、不安であるな」

「はい、いつ何が起ころうと、不思議ではありませぬ」

「戦世ではあるまいし……影武者などいるはずもなし、か」

正之が独りごちると、丹右衛門が眉を吊り上げた。

「殿。何を仰せられます」

もちろん、ありえもしないことだ、と承知していた。忠長は塀に囲まれ、多くの者に見張られている。変わり身の術など、忍びの大法螺《おおぼら》でしかないであろう。

たとえ身代わりを見つけられても、その者の命はなくなる定めにあるのだ。いくら忠長を助けたくとも、そこまでの犠牲を払うとは考えにくい。

「忘れてくれ、丹右衛門。今も忠輝様と忠直様は、配流の地で静かに暮らしておられる。きっと大納言様も高崎の地で逼塞されてゆくのであろう」

そうあってくれ、と祈るほかはなかった。


桜田門内の高遠屋敷をあとにすると、丹右衛門は闇に紛れて西へ走った。

正之に言えなかったことが、ひとつだけあった。

駿河大納言の家臣の中にも、家光の謀略から殿を救い出したいと願う者はいたのだ。彼らは役目を通じて忠長の人柄に触れ、真の主君と心酔してきた。改易を聞かされた時は、大いに憤り、なげき、涙にむせび、忠長を最後まで守って戦うべし、と訴える者もいた。その者らを諭したうえで、忠長は高崎の地へ旅立っていったと聞く。

戦を知らない正之でさえ考えたのだから、主君を救い出すには身代わりを立てるほかはない、と主張する者はいた。わずかにまだ武門の気構えを持つ兵《つわもの》どもが集い、命に替えても忠長を救い出したい、と密かに謀《はかりごと》が進みつつあるのだった。

戦国の世の箱根には、風魔党《ふうまとう》と呼ばれる乱波《らっぱ》の集団がいた。北条家のもとで調略を担ってきた忍びの者だ。忠長の治めていた駿府にも、風魔党が配下として働いていた。さらに、忠長が最初に蟄居を命じられた甲州でも、家臣の中に動きがあった。

そもそも甲州は、朝倉宣正と並ぶ、忠長の家老であった鳥《とり》居《い》成次《なりつぐ》が支配を一任されていた地なのである。ところが、昨年の六月——忠長が蟄居を命じられた直後に、鳥居成次が急死している。

長男の忠房が家督と家老職を継いだ。が、忠長が改易されると、忠房も出羽山形藩へ預けられたのだった。これらが偶然であるはずがない。家光側にとって、都合のいい時期に、その地を領する成次が死んでくれたわけなのだ。

暗殺されたのではなかったか。

鳥居家の配下が駿府の風魔党に呼びかけて、密かに内探を始めた。その動きを家光側も察したから、すぐに忠長はまた高崎へ移されたのだった。

忠長の改易と配流は、巧みに仕組まれた罠、としか思えなかった。

すべての裏事情を正之に知らせれば、家光に目通りを願って、異見しかねないだろう。あの若殿様は、純粋で、一途《いちず》すぎる。己が忠長と似た立場にあると知りながら、兄同士の諍いを止めにかかろうとするのは目に見えていた。

もし将軍に抗う様を見せようものなら、保科家も安泰とは言えなくなる。かつての真田の忍びは、命を懸けた戦いを乗り切り、今は多くが保科家の家臣に引き立てられ、平穏な日々をすごしている。駿河や甲州のように主家が廃されれば、また多くの仲間が苦難の道を歩むこととなる。

正之を守ってきた見性院は、武田信玄の次女であった。武田氏は戦国の世を生きぬくことができなかった。せめてその家臣は再興の道を歩んでもらいたい。そう願ったから、見性院は正之を高遠藩の養子にすべく、尽力したのだ。家臣の多くが正之に末を託し、懸命に支えてきた。配下にある丹右衛門の輩も、同じ思いでいた。ゆえに、何があっても、高遠藩と正之を守らねばならなかった。

これ以上正之に手を出させるわけには、断じていかないのだ。甲州の家臣は、成次の遺恨を晴らすためにも、忠長を救い出そうといきり立っていた。駿府の風魔党も同じ気構えだと聞く。かつての忍びが、命懸けで事を成し遂げようと密かに動きだしている。

心を揺さぶられずにはいられなかった。保科家の禄を食《は》む自分が、彼らに手を貸すのは難しいかもしれない。だが、知恵を貸すことはできる。

深い闇を分けて、丹右衛門は一心に野を駆けた。

噂は突風のように江戸城内を走りすぎた。

男子禁制と言われる大奥にも、男の役方はいた。御台所や姫を警固する者や、食材などの荷運び役が必要だったからである。ただし、彼らはみだりに大奥の中を歩けはしない。御広敷《おひろしき》と呼ばれる隅の一角に待機する。それでも女中らと顔を合わせる機会は多く、将軍の暮らす中奥での出来事は、彼らを通じて伝わってくる。

家光が怒り狂い、ついに酒井山城守《やましろのかみ》重澄が切腹を言い渡された。

もとは金森家の七男だったが、小姓として出仕し、家光の寵愛を長く受けてきた。名門酒井家の名を与えられ、今では二万五千石の大名ともなっている。

切腹を言い渡された理由を聞いて、おなあは真偽のほどを疑った。お福と廊下ですれ違った際に、尋ねたほどなのだった。

「余計な詮索はよしなさい」

怖ろしいまでに張りつめたお福の顔を見て、おなあは悟った。聞こえてきた噂は、やはり真実だったのだ、と。

酒井重澄は、家光の三つ下なので、二十七歳になる。細身ではあっても、立派な成人の男なのである。妻を娶ったことは、家光も許しを与えたのだから承知している。昨年からの病を長引かせて、重澄は登城を控えることが多くなった。家光はいたく案じ、見舞いの品を贈ったと聞いた。

ところが、役目を休んでいた間に、新たな子が生まれていたのだった。

人づてに聞いた家光は、烈火のごとく怒りだした。病の間に女を抱くとは何事か。将軍の言いつけた職分より、女子と睦《むつ》むほうが大切と言うのか。

重澄は泣いて詫びたというが、家光は許さなかった。

大奥の女には目もくれず、小姓と若い男を愛でて、己を慰める。将軍に家臣がかしずくのは当然で、最も情愛をそそいできたにもかかわらず、病を理由に役目をおろそかにしたあげく、妻と子を抱くなど言語道断である。手討ちにされてもおかしくないのに、切腹を言い渡されたのだから、光栄と思え。

家光は過去にも、自分以外の者と睦み合った小姓を、怒りに任せて斬り捨てていた。今度は側近の大名にまで、切腹を命じたのである。

弟の忠長を高崎の地に幽閉し、家光の地位を脅かす者はいなくなっている。それでも将軍という職は、孤独と苦しみに苛まれるものなのか……。

「騒ぎを面白がる女中があらば、そなたからもよく言い聞かせなさい」

そう言って歩きだしたお福の背に呼びかけた。

「春日局様、お願いがございまする」

おなあの声から察しをつけたのか、振り向いたお福の目が怖かった。何も言わずに、ただ見つめてくる。

おなあは歩み寄り、目を見返して言った。

「次にお成りになられたなら、お話をさせていただくこと、叶いますでしょうか」

何を言いだすのだ。接待役の御客会釈《おきゃくあしらい》でもない女中の分際で、将軍に異見でもしようという気なのか。そもそもおまえは、将軍家の末のためであるにもかかわらず、娘の出仕を無下に断った冷淡な者ではないか。怒りの色が目の奥によぎって見えた。

「大奥でのよき話し相手となってくれ。そうわたくしに申しつけられたのは、春日局様にござります」

「公方様を、そこらの女中と同じにするでない」

「いいえ。お言葉ではございますが、心を病まれ、己を見失うのは、人である限り、女も男も同じに思えまする」

「そなたに何ができる」

「お伝えください。この大奥には髪を結ったままの尼が、一人おる。おかしな話ばかりするので、皆から面白がられている、と」

お福は中庭の濃くなった緑に目をそらしてから、おなあを見つめ返した。

今度は、頼りない藁《わら》にでもすがりたがっているような心細い目に見えた。


大奥に足を向けたがらない家光ではあったが、翌々日の朝に目通りが叶えられた。

正室の孝子はすでに大奥を出され、今は中之丸に作事された新たな御殿に住んでいた。朝の総触れも形だけになっていたが、自分を将軍の座に就けてくれた家康を崇める家光は、大奥の仏間で位牌を拝むことは欠かさなかった。

その朝、お福の許しが出たので、おなあは仏間に控え、家光のお出ましを待った。

金箔で彩られた襖が開けられると、小柄な家光がさらに背を丸めるような姿で入ってきた。おなあをすぐに認めて、足を止めた。

「ほう……。見た顔であるな。そなたがお福の姪御であったか」

「おなあと申しまする」

三つ指をついて頭を下げたが、家光はろくに目も向けず、位牌の前に音を立てて腰を下ろした。

あとからお福も来て、おなあの横に座った。

「尼なら経を唱えられるな」

おなあの父親は、秀吉の馬廻りから出世して、小牧長久手の戦いで手柄を上げて、伊勢の岩手城主となった。その前年の天正十一年には、京で妙心寺雑華院《ざっけいん》を建立した。が、父は高山右近の勧めで、キリスト教に帰依していたのだった。

文禄の役で父が命を落としたあと、おなあは加賀藩の前田家に引き取られ、分家の前田直知に嫁いだ。ところが、のちに秀吉が宣教師を追放し、キリスト教の取り締まりにかかると、おなあは有無を言わさずに離縁された。父親がキリシタンであった女が妻なのでは、秀吉から勘気を浴びるおそれがあったからである。

おなあは幼い子を連れて、叔父が住職になっていた雑華院に身を寄せた。その塔頭《たっちゅう》の寿聖院《じゅせいいん》には、出家した石田三成の長男である宗享《そうきょう》が暮らし、その下でおなあは禅を学んだ。一時は、生きる支えとなっていたほどだった。

お福に目で許しを得てから、おなあは心をこめて経を唱えた。

家光は位牌の前で目を閉じ、神妙に頭を垂れていた。その姿は、経が終わるまで微動だにしなかった。信心深い人であるらしい。けれど、策を弄《ろう》して弟を平然と幽閉し、寵愛してきた者の命を怒りに任せて絶とうとする。

ひたすら祈るように手を合わせる家光を見て、おなあは思わされた。もしかすると家光は、自制の利かなくなった己を怖れ、神として奉られている偉大な祖父に救いを求めているのではないか。

読経を終えると、おなあは家光の前にひざを進ませ、手をついた。

「烈祖《れっそ》のお歴々様を一心に崇められる公方様の信実なるお姿に、あらためて心を打たれましてござります」

家光は小さく鼻を鳴らしただけで、何も言わなかった。そのまま膝を手で押し、腰を上げた。

おなあが声をかける暇も与えず、家光は仏間を出ていった。

それでいいのか、とお福が目で尋ねてきたが、おなあはうなずいた。

初めて名乗りを上げた者から、急に何を言われようとも、心に響くことはない。位牌を拝む後ろ姿の鬼気迫る様から、家光の悩みの深さは見て取れた。

おなあは翌日も、家光の横で偏《ひとえ》に経を唱えた。声が胸に染み入ってくれる時が来るまで、ただ隣に寄り添うほかはなし、と考えたのだ。今の家光には、真から心を許せる者がいないのかもしれない。

「公方様がお許しを与えましたぞ。酒井山城守様のお命は取らず、備後福山藩にお預けになると言われたのです……」

お福が胸を撫で下ろすような顔で教えてくれた。

されども、酒井家は改易となり、多くの家臣が路頭に立たされることとなる。おなあが再婚した町野幸和は、藩主が世継のないまま没したために、牢人となった。頼れる義理の叔母を持っていただけ、おなあたちはまだ恵まれていた。

それから、十日がすぎた朝のことだった。

いつものように粛として読経を終えると、家光が早々と立ち上がった。が、その日はなぜか、おなあを怖ろしいほどの目で見下ろしてきた。

後ろでお福が身を固めたが、おなあは静かに目を返した。

「なにゆえ説教をしない。おまえは大奥の女中に聞いたような説法をくり返して、心酔させているというではないか。われの前では、なぜ黙しておるのじゃ。すべてを見透かしたような顔を作りながら、いつまで黙っておるつもりだ」

おなあはうなずき、微笑み返した。

家光の目の周りが朱に染まり、両拳を握りしめていた。お福が目をむき、腰を浮かすのが見える。おなあは笑みを崩さなかった。

「わたくしは女たちに説法などしておりません」

「嘘を言うな。お福から聞いておるぞ」

「わたくしは水鏡なのです。女たちはわたくしの前で、自分をただ正直に語りたがります。わたくしはそれを聞き、問われたことに答えてきたまでなのです。説法などとは滅相もございません」

「禅問答など聞きたくもない」

「禅における問答とは、教義を会得し、己を悟るため、心の内にある疑問を放つことにございます。ゆえに、水鏡となるのが必定《ひつじょう》と申せましょう」

「わけのわからぬことを申すな」

家光が一歩を大きく踏み出した。閻魔《えんま》もかくやと、目がつり上がっていた。

静かに答えるしかない。

「水は平らでないと、鏡の役目をいたしません。すべてを受け止め、ありのままにお返しするのみなのです」

「お福よ。この者はわれを愚弄するのか」

「いいえ。そのようなことは……」

慌てて言いかけたお福をさえぎり、おなあは言った。

「愚弄されたとお思いであれば、すなわち公方様が愚弄なされておられるのでしょう」

「おまえを愚弄などしておらぬわ。わけのわからぬ者と思っただけぞ」

「いいえ。それでも、いくらかばかりは愚弄されておられるのではござりませぬでしょうか。周りのお方々を、そしてご自身をも」

言いすぎたかもしれない。そう思うほどに家光の形相が変わっていた。

だが、年寄りの女を、家光は殴らなかった。本当に殴りたかった女は、もう没している。

固く握った拳から震えが起こり、足先へ伝わっていき、ついに家光は立っていられなくなった。くずおれるように、尻餅をついた。

「公方様……」

お福が慌ててにじり寄るや、幼い我が子をかき抱くかのように、丸まった背へ手を回した。ひしと支えながら、おなあを咎《とが》めるように睨みつけてくる。

家光の肩の震えが大きくなった。

おなあは驚きに声を失った。

家光が泣いていた。歯噛みして声を殺し、嗚咽《おえつ》を懸命に呑んでいた。女風情の前で、武家を束ねる将軍が泣くわけにはいかない。

おなあは無言で家光に呼びかけた。

泣いてもいいのです。将軍であろうと、人の子であり、悩みながら今を生きている。

気のすむまでお泣きなさい。涙はくすんだ心を洗ってくれる。

お福に肩を抱かれる家光を、おなあは真摯に見つめ、重ねて大きくうなずき返した。

正之が迎えた正室は、内藤政長の八女の菊姫、十六歳。両家にとって、喜ばしい婚礼だった。内藤家は譜代とはいえ、娘を保科家へ送り出すことで、徳川一門の縁戚になれたのである。実は政長には、秀吉の家臣として仕えた過去があり、豊臣姓まで与えられていた。古手の大名の中には、外様扱いをしたがる者がいたと聞く。が、将軍の弟との縁が結ばれることとなり、内藤家は喜び勇んで婚礼費の大半を賄うとまで言ってきたのだった。

蓄えの乏しい保科家には願ってもない申し出で、篠田らの家老はよき嫁を迎えられたと手放しで褒めそやした。八女とはいえ、菊姫は譜代の大名家としての躾を教えこまれており、礼節を重んじながらも利発な物言いをして、正之の心を和ませた。

十月十七日。その日、正之が家臣をともなって江戸城へ向かうと、思いもしない知らせが待っていた。

「公方様は病のために伏せられておいでにございまする」

出迎えの側衆から聞かされて、正之は大手門前の下馬所で言葉につまった。

「……お加減は、いかに」

「それがしどもにはわかりかねまする」

徳川一門と認められていたが、将軍の許しがなければ見舞うことは叶わなかった。

正之は帰るわけにもいかず、一人で城へ上がり、溜之間《たまりのま》で次なる知らせを待つことにした。

家門と譜代の重鎮が控える部屋だが、生憎とほかに登城する大名はいなかった。家光の病を聞き、月番の大名もが登城を控えたのだという。

正之は側衆を呼んで、土井利勝と会えるように伝言を託した。

宿老らが所役から下がる昼八つ（午後二時ごろ）をすぎてから、ようやく溜之間に利勝が現れた。いつもの黒い顔が、さらにも増して土気色に見えた。

「公方様のお加減はいかがでございましょうか……」

正之が面輪をのぞきこむと、利勝は困り果てたように首を振った。

「わしにもわからぬ……。一昨日、増上寺への御成に際して、身を清めるため行水なされたのが悪かったのかもしれぬ。朝方から高い熱が出たと聞く。丹後守《たんごのかみ》殿と六人衆が白書院の次之間にて、今も額をつき合わせておる。奥医師の詳しい見立ては、わしのもとに伝えられてはおらぬのじゃ」

稲葉丹後守正勝は、宿老筆頭の立場にあった。が、夏に吐血して、このごろは登城せずに養生する日が多くなっていた。その正勝までもが呼び出されたとなれば、よほどの大事なのだった。

「小姓らの話では、対馬守《つしまのかみ》殿が帰府してからというもの、公方様はずっと鬱《ふさ》ぎこまれておったとか……。それが気がかりでならぬ」

正之には初耳だった。六人衆の一人、阿部対馬守重次。話し向きから考えるに、知行する岩槻から戻ったのとは違うように思われた。

「いずこへ出かけておられたのでしょうか」

「わしも詳しくは聞いておらぬ。ただ、馴染みの数寄屋坊主が言うには、どうも高崎であったらしいとか……」

上野高崎藩。正之は瞠目《どうもく》した。

忠長が幽閉されている地であった。

「対馬守殿が何ゆえに……」

そこまで言って、正之は声を呑んだ。この中奥では、どこで何者が聞き耳を立てているかわからなかった。

阿部重次は、配流された忠輝の息子を預かり、ついには自害させていた。世を儚んでの焼死と見なされたが、家中で追いつめたのが真相、と多くの者が承知する。

その阿部重次が、忠長の幽閉先へ赴いていた。目途は何であったのか。

重次は、秀忠の命を忠実に守り、忠輝の息子を追いつめたと目されている。今回もまた、同じ使命を帯びてのことではなかったか。

だが、重次は帰府したものの、忠長の身に何かあったとの知らせは届いていない。

もしや、喜ばしくない知らせがもたらされて、ゆえに家光はまた気の病を起こした、とも考えられる……。

いいや、考えすぎだ。正之は即座に邪推を振り払った。

幽閉の身にある忠長を案ずるあまり、もう一人の兄を悪く思いすぎてはならない。父の秀忠も、兄弟の命までは奪っていないのだった。

そう思いはするが、不安の黒雲が胸を覆う。今ここで家光が病に倒れたならば、将軍家に跡継ぎのないことを、大げさに悲観したがる者が出るだろう。

いよいよ忠長に許しを与えて、江戸へ戻すべき時がきた。紀伊の頼宣ら徳川の血を継ぐ者を継嗣と見なせばよいのではないか。多くの大名家を巻きこんだ争論が起こりかねない。稲葉正勝らの宿老が談義しているのも、徳川家を二分させない方策を見極めようとしているからではないか。

いずれにせよ、一門の端くれにあろうとも、無念ながら正之は、宿老らと膝をつめて話のできる立場になかった。城内で何が起きているのか。ただ知らせを待つしかない身だった。

空が暗み始めても、新たな知らせは届けられず、正之はやむなく下城した。

上屋敷へ戻ると、裏庭の軒先で鳥笛を吹いた。

ほどなく小柄な若い庭師が、音もなく茂みの奥から現れた。丹右衛門の配下にある六郎《ろくろう》という者だ。歳はまだ十五、六だろう。

「壺屋はまだ戻っておりませぬ。それがしに何なりとお申しつけください」

「どこへ出かけておる」

「我らも詳しくは聞いておりませぬ」

正之は嘘だと見ぬいた。行き先を教えずにいたのでは、保科家の急事に駆けつけられない。

正直に伝えることのできない地へ出向いたとすれば、やはり高崎か……。

忍びの者は鼻が利く。つまり、多くの消息を集め、様々な見立てをしている証と言える。丹右衛門は内探に動く中で、怪しき臭いを嗅ぎ取ったのだ。

「阿部対馬守が高崎へ赴いたことは、おぬしも知っておるであろうな。ゆえに、不測の事態も起こりうる。用心せよ、と丹右衛門に伝えよ」

何を用心せよというのか、自分で命を下しながらも、もどかしくてならなかった。

たとえ丹右衛門が高崎へ向かったとしても、打てる手立てがあるのか。忠長は塀と見張りの者に囲まれているのだ。

阿部重次が高崎へ出向いたからには、忠長を預かる安藤重長と相見えたことは疑いない。そこで何が話し合われたか。忠長に許しを与えるため、とは考えにくい。

しかも、その重次が江戸へ戻り、時を同じくして家光が病に伏せる。

真実、病に倒れたわけなのか……。

正之は暗い庭木を見すえた。

もし今、不埒な謀反を企てる者あらば、新たな将軍に相応しき者を担ぎ、正義の御旗にしようと考えるだろう。阿部重次が高崎へ向かったと聞けば、家光に嫌われて無実の罪で幽閉された弟の命が危うくなる。動くのであれば、この機を逃していいものか……。

徳川家中の動きを見るには、家光が倒れた今こそ、格好の機となる。もし忠長をいまだ担ごうと考える者があるならば、必ずや動くはず。不穏の芽を摘むためにも、詐病《さびょう》を家光に勧める者がいたのでは、とも考えたくなる。

かすかな葉音を聞き、我に返った。いつのまにか六郎の姿が庭から消えていた。

忠長の無事を、正之は祈った。将軍が病に伏せり、副将軍は幽閉されている。多くの大名が固《かた》唾《ず》を呑み、江戸城内の動きを見ているはずだ。頼むから、何も起きないでくれ。不安ばかりが胸を黒く覆っていく。

「いかがなされましたでござりましょうか」

奥へ戻ると、菊が胸に手を当て、正之を見つめてきた。

ともに暮らしてまだ半月なのに、早くも夫の面持ちから胸中を察したらしい。

「聞いておらぬのか。公方様がご不例《ふれい》だという」

「ご心痛のほど、お察しいたします」

菊も正之の出自は聞いている。二人の兄の不仲も、耳には届いているはずだった。

「今宵から、公方様のご快気を、菊もお祈りいたしまする」

「頼む」

正之は菊の横に腰を下ろし、新妻を抱き寄せた。

少なくとも、将軍のもう一人の弟に、馴れ馴れしく近づこうとする者は出ていない。

所詮は田舎の小藩を預かる者にすぎず、武家を束ねていく力量も見識も、ない。そう見なされているのは当然だったろう。

騒動に巻きこまれる不安がないぶん、己の力不足は、まだ保科家にとって、ありがたいことと思わねばならなかった。

阿部重次が密かに高崎藩を訪れた。その知らせは、丹右衛門も手に入れていた。忠長の配下にあった風魔は、主君の遺恨を晴らそうとする鳥居家の牢人と結び、商人や駕丁《がてい》に扮して、高崎城下にまぎれこんでいた。それを確かめると、丹右衛門はまず一人の男に近づいた。

町人姿で負い箱を担いでいても、足の運びようから忍びの一味と、すぐ知れた。茶屋の店先で休んでいたところを、修験者の身形で近づき、そっと声をかけたのだった。

「勢いこんで町衆から話を聞き回るでない。地元の役方に注進されるぞ」

驚いて見返す男に、丹右衛門はさらに続けて言った。

「江戸にも大納言様を案じるおかたは多い。それがしは、改易された下総生実《おゆみ》藩の配下にいた者ぞ。あるおかたに頼まれ、高崎城内の調べを進めておる」

敵ではないと断りを入れたのだが、男は逃げるように立ち去った。

別の日に、城下の橋のたもとで、待ち伏せた。その際、阿部重次が江戸を発ち、この高崎へ向かっていることを教えてやった。すると男は、丹右衛門に言ったのである。

「もしや、紀伊大納言様の御配下か……」

徳川権大納言頼宣。

家康の十男で、紀伊徳川家の当主である。家康が大御所となって駿府城へ入るまで、長く駿河の地を治めていた。そのため、家康亡きあと、新たに駿府城主となった忠長とは親交深く、高崎での幽閉を深く憂いていたのだった。

「いいえ、まだ多くのおかたが、そなたらと同じく心を痛めておいでです」

丹右衛門は素性を明かさず、男に誘いをかけた。

「ご存じでありましょうな。阿部対馬守は、忠輝様のご子息を自害に追いやった者ですぞ」

男が驚愕の相を見せ、身を震わせた。その事実までは知らなかったらしい。ご免と言うなり、また走り去っていった。

翌日も、同じ橋のたもとに立った。すると、ほどなく三人の町人が近づいてきた。彼らの足取りはいずれも重々しく、ひと目で武道の心得を持つ者と見て取れた。忍びを束ねる者らだろう。

「この橋の周りを囲ませてもらった」

眉の濃い四角い顔の男が、丹右衛門を睨《ね》めつけるように言った。

「五人では、ちと少のうござるな」

見回すでもなく言い返すと、男たちがたちまち血相を変えた。

「もそっと広く世の中をご覧になられたほうがよい。我らも囲んでおるのですぞ。大坂の陣を機に戦世が終わって、十八年。情け篤き大納言様の庇護を受けてこられ、御配下の者はだいぶ目と腕が鈍《なま》っておられるようにござりますな」

「貴様……」

四角い顔の男が半身になると、左から一人が進み出て、手で制した。

「我らを目付に売る気か」

丹右衛門は静かに笑みを返した。

「売る気であれば、そなたらの寝込みを襲わせておる。こうして姿をさらす得は、ひとつもなし。違いますかな」

ついでに彼らの泊まる安宿の名を告げると、男たちは毒気をぬかれたような顔になった。彼らも警戒はしていたと見えるが、用心のあまりに、殺伐の気を辺りに放つ者が多かった。一目で間《かん》者《じゃ》とわかってしまう。

四角い顔の男が気を取り直すように肩を揺らし、言った。

「では、いかなるふくみで声をかけてきたのか」

丹右衛門は一歩下がり、彼らに丁寧な辞儀を見せて言った。

「我らも力をお貸ししたいのです」

頭を上げると、袂から馬革の巾着を取り出し、四角い顔の男へ放り投げた。

「少しはそなたらの役にも立とう。使いなされ」

慌てたように受け取った男が、袋の中をのぞいて目を見張った。

内探のために、高遠藩の勘定方が用意してくれた砂金を入れてある。これでも敵と見なすのであらば、別の者を近づけるしか手はなかった。

彼らに考える時を与えるためにも、丹右衛門は背を向け、その場からひとまず立ち去った。

翌日も、同じ橋のたもとに立つと、再び四角い顔の男が現れた。

「岡村《おかむら》と申す者にございます。阿部対馬守が城を訪れたこと、配下の者がようやく確かめました」

動きが遅い。江戸から駕籠が到着したのは、町人の間でも噂になっていたのだ。もしや彼らは、力ずくで事をなそうとしているわけか。城の警固ぶりしか調べていなかったとすれば、阿部重次の来訪を見逃したとしてもおかしくはないと思えた。

「手荒な真似を考えておるのではなかろうな」

「多くの者が牢人になり果てておるのです。我らの命に替えても……」

案じていたとおりだった。彼らは死に場所を求めているのだ。少ない手数でもあり、もはや万全の策は望めそうにない。命を捨てることで、必ずや忠長を救い出す、とただ無二無三《むにむさん》に気負っていた。

その夜、丹右衛門は町外れの社跡に招かれた。木深《こぶか》い森の奥に、町人姿の男が七人、待っていた。一人として名乗る者はなく、ただ鋭い眼差しを向けてきた。

「皆の者、覚悟はよいか」

岡村と名乗った男が七人を見回して告げた。懐から絵図を取り出し、星明かりの下で広げてみせた。高崎城の櫓《やぐら》と門の位置が描かれていた。調べはそこそこ行き届いている。

「大納言様は、この西の曲輪《くるわ》の離れ屋で囚われの身になっておられる」

闇の中で岡村が絵図を示した。

「最も手薄な搦《から》め手横の土塁《どるい》を越えれば、城内へ押し入れる……」

彼らの立てた計略の子細を聞くうち、丹右衛門は暗澹《あんたん》となった。新月の夜に押し入り、塀を突破して忠長を救う、という無謀でしかない策だったのだ。

「お待ちくだされ。離れ屋を囲む兵は二百余名。あやつらは鉄砲も備えておりまするぞ」

丹右衛門が手下と探り出した実情を告げると、彼らは互いにうなずき合った。

「承知しておる。ゆえに、まず四方から櫓に火を放っておく。やつらは門を固めにかかるはずだ。我らであれば、低い石垣と土塁などは、どこからでも越えられる」

家康が普請し直した駿府城とは、比べるべくもない小さな城だった。が、城内に乱入する者があれば、兵の大半が駆けつけるのだ。

たとえ救い出せずに討ち果てようとも、恩ある主君に殉じたい。武士たる者、思慮分別をめぐらすより、果敢に死地へ挑むべし。戦国の世の倣いが、まだ身に染みついている。

「しばしの猶予をいただきたい」

丹右衛門は男たちの前で掌を向けた。

「そなたが二の足を踏むのであれば、我らのみで戦いましょうぞ」

「所詮、よそ者は金を出しても、命は出さぬか」

男たちがまくしたてるように次々と声を放つ。

丹右衛門は小さく首を振った。

「いいや。阿部対馬守はおそらく、かつて己が手がけた時と同じく、大納言様を追いつめよ、と申し渡したに違いありませぬ」

すでに阿部の一行は高崎城を離れ、江戸へ帰っていった。城内にまだ不穏な動きは現れていない。相手は将軍の弟なのだ。毒を盛るような卑しき策は、最後の一手と思われる。高崎城主の安藤重長としても、軽々しく忠長を手にかけるわけにはいかないだろう。

侮辱に近い扱いを続けて、忠長が世を儚《はかな》んでくれれば、万々歳。怒り狂うあまりに、おつきの者や高崎藩の家臣から刀を奪って斬りかかろうものなら、切腹を言い渡すこともできる。

まだ少しの猶予は残されている。

「しかれども、これ以上の辱めとお苦しみにさらすのは……」

「いいえ、大納言様であれば、多少の辛苦など耐えてくださると信じまする」

「待つ間に、何ができる」

懸念の眼差しを受け止めて、丹右衛門は荒ぶる男たちを見回した。

「大納言様はついに正気を失われて奇行に走り、改易された。江戸の城下では、そう広まっております」

「根も葉もない言いがかりであるのは、我らが承知しておる」

岡村が悔しげに声を押し出した。

「そのとおりにござります。さすれば、そう思われておるのを使わない手はない、と考えまする」


夜の闇が濃くなった。丑三つ刻を待ち、丹右衛門は黒装束に身を包み、高崎城内に潜入した。

忠長を預かることが決まってから、藩主の安藤重長は城の改築に取りかかっていた。が、城郭の石垣は低く、裏手は土塁のままであり、警固の目に気をつけさえすれば、夜陰に乗じて難なく登りきることはできた。気休めに鳴子《なるこ》を結びつけた縄をめぐらせていたが、子ども騙しの罠にすぎなかった。

忠長は、西の曲輪に建てられた粗末な離れ屋に囚われていた。その周りは、二間を超える高さの逆茂木《さかもぎ》で囲んであった。

張り番の兵はいても、始終見回っているわけではなかった。ここでも、逆茂木には鳴子を結んだ紐がかけられ、乗り越えようとする者あらば、音が響く仕掛けになっていた。

二間ほどの高さなどは、丹右衛門にとって藪垣のようなものだった。裏手の櫓に紐をかければ、振り子の要領で楽に乗り越えられた。

足音を忍ばせて見窄《みすぼ》らしい平屋に近づくと、裏の小さな蔀戸《しとみど》から中へ身をすべりこませた。

真夜中とあって蠟燭の明かりもないが、わずかに見通しは利いた。臭いから厠《かわや》とわかっていたが、開き戸もなく、その先ががらんどうのような暗い部屋へ続いていた。

奥の壁の前に、寝床のふくらみが見えた。

息をつめて歩を進めた時だった。

背中に気配を感じて、丹右衛門は飛びのいた。と思う間もなく、左肩を打ちすえられた。かろうじて先に動いていたため、骨は折れていないだろう。それほどの一打だった。

丹右衛門は振り向きざまに、平伏した。

「高遠からまいった者にござりまする」

「戯《ざ》れ言を申すな。兄上の刺客であろうが」

地の底から響いてくるような、憤怒に満ちた低い声だった。厠の横の暗がりから、ぬっと人影が進み出た。

駿河大納言忠長なのだ。

窓が狭く闇も濃いため、織田信長に似ているという面差しは、よく見えはしなかった。が、髷は整えられておらず、髪が乱れきっている。仁王立ちから一歩、摺り足で歩をつめてきた。

　かすかな物音を聞きつけて寝床を離れ、息をひそめていたらしい。それもそのはず。忠長は、柳生宗矩から剣術を学び、免許皆伝の腕前だった。帯刀を許されていれば、間違いなく一刀両断の下に斬られていたであろう。

　丹右衛門は慌てて言葉を継いだ。

「刺客であれば、まずこの離れに火を放ちます。失火は江戸でも多く起こりますゆえ」

「何やつだ。一人なのか」

　かすかに笑いの響きがふくまれていた。こちらの度胸をいくらか認めてくれたらしい。

　丹右衛門はあらためて頭を下げた。

「今宵は失礼をば顧みず、お願いに参上仕《つかまつ》りました」

「囚われの身の酒狂いに願いとは、まさしく酔狂よな」

「否。根心《ねごころ》からのお願いにござりまする」

「高遠の者という証を見せよ」

　丹右衛門は懐から端布《はぎれ》をつかみ出して床に置き、後ろへにじりのいた。

　黒い影が素早く動いた。身をかがめて、端布をつかみ上げた。忠長であれば、夜目でもわかるはずだ。こういう時に備えて、正之の着物を収めた納戸から持ち出していた。

　竹橋近くの上屋敷を、正之と養父が訪れた際、忠長から分け与えられた小袖の裏地である。家康の形見の品と聞いていた。

「あきれたな……。肥後の命か」

「いいえ。それがしは駿府の御配下にあった岡村殿という、かつて風魔党であった者の使いとして参上いたしました」

「弥一郎か……。あの者は愚直にすぎる。似合った愚かなことを考えておるのであろうな」

「いいえ、皆の覚悟に、それがしも心を打たれました。さらに申し上げるならば、肥後守様もいたく案ぜられておいでで、その命を受けて内探を続けておったのでござりまする」

「すまぬが、頼みは聞けん。そろって、命を落とすのが目に見えておる」

「何を仰せられますする。すでに阿部重次めが密かにこの高崎を訪れておるのです。あの男がいかなる料簡で高崎へ来たか、上様もお察しのはずかと……」

「ああ、一汁一菜がさらにも粗末になり、日々塀の外から罵倒されておるからな」

やはり藩主の安藤は、自ら手を汚す気はないようだった。罪人扱いを徹底させたうえで、忠長の自滅を待つつもりなのだ。

「されど、上様にまったく怯んだ様子が見られなくば、必ず次の手を打ってくるに相違ありませぬ。そこで今、御配下の岡村殿らが、密かにある支度を整えておられます」

「頼みとは何だ。申せ」

丹右衛門はさらに頭を低くして告げた。

「失礼にはござりまするが、上様に本気で正気を失っていただきたいのです」


十月二十八日、家光大病の知らせは、たちまち江戸城下に広まった。

譜代名門のみならず、参府していた大名が続々と城に駆けつけた。正之も登城したが、家光への見舞いが許されることは、やはりなかった。

それでも将軍の弟との出自は知られているため、控えの雁之間に内実を尋ねに来る者があとを絶たなかった。正之はそのたびに頭を下げ、何もわからないと正直に伝えるのが苦しかった。

夕刻になって、奥医師が御座之間を訪れたが、肝心の家光の容体は明らかにされなかった。一昨夜から患い、薬と灸で治療している。それだけ言い残すと、早々に立ち去り、家光のもとへ戻ったというのである。

悪い噂ほど、野火のごとく広まる。集散する医師の多さから、家光はかなり悪いらしい。早急に代替わりを考えているのではないか。六人衆が姿を見せずにいるのは、密議を重ねているからに違いない。

日々の政が滞りかねず、土井利勝や井伊《いい》直孝《なおたか》らの古参年寄衆も中奥へ呼ばれ、詮議の申し渡し役に戻されることが決められた。

正之は陽が暮れるのを待って下城すると、土井利勝の上屋敷へ立ち寄った。が、利勝ですら見舞うことは許されず、奥医師の見立てを聞いただけという。高い熱が続き、譫言《うわごと》を口にされておられる。そう不安そうに顔をしわめるのだった。

十月の末には、年寄筆頭の座にあった稲葉正勝の病が進み、ついに登城できなくなった。江戸城内は呪われている。いいや、幽閉された忠長様をいまだ担ごうとする一派が、春日局の息子である正勝を恨み、毒を盛ったのだ。口さがない者は、好き勝手にささやいていた。

十一月に入ると、家光の容体がいくらかよくなった、との吉報がもたらされた。

急な代替わりという切羽つまった事態はさけられそうだとわかり、正之はひとまず胸を撫で下ろした。もし家光の回復が遅れたなら、養子を取るべしとの話が出てきたかもしれない。継嗣の座をめぐる争いが、城内で起こりかねない状況にあったのだ。

正之に見舞いの許しが出たのは、十一月二十六日になってからだった。

中奥の御小座敷へ出向くと、家光は小姓に支えられて上段之間に座っていた。近くにはまだ床が敷かれている。食が細ったために頬が落ちくぼみ、躰がひと周りは小さくなったように見えた。多くの大名が見舞いを許されずにいた中、正之が呼ばれたのは、やはり弟であるからか。

「ご尊顔を拝めましたこと、まこと祝着《しゅうちゃく》にござりまする」

「聞いておるな、肥後よ。紀伊が案ずるあまり、兵を寄越して、この城を守ると意気盛んに申しておったとか……」

噂は耳に入っていた。徳川家の一大事と紀伊の頼宣が勇み立ち、兵を動かす支度を進めたという。が、家光に何かあったならば、その兵で江戸城を乗っ取るつもりか、と疑念を語る大名が出てきた。年寄衆からもきつく戒められた、と聞いている。

「紀伊大納言様は心根より案ぜられておいでにござりました。公方様のため、何もできずにおるのが悔しかった、と聞いております」

「いくら身内であろうと、心の内までは見通せぬものよの。そうであろうが……」

正之は返事に窮した。頼宣は、己の副将軍たる地位を広く喧伝したいがため、兵を出すと公言したに違いない、と家光は見ているのだった。

「幸いにも公方様には、多くの志篤《こころざしあつ》きおかたがたがつくされております。この肥後も、たとえ力及ばずとも、懸命に支えてまいる所存にござります」

「頼むぞ。われは誰を頼ればいいか、わからぬ……」

聞くところによると、家光は水戸の徳川頼房に自筆の書状を送ったという。頼りとなる兄弟がいないので、万事相談させてほしい、と。家光にとって、頼房はひとつ歳上の叔父であり、心置きなく話せる者の一人なのだと思われる。

ここにもう一人、血を分けた弟がおりまする。

そう声を大にして言いたかったが、松平信綱らの御用人が横に控えているため、迂闊《うかつ》な言葉は口にできなかった。頼宣と同じく、出自を誇るつもりか、と猜疑の目で見られかねないのだ。

家光が背を丸めたまま、覇気なく言った。

「しかと頼むぞ、肥後……」


参府する大名らも落ち着きを取り戻し、月番の者が順に登城するようになった。家光はまだ御小座敷の寝床から出られずにいたが、少しずつ食も戻りつつあると聞かされた。

これで新たな年が迎えられる。

安堵を覚えながら上屋敷へ戻ると、裏の軒先に鈴が吊されていた。丹右衛門から知らせが来たようである。

奥書院で待つと、音もなく襖を開けて現れたのは、伝令役を務める六郎だった。

「お知らせいたしまする。松平伊豆守様が上州への臨検に出られた、とのことにござります」

阿部重次に続いて、今度は信綱が上州へ向かった——。

にわかには信じられず、正之は暗い書窓に目を転じた。

本当に領地の臨検なのか。すでに秋の収穫は終わっている。よりによって家光が病に伏せるさなか、その最側近が忠長の幽閉される上州へと出かけていった。両者を結びつけて考えない者など、一人としていないであろう。

「丹右衛門には知らせたな」

「伝令を走らせました」

「あやつは何をしておる」

「駿府で仕えていた風魔党の末裔《まつえい》に知恵を授けている、と聞いておりまする」

忠長の配下にいた者らが主君を救い出そうと動いているに違いなかった。

正之は懸念を抱いた。もし忠長を力ずくで逃がそうとする者が出たとなれば、徳川家中に波紋が大きく広がる。国の津々浦々に追っ手が放たれ、匿う者もろとも成敗されることとなろう。しくじった場合も、間違いなく首を刎《は》ねられる。

そもそも、城内に幽閉された者を救い出せるものなのか。戦に出たことのない正之には思い及びもつかなかった。

たとえ苦しい幽閉の身であろうとも、忠長には無事でいてほしい。いつか許される時がくる、と信じたかった。家光が病に倒れたことで、穏やかならざる事態が動きだしたとすれば、大事《おおごと》だった。

「決して早まったことはするな。そう丹右衛門に伝えよ。よいな」

無謀な策は、必ず多くの血を流させる。

信綱がなぜ今、上州へ向かったのだろうか。

寛永十年十二月六日。

松平忠長、高崎城内にて自害。

ちょうどこの時期、第七代オランダ商館長であるニコラス・クーケバッケルが長崎の平戸から江戸に参府していた。

日本とオランダの間で台湾貿易の関税をめぐる紛争が起き、特使として東インド会社の台湾長官だったピーテル・ノイツが派遣された。ところが、朱印船の船長と暴力沙汰に発展し、手を出したオランダ人船員が投獄されていた。その解放を願い出るため、平戸商館長の任にあったクーケバッケルが、わざわざ江戸へ出てきたのである。

だが、将軍への謁見は難航し、彼らは幕府宿老らとの折衝をくり返した。

その際に通訳を務めたのが、宗教上の問題でフランスからオランダに亡命し、料理人となっていたフランソワ・カロンという男である。

彼は平戸のオランダ商館に赴任し、その地で日本人の妻を娶り、六人の子をもうけている。そのため日本語が堪能で、通訳も兼ねるようになり、この六年後にはクーケバッケルのあとの商館長にもなる人物だった。

そのフランソワ・カロンが、平戸のオランダ商館に向けて、江戸で仕入れた情報を詳しく報告している。その中に、松平忠長の自害についても書かれており、『オランダ商館長日記』に残されているのである。

――家光が密かに腕の立つ者を高崎へ送り、忠長を殺害する計画だった。が、忠長は果敢に応戦し、刺客を返り討ちにした。が、いずれまた同じことになると悲嘆したあまり、ついに自害を遂げた。

日本語の堪能なカロンは、そう何者かから聞いたため、平戸に報告を上げたのである。

当時カロンはクーケバッケル商館長に付き添い、江戸で幕閣との折衝を続けていた。土産物という賄賂《わいろ》を手渡し、盛んに饗応した、との記録もある。その際に出た話を書き留めたとすれば、真実に近いと言えるであろう。

十二月七日、朝――。

正之は江戸城内を走りぬけることになる噂よりも早く、六郎から知らせを受けた。

まだ夜も明け切らぬ明け六つごろ、気配に気づいて目を開けると、六郎が間近で蹲踞《そんきょ》していたのである。布団をのけて起きると、苦しげな声が押し出された。

「無念ながら、壺屋丹右衛門、高崎にて傷を負ったとのことにございまする」

正之は丹田《たんでん》に力をこめた。信綱が臨検に出たことと関係しているのか……。そう思うものの、すぐには声が出てこなかった。

「柳生らしき者に襲われたといいます」

刺客が送られたのだ。

とっさに悟り、正之は声をしぼった。

「まさか――」

「詳しい知らせはまだ届いておりません。ただし、その前日までに、身代わりの者が幽閉先の離れに入ったと聞き及んでおりまする。そこに柳生の使い手が現れたようで、丹右衛門は命からがら逃げのびたものの、駿府や甲州の間者はかなりの者が討ち果てたと……」

柳生の使い手と斬り合いになったのだ。

かつての風魔党の末裔も加わっているとは聞いていた。いずれも腕は立つであろうが、相手が柳生の使い手となれば、苦戦を強いられただろう。

「肝心の大納言様はご無事か」

「丹右衛門らは城外にて襲われたため、大納言様の消息はまだつかめていない、と伝わっておりまする」

囚われの身としておき、さらに刺客を放つとは、戦世の謀略にも等しいではないか。

正之は拳を腿に打ちつけた。自分が高崎城内を調べさせていなければ、少なくとも丹右衛門が傷を負うことはなかったはずなのだ。忍びの出自を持つ者らが、主君のために命を懸ける姿を見て、助太刀せざるをえなかったのだろう……。

その一日を、正之は呆然とすごした。やがて、忠長自害の正式な知らせがもたらされた。

高崎城内で斬り合いがあったことには触れられず、世を悲観しての切腹だという。どこまでが真実なのか。

三日後の夜半に、痛手を負った丹右衛門が上屋敷の庭に現れた。

横で六郎が肩を支えてやっているのを見て、傷の深さが推察できた。

「よくぞ無事に帰ってきてくれた」

「力及ばず、まことに申し訳ござりませぬ」

驚くほどに声が弱かった。言葉を継ぐごとに、面輪がゆがむ。

「言うな、丹右衛門。半左衛門に命じてある。手厚く療治させるゆえ、じっくりと傷を癒やせ」

丹右衛門は小さく首を振って、声を落とした。

「刺客としか思えぬ使者が二人、高崎城を訪れたと聞き、風魔の者らと城へ急ぎました。されど、不覚にも、土塁の奥に潜んでいた兵に襲われて……。先に館へ向かった者に言わせると、大納言様は使者と言い争いになり、敵が刀をぬいて襲いかかってきたとのことにござりまする。そこへ側近が駆けつけて、斬り合いとなり、二人の刺客を見事返り討ちにしたものの、大納言様は深手を負われてしまい、やむなく自害して果てた、と……」

正之は固く目を閉じ、こみ上げる怒りに耐えた。

やむなく自害にいたったとしても、謀殺されたと同じではないか。

兄の家光が、弟を殺すために刺客を放ったとは信じたくない。太平記を思い返すまでもなく、兄の足利尊氏《あしかがたかうじ》は、対立した弟の直義《なおよし》を毒殺している。織田信長もしかり。兄弟といえども、血みどろの争いは古くからくり返されてきた。

子のない家光が病に伏せったため、代替わりを目論む者が密かに算段を調えているとの噂はあった。紀伊の徳川頼宣。鹿児島の島津。仙台の伊達……。早く代替わりを決めるべし、と宿老に迫ったというが、真実のほどは伝わってきていない。

だが、一刻も早く継嗣を決めよ、との声が出ていたのは疑いなく、家光に長く仕えてきた六人衆が困り果てていたのだった。

もし代替わりとなれば、小姓のころより家光につくしてきた六人衆は、新たな将軍に冷遇されかねない。秀忠を長く補佐してきた土井利勝や井伊直孝が、家光の命によって、政の一線から遠ざけられた例を見れば、誰しもが予見できる。

ようやく家光は快癒《かいゆ》の兆しを見せていた。が、今なお病に弱く、いつまた伏せることになるかわからなかった。そこで先手を打ち、忠長を亡き者にしておくべし。担ごうとする御輿がなくなれば、徳川家中も落ち着きを取り戻す。自分らの地位も保っていける。そう考えた者がいたのではないか。

一人の男の顔が浮かぶ。

松平信綱――。

六人衆の中でも、筆頭格の重臣だった。あの男が上州へ出向いたのは、領地の臨検などではなく、刺客を送る下調べのためであったとすれば……。

あの男は、忠長が幽閉された直後に、年寄並みへと出世を遂げた。さらには、忠長の旧領をもらい受けた。すべて家光に知恵を授けた報償ではなかったか。疑いだせば、きりはない。

実の父が没し、兄までが命を奪われたのだ。

今も血で血を洗う戦世なのかと、胸の内が凍えていった。

大奥は師走の冷気にひたされた。手足が縮こまって、思うように動いてくれない。口を開けば、おぞましき言葉がその場で凍りつくかのようで、女たちは口をつぐみ、黙々とただ働いていた。

徳川家は呪われでもしているのかもしれない。

おなあは一人、身罷った将軍の位牌を前に座して、一心に祈った。誰に呼びかけられようとも合掌を解かず、ひたぶるに読経を続けた。

――偉大なる東照大権現様、どうか公方様にご加護をお与えください。なぜこれほどの辛苦に見舞われねばならないのでしょう。

先に家光が熱にうなされて、生死の際をさまよった。稲葉正勝も吐血して倒れた。その弟の正利は、忠長の幽閉とともに、高崎の地へ流された。このところ春日局は、二人の息子の無事を願い、奥医師や年寄衆に賄《まいない》を送り、懇願を続けていると聞いた。

そしてついに、忠長が自害して果てたのである。

口さがない大名は噂し合っているという。将軍宣下の前から続いていた兄弟の醜い確執の報いが、将軍家に降りかかってきたのだ、と。兄が病に倒れ、弟は幽閉の苦難で気が触れて自死を選び、その争いをあおってきた乳母にすぎない女の息子二人までもが、地獄の底へ墜ちようとしている。徳川の末には重く暗雲が垂れこめている。いくら祈禱《きとう》しようと、幾重にもまとわりついた厄は払い落とせるはずもない。

家光はようやく持ち直しの兆しを見せ、片角《かたかど》とはいえ政に復帰しつつある。が、詮議はほぼすべて六人衆が担い、将軍による親政とはほど遠かった。

もうひと月あまりも、家光は大奥を訪れてはいない。三十もの歳になっても、将軍のあとを継ぐべき子をなそうとせずにいる。このまま女を毛嫌いして寄せつけずにいれば、徳川家の土台が揺らぐばかりだった。当然の帰結が見えていないとは思えず、家光の胸中を量りかねた。

——お願いです、東照大権現様。天から公方様をお導きくだされ。悩める女の心には寄り添えても、頑なに思いつめる殿方の懐に入っていくすべが見つかりません。武士は己の志のため、あえて死地へ向かう、とも聞きます。公方様はご自分が子をなさないことで、誰が真から信じられる者か、その根心を試そうとなさっておいでなのでありましょうか。けれども、あのおかたは、かつて忠言をくり返した傅役の青山伯耆守《ほうきのかみ》様を減封し、蟄居までさせているのです。己にかしずかぬ者は、決して許しはしない。家臣を信じられず、弟にも疑いの目を向け、ゆえに一人熱にうなされておられるのでしょうか。どうぞ公方様のお心を癒やしたまえ。

「上様の御成です」

一心に祈りを捧げていると、側女の声が轟いた。

おなあは手を下ろし、御鈴廊下の気配を振り返った。やがて、足音が仏間へと近づいてきた。

「おなあはおるか」

頼りなくはあるが、家光の声に違いなかった。久方ぶりに大奥を訪れたかと思えば、なぜかおなあを呼びつけていた。

「ここにおりまする」

おなあは位牌の前から動かなかった。家光が見れば、何をしていたかはわかってくれる。

襖が開き、紫の直垂をまとった家光が一歩を踏みしめるように歩んできた。熱は下がりつつあるらしい。

おなあは手をつき、頭を下げた。

「僭越《せんえつ》ながら、悲しいお知らせをいたしておりました」

家光の口元が醜くゆがみ、目の周りに赤味が差した。

「よくぞお越しくださりました。さあ、公方様からも是非、おかたがたに……」

自らの口で真実を語ってほしい。景慕する父祖の前で、嘘はつけないはず。

家光は動かなかった。面輪を固め、仏壇に並ぶ位牌を見つめた。そこにはひと柱、新たな位牌が増えている。

怒りを嚙み殺すような声が押し出された。

「われは……徳川家のため、これからも力をつくすのみぞ」

おそらく本心なのだろう。弟を改易したのは、徳川の安寧を守るため。自死は弟が選んだ道。そう頑なに信じるしかないのだった。

「ありがたきお言葉にござりまする」

おなあは畏まり、家光を見ずに告げた。

「わたしくめに何用でござりましょうか」

「おお……。そなたから、春日に伝えてやってほしい」

「承りまする」

「内記は許すこととなった。しかれども、肥後の細川に委ねると決まった。いくら春日の子であろうと、内記を江戸へ戻せば、気が収まらぬと言いだす者もおろうからな」

忠長の配下につけられていた稲葉内記正利への裁きがまとまったのだ。

高崎の地で、何が起きたのか。正利であれば、真実を知っていてもおかしくはない。細川忠利は、忠長改易の謂われを大名がたに触れ回ったうえ、十四万石も加増されて肥後へ転封している。外様の中で、最も家光の信を得ている者だった。

許すと言いながらも、江戸から追放するかのような裁きに思えてならない。遠い肥後細川の地へ送れば、高崎の真実が広まることは決してない。そう考える者がいたのではなかったか。

しかも、義理の姪であるおなあの口から、お福に伝えさせる。

悪くすれば、永久《とわ》の別れとなるかもしれない。家光自身の口からは、忍びなくて伝えられない。あとは頼む。そう言われたのだった。

「しかと申し伝えまする」

おなあはまた家光の顔を見ずに、頭を下げた。それが将軍を前にした作法だからではなく、自らが鏡となるためだった。鏡は決して異を唱えず、心を波立てもしない。静閑を装う様を見せることで、己の姿を見取ってほしい。

「よいな。任せたぞ」

押しつけるような声に続き、足音がすぐに離れていった。わずかに目を上げると、家光の背が早くも仏間から出ていくところだった。

お福に肩を抱かれて涙を堪《こら》えていた日の寄《よ》る辺《べ》なさは、もう微塵もうかがえなかった。弟の死を聞かされて、武家を束ねる務めへの決意を新たにしたのであればいい。そうであってほしいと、おなあは願った。

家光を見送ったあとも、しばらくは立てずにいた。

お福にどう告げたらいいのか。

決して鏡とはならず、姪として、大切な子を産んだ女の一人として、心からの言葉をつくすほかはなかった。

幕間

慶安四年（一六五一）　七月二十三日　夜　五つ刻——


額から汗がしたたる。息が上がる。

暗い夜道を睨み、松平信綱は懸命に裸足で駆けた。

「殿、お待ちくだされ」

「馬を支度させておりまする」

取り乱した家臣と中間が追いかけてくる。

だが、信綱は振り向きもせずに、大名屋敷が並ぶ道筋を走りぬけた。馬を待つなど、悠長がすぎる。このまま走ったほうが早く奉行所へ行き着ける。

奥村重昭とその配下は、よく働いてくれた。やはりあの連中を見張らせておいてよかったのだ。自分の目に狂いなど、あろうものか。大目付の中根正盛は、信綱の考えすぎだと言いたそうにしていたが、やつらからは芬々《ふんぷん》と悪事の臭いが漂っていた。

大それた謀反の企てとは何か。

信綱は暗い地を蹴ってひた走り、胸に怒りをたぎらせた。

由比正雪なる兵法者の名を知ったのは、つい三月《みつき》ほど前のことであった。隠し目付による内探から、紀伊徳川家に出入りする怪しき男どもがいる、と判明した。その者らは、神田連雀町で多くの牢人を集める張孔堂《ちょうこうどう》という道場にも顔を出していた。その師範は、かつて紀伊家に請われて、兵法を説いたことさえあったという。

信綱は即座に隠し目付の数を増やして、さらに子細を探らせた。徳川一門である紀伊家が関わっていると聞けば、黙って見すごせるものではなかったからだ。

紀伊家の当主――徳川権大納言頼宣。

徳川家康の十男であり、大坂の夏の陣では若いながらも後詰めとして獅子奮迅《ししふんじん》の働きをした。家康亡きあとは、父の築いた駿府城を譲り受けて、副将軍と持てはやされた。その威勢を削《そ》ぐために、二代将軍の秀忠は、頼宣から駿府城を奪うことを決めて、紀伊の地へと転封した。その際には、代わりに大坂城を賜りたいと、兄の秀忠に願い出たともいう。

信綱は、養父の正光から詳しい話を聞いている。

大坂夏の陣が始まろうとする時のことだ。まだ十四歳でありながら、頼宣は果敢にも先陣を切りたいと評定の席で言い張った。が、多くの大名に反対されて、その望みは叶わなかった。悔しがる姿を見て正光は、まだお若いゆえ次の機会はすぐにまいりましょう、と慰めの言葉をかけた。すると、頼宣は形相を変えて烈火のごとく怒りだした。十四の年が、二度とあるものか。そう言って当たり散らしたというのである。

幼いころから、頼宣の鼻っ柱の強さは世に聞こえていた。

やたらと手柄をほしがり、身勝手な動きを見せたがる厄介な男なのだ。島原でキリシタンの一揆が起きた際も、自分が征伐《せいばつ》に向かうと言いだしたうえ、地元で兵を集めもした。さらには、武術に長けた牢人がいると聞けば、迷わず配下に召し抱えて、いきなり重職に就けもした。評判の名刀を集めては、自ら罪人の試し斬りまでしてみせ、家臣に窘《たしな》められたことを、さも自慢げに語るふてぶてしさも持ち合わせていた。

その頼宣の紀伊家に、今なお由比正雪なる兵法者が出入りしているというのである。

大それた謀反の企てに、よもや頼宣が荷担しているとすれば……。その狙いは考えるまでもないであろう。

江戸城下にあふれる牢人どもを結集させる腹づもりではないか。そのために、由比正雪と門弟が怪しき動きを見せている……。

家光は、徳川家の治めを盤石とするため、大名家を厳しく処断してきた。主家が減封や改易となれば、その配下にある多くの家臣が禄と職を失う。腕を見こまれて次の仕官先を見つけられる者は限られていた。諸大名は徳川家の前にひれ伏し、戦は絶えて久しくなった。大名家が数多の兵を抱え、養っておく意味はなくなっている。

あまつさえ、武家諸法度の定めによって、大名は一年おきに江戸への参府を命じられた。多くの家臣を率いての旅は、呆れるほどの費えが要る。諸藩は家臣の数をしぼるようになり、仕官の口はますます細る一方なのだ。

今や江戸にあふれる牢人は、二十万に近い数だと言われる。食いつめた輩が起こす騒動は、江戸市中で枚挙に遑《いとま》がない。

刀を捨てて田舎へ帰れる者は、まだ救われていた。仕官の道を閉ざされ、路頭に迷う牢人は、主家を改易した幕府への恨みをつのらせるのだ。

思い返すまでもなく、大坂の陣では、関ヶ原の戦いで敗れて主家をなくした牢人どもを、豊臣方が手をつくして集め、手勢とした。島原の乱でも、九州の地でくすぶる数千の牢人が、キリシタンと農民に手を貸したため、鎮圧に手こずった。

牢人どもは、腐っても侍なのだ。

つまり、野に放たれた牢人どもを集めることができれば、戦の算段が立ってくる。由比正雪の門弟は、優に二千を超えると聞く。紀伊徳川家は、西で数万の兵を起こせよう。

そして今、保科正之が、領国の会津に近い日光への社参に出かけている。その正之の家臣までが、いかがわしき道場に通っていたという。

これが偶然であるものか。

あの者らは結託して、不届きな謀反に走ろうと企てている。

この信綱の目を欺《あざむ》けるものか。

暗い通りの先に、ようやく北町奉行所の門が見えてきた。塀の内に篝火の赤い炎が小さく揺れている。

信綱はわずかに足取りをゆるめた。息せき切ったまま、大音声を張り上げた。

「門を直ちに開けよ。老中松平信綱であるぞ。牢人どもが謀反を企てておる。与力、同心、あまねく参集させよ」

潜り戸は開いているはずだが、信綱は力の限りに門をたたいて叫んだ。

第二章

我が世の春　寛永十一年　三月

江戸城内のそこかしこに桜が咲き乱れていた。

家光は参府中の大名を集めて、連日の茶会を開いた。正之が呼ばれたのは、譜代の大名が名を連ねる二日目の午後であった。

中奥の黒書院で持てなしの膳が振る舞われたあと、茶室へ移り、庭の桜を前に家光自らが茶を点てた。前日から家光は終始、機嫌がよかった。昨年末に忠長が自害したため、もはや将軍の座を脅かす者はいなくなったことを言《こと》祝《ほ》ぐための宴に思えたほどだった。

帰り際に、岳父の内藤政長がささやいてきた。

「そなたは若いゆえ、醍醐の花見を知らんと思うが……。先の太閤様も、天下の治めを盤石となされたあと、醍醐寺にて盛大な花見の宴を催したそうな。招かれたのは、千三百余名であったという」

「浅学にて知りませんでした」

「こたびの茶会のために、年明けから御寝殿を新築したうえ、桜も植え直して備えたと聞いておる。公方様は明らかに、太閤様の花見を模されたのであろう」

政長は言い終えると、口の中にわく苦みを呑み下すかのように、のど元をしわめてみせた。

この日のために作事奉行が差配し、能舞台も整えられた。江戸の名だたる料理人が集められたうえ、使われた茶器や緋毛氈《ひもうせん》もすべて新たに設《しつら》えられたものだという。

「多くの者が噂しておる。醍醐の花見の前年には、関白であった秀次殿が切腹なされていたようであると……」

正之は胸をつかれて足が止まった。

秀吉は嫡男がなく、甥の秀次を養子とした。が、淀君との間に秀頼が生まれたため、秀次に謀反の疑いをかけて高野山に追放したうえ、切腹させた。凶暴な振る舞いが多かったと言われるが、当てにはならない。我が子の秀頼に天下を譲るには、秀次が邪魔だったのだ。

家光は十一年前の元和九年に、将軍宣下を受けている。が、父の秀忠が大御所として西之丸に居を構えて、息子の手さばきを見守り続けていた。先代将軍の庇護を、長く受けてきたのである。

その秀忠は身罷り、弟も命を絶った。家光も晴れて真の将軍になれたとの感慨を抱いているに違いなかった。醍醐の花見に負けない茶会は、真の将軍としてのお披露目の場でもあったのだ。

「しかれども、本来は譜代名門のおかたがたと肩を並べるべきお人でありますのにな……」

政長は義父として、まだ納得いかぬかのように首を振った。腹違いとはいえ、将軍の弟であるのだから、まず最初に持てなされて当然、と思っているのだった。

正之は足を止めると、あらためて頭を下げた。

「いいえ、畏れ多いことにござります。お父上もどうか、そのような大それたことは申されないよう、お頼み申しまする」

「肥後殿……。そなたは少しばかり謙抑《けんよく》すぎる。もっと大らかに、ご自身の思うところを述べられたほうがよい」

政長は知らない。忠長が刺客に襲われて、自害に追いつめられたことを。

さらに言えば、出自など本来、人の器とは関係のないことなのだ。生まれによって運不運はあろうが、己を磨くことで、人は輝いていける。

与えられた役目をつつがなく果たし、多くの人に認められるならば、必ず信をなすことができる。家臣らの尽力で、増上寺の霊廟は誇れる仕上がりとなり、家光のみならず、秀忠に仕えてきた者からも大いに喜ばれた。それで不足がどこにあろうか。

いらぬ欲をかけば、いたずらに争いを招く。

もう一人の兄が親身に語ってくれた言葉を思わずにはいられなかった。人の欲がある限り、戦世は終わりを見ない。忠長は常ならず、両親や家臣から多くの期待をかけられてきた。兄と力を合わせるべきであるのに、張り合うことまでしたという。その勇み足が、家光を急き立てるとともに、己を追いつめた、と言えそうだった。

たった一度だけ相見《あいまみ》えた人であっても、忠長はまことの兄として、今も正之の胸にあり続けている。ところが、すでに何十遍も拝謁の機会を得ながら、家光は遥か遠い存在だった。それほどに将軍という職は、近寄りがたいものと思うほかはなかった。

翌日、正之が登城すると、家光から呼び出しがあった。

もちろん、将軍自ら一大名に声をかけることはない。御座所へ及ぶと、いつものように年寄筆頭の松平信綱が上意を伝えた。

「本年も日光社参に同道せよとのことにござります」

「謹んで承りまする」

「さらに六月より上様は、御上洛あそばされる。供奉衆四番手として土井大炊頭殿と先導いたせ、とのことである」

「恐悦至極に存じまする」

家光の上洛は、昨年の五月に言い渡されていた。供奉衆の四番手というからには、錚々たる陣容なのだとわかる。

三月の茶会に続いて、帝の住まう京へ大軍を率いて赴くことで、西国の大名と禁裏《きんり》にあらためて将軍の御代替わりを知らしめる意図があるのだった。

四月になると、いつものように多くの家臣をともない、正之は日光社参に随行した。東照社に眠る家康公に、真の将軍になったことを知らせる参詣であり、多くの供物が奉納された。

七泊八日の旅を終えて江戸へ戻ると、正之は心底から驚かされた。

城下が家光の上洛に同道する者でごった返していたのである。

その数、三十万人。

天下を決した関ヶ原の戦いでは、東西両軍合わせて十五万人が参陣した。大坂冬の陣では、徳川軍が二十万を集め、豊臣軍が十万で対抗したと言われる。

ただし、今回の大軍は、すべてが武士ではなかった。荷方の人足もかなりの数が集められていた。が、これほどの陣容で上洛を試みるのは、初めてのことなのだった。

すでに先陣として徳川頼宣が、家光の日光社参よりも早くに江戸を発ち、道中の検分を進めていた。さらに、上洛の下知状が下される前の六月一日には、伊達政宗が出立し、次々と外様大名が東海道を大挙して下っていった。

正之の一行は、六月十四日に江戸を発った。その後に次々と、小姓組番や馬廻りの供奉衆が続き、家光の本隊は二十日になってようやく出立したのだった。

将軍の乗る駕籠は、小豆《あずき》色に塗った檜《ひのき》の薄板を網代《あじろ》編《あ》みにして覆い、長柄に金漆《きんしつ》で葵紋が描かれている。担ぎ手は十名が並び、そろりそろりと街道を進む。その周りを、年寄衆が乗る黒塗りの駕籠が囲む。

だが、その中にただ一人、徒歩での随行を家光から言いつけられた年寄がいた。

松平信綱である。

家光の乗る駕籠の横を、槍を担いだ警固の番方とともに、一歩ずつ足を運んでいく。信綱ほどの重臣が、徒として供奉すると聞かされて、多くの者が耳を疑った。

「我らに粗相《そそう》がないか、目付のように見張るためらしいぞ」

「いや、駕籠の中にいたのでは、行軍の進み具合がわかりにくい。ゆえに、自ら歩くと仰せになられたと聞く」

徒の者は誰一人、真実を聞かされてはいなかった。が、六人衆と呼ばれた年寄は皆、そのわけを承知していた。

「口がすぎるぞ、伊豆。おまえは京まで歩け。わかったな」

家光の癇癪には慣れているとはいえ、懐刀《ふところがたな》と言われた信綱が勘気を被るにいたって、ほかの年寄衆は震え上がった。信綱に近寄る者さえいなかったのである。

品川宿を出て雨が降り出しても、信綱は駕籠の前を黙々と歩き続けた。濡れ鼠となっても、平静を貫き通した。後ろの駕籠から家光が見ているのは疑いなく、決して肩を落としたり、背を丸めたりはできなかった。

この上洛に際して、家光と六人衆は、京に到着後に進められる大名の官位昇進について話し合った。その折りに、家光が急に言いだしたのである。

「そろそろ肥後も、侍従に昇進させようではないか」

「まこと喜ばしきお考えにござります。しかれども、肥後殿は譜代の中でも三万石の小藩にあり、こたびの昇進されるおかたがたの中、家格にかなりの見劣りがあるかと思われまする」

信綱は事実を伝えたまでだった。

侍従に昇進する譜代は、伊勢桑名《いせくわな》の松平定行《まつだいらさだゆき》が十一万石、播磨姫路《はりまひめじ》の本多政朝《ほんだまさとも》が十万石。たった三万石の藩主が、帝に近侍できる侍従の官位を与えられたことは、過去に一度たりともなかったのである。

異例の昇進をさせるのであれば、保科正之の出自を認めるだけでなく、多くの者に身内贔屓と取られかねなかった。

ようやく忠長を自害に追いやり、将軍の座を脅かす者はいなくなったのである。そこに、保科正之をわざわざ将軍の弟として引き上げ、徳川姓を与えでもしたならば、継嗣としての資格を有する者と告知するに等しくは見えないか。

正直、信綱は家光の気が知れなかった。

六人衆すべてを、小姓のころから家光を支えつくしてきた者で固めておきながら、将軍継嗣の問題に自ら新たな火種を熾すつもりなのか。

「伊豆守殿。公方様は我らを心底から信じてはおられないのであろうか」

高崎まで忠長に自害を迫りに足を運んだ阿部重次が、頰を震わせ、問うてきた。

不満に思う気持ちは、信綱も同じだった。十一年間も年寄の職にあった稲葉正勝が、この一月末、病のために没していた。享年三十八。春日局の実子であり、家光が最も信頼を寄せる家臣だったと言える。その正勝を失って、家光が心細くなっていたとしても、無理はない。

しかし、弟に当たる保科正之を急に取り立てるのは得策ではない、と思えた。もちろん、家光の下でつくしてきた自分らの立場が、これを機に危うくなることはないだろう。それでも、子のない家光が弟を庇護すれば、跡継ぎの一人と見なす者が出てくる。その辺りを何と心得ているのか。

信綱は言葉を変えて、家光を諭そうとした。ところが、高遠藩に加増すればよいではないか、と軽々しく言いだす始末だった。

高遠藩の近くに、下すことのできる幕領はなかった。周りの藩から領地を召し上げる名目も見当たらない。そう事実を説いたところ、ついに機嫌を損ねて、信綱に徒歩での上洛を命じたのだ。

真意を量りかねた信綱は、城内の御用部屋に春日局を呼び寄せた。

正勝の死を機に出家したため、春日局は尼僧の姿で中奥を訪ねてきた。五十六歳になるが、顔に刻まれた深いしわは、老婆のそれに見えるほどだった。

「このごろの公方様は、お酒に頼らねば眠れずにいるようにございます」

酒の量が増えていると、側衆から聞いてはいた。幼少から弟を恨んできたにもかかわらず、いざ自害に追いやったとなれば、多少は呵責《かしゃく》の念も覚えているのだろう。その罪滅ぼしの意もあるとすれば、もう一人の弟に手を差し伸べたがるのにも、うなずける気はした。

「そなたの姪御が公方様の話し相手を務めているとか……」

春日局の義理の姪は、禅寺で数年をすごしており、大奥で女たちの悩みを聞いては説法しているとの評判があった。その姪が、家光の悩みを聞きだしたうえ、よからぬ進言をしているのではないか。これまた春日局の義理の孫に当たる堀田正盛までが、そう疑っていたのである。

信綱が疑念をほのめかして言うと、春日局は小さなあごを短く引いて声を低めた。

「それには……深いわけがございます」

恥ずかしげに目を落としてから、春日局は踏ん切るように面を上げた。

「実を申しますと、姪の娘は、どことなく義理の孫に似た面差しをしておるのでございます」

血はつながらずとも、その娘は堀田正盛に似て、細面で目鼻立ちが際立っていた。必ず家光の好みに合うと信じた春日局は、その娘を大奥に招こうと手をつくした。が、すでに夫と子のある身で、本人も躰が弱いため、あきらめるほかはなかった。

ところが、姪の孫娘も、やはり母に似て凜々しく美しい顔立ちだという。

「では、その孫娘を、大奥に召し上げるつもりでおるのか」

「はい。必ずや公方様の心に適うものと考えております。ゆえに、今からうちのおなあと公方様の間をうまく取り持っておくべき、と思案した次第にございます」

信綱は舌を巻く思いだった。

女を嫌ってきた家光の目を開かせるため、春日局は自分の姪の孫娘を差し出すつもりでいるのだった。すべては徳川家のため。嫡子がおらねば、また家内に騒動を呼びかねない。

家光を育て上げた責任は、自分にある。たとえ身内を差し出しても、子をなさねばならない。もちろん、家光に気に入られて、姪の孫が嫡子を産めば、稲葉の家もこの先はさらに安泰となる。

この女には良心などないに違いなかった。

評判高き弟だった忠長の動向を探らせるため、四男の正利を小姓として就けておいた。何かあれば、息子から直ちに知らせが入る。忠長は丸裸にされていたも同じであったろう。

あげくは、その不行跡を集めると、信綱らの側近に子細を伝えて、忠長を蟄居に追いこませた。その忠長が改易となり、息子の正利までが家光の勘気を被り、ともに高崎へ配流されてしまった。忠長の死後に、正利は肥後の細川家へ預けられた。が、罪人扱いは、まだ解かれていない。

忠長を蹴落とすために息子を使っておき、今度は家光に姪の孫娘を差し出そうという。見上げた一途さに、声も出ない。

「必ずや公方様にお子を授けなくてはなりませぬ。あらゆる手管《てくだ》をつくしまする」

出家した身の女が口にする言葉ではなかった。が、そこまで腹をすえて生きてきたから、今の春日局があるのだった。

稲葉正勝亡きあと、家光をしかと支えていける器量を持つのは、この信綱のほかに誰がいようか。そう自負を持たねば、家も地位も危うくなる。たとえ番方から不思議に思われようとも、胸を張って京まで歩き通してみせる。我が身を恥じるような素振りを見せるわけにはいかなかった。

六日後に、家光一行は駿府城に到着した。

すると、信綱に新たな命が下された。騎馬と番方の行軍をこの地で確かめておきたい、と急に家光が言いだしたのである。

数千の兵が城下に集っていたので、信綱は直ちに小姓組番頭を呼び、それぞれに細かく指示を発した。ここまで歩いてきた疲れなど見せずに、皆胸を張れ。将軍が駿府城の天守から見下ろすゆえ、決して隊列は乱すな、と言いふくめて送り出した。

盛んに脅しつけた甲斐もあって、騎馬二百と徒三千の行軍はそこそこ美事な動きを見せた。

家光も満足してくれたようであった。信綱を呼び寄せると、一振りの刀と杯を差し出してきた。

「これを授ける。明日から加賀とともに騎馬で駕籠の左右を固めよ。よいな」

堀田正盛と騎馬で警固に勤めよ、というのだった。やっと徒歩から解放される。

「ありがたき幸せにござりまする」

最初から家光は、この駿府で信綱に許しを与えるつもりであったのかもしれない。この場で行軍を見たいとは、あまりに急な注文だったからだ。

このところの家光は、とにかく機嫌の善し悪しに差がありすぎた。

すべて酒のせいだとは思いにくい。そもそも酒を飲まずにいられない理由は、家光自身にあると思えてならず、そう承知しているからこそ、また酒に手が伸びるのだろう。

気に入らない大名を手当たり次第に改易し、弟を死に追いやった。筆頭格の信綱にも辱めを与えたことで、家光に抗弁できる側近はいなくなったと言える。

かつて室町幕府の六代将軍であった足利義教《あしかがよしのり》は、天変地異や一揆が相次いだために乱れかけた治世を戻すべく、独断で強引な下知を連発した。守護大名を締めつけて、比叡山《ひえいざん》や興福寺の僧兵を攻め殺し、意に染まぬ鎌倉公方を自害させた。その機に乗じて、東国を手中に治めようと挙兵した結城《ゆうき》氏朝《うじとも》も暗殺した。

義教の断固たる姿勢は、守護大名の反発を招き、ついに播磨を治める赤松満祐《あかまつみつすけ》の騙し討ちによって殺されるにいたったのだ。

将軍の力をもってすれば、恐怖で人を縛り上げるのは容易《たやす》いことだ。が、無理を強いれば、足利義教のように破綻《はたん》への道を進みかねない。そう面と向かっての忠言は、もはや誰も口にできはしない……。

信綱は考えをあらためた。

腹違いの弟に、その難しい役目を押しつけることはできないものか。

春日局の姪が話し相手になっているというが、多くは期待できなかった。それよりも、家光自身が弟を殺した呵責から、もう一人の血縁に手を貸したがっているのであれば、利用しない手はないと思えてくる。

慈悲深き将軍が、父に認められなかった不運の弟を、手厚く遇する。

家光にとっても、悪い話ではない。あの田舎者なら、兄である将軍のために力をつくそうとするはずだった。

京の二条城に入ると、信綱はやんわりと家光にうかがいを立てた。

「東福門院《とうふくもんいん》様の御所をお訪ねになる際、供の者はいかがなされましょうか」

後水尾《ごみずのお》上皇の第二皇女に当たる明正《めいしょう》天皇が、五年前に即位し、八百五十九年ぶりに女帝が誕生していた。母の東福門院は秀忠の末娘であり、家光の妹なのである。保科正之にとっては、四歳上の姉に当たる。

四品より上位の大名は、帝と上皇の御所へ随行し、拝謁することになっていた。大名らに栄誉を与えることで、将軍の力を見せつけるためなのだった。

家光はすぐに信綱の意図を読み取ったらしい。広間の金箔に覆われた襖絵に目をそらしてから、言った。

「もちろん、連れていく。肥後に伝えておけ」

家光の意思は確かめられた。

宿老でもない保科正之のみが、女帝の母である家光の妹に拝謁する。京にそろった全国の大名は、保科正之の出自と地位をあらためて知らされることとなる。

信綱は、近在の寺に泊まっていた正之を呼び寄せた。

東福門院の拝謁に随行せよと伝えると、正之はつかの間、唖然とした面持ちになり、目に涙を浮かべてみせた。いかにも田舎者らしく、兄の温情にただただ感謝の気持ちを抱いたようであった。

ところが、正之は深く頭を下げながら、思いもしないことを言ってきた。

「ありがたき幸せにござりまする。しかしながら、侍従への御推挙はもったいない限りであり、こたびは見送らせていただくこと、叶いますでしょうか」

驚いたことに、昇進を自ら辞退したいと言いだしたのだった。

信綱はあまりのことに声が出なかった。

「侍従を仰せつかる譜代のおふたかたは、いずれも十万石を領されておられます。会津の加藤様におかれましては、四十万石の大藩にござります。それがしは、到底その分にないと申せましょう」

ようやく真意が読めた。

同じ侍従に上がる加藤明成《かとうあきなり》の正室は、高遠保科家の縁戚だった。

この男は、自分が養子に入った家の遠い縁者の夫を気にしたのである。家格にも知行にも違いがありながら、同じ侍従の官位を下されたのでは、申し訳ない。家光の弟であることが、栄誉となる官位に結びついていいわけがない。暗にそう言っていた。

何という欲のない男なのか。

「上意にござりますぞ」

「どうぞお考え直しのほどを、とお伝えくださりませ」

人知れず、信綱は息を吐いた。

このまま引き下がったのでは、茶坊主の使いになってしまう。またここで家光の勘気を浴びるわけにはいかなかった。信綱は無理して笑みを作り、言った。

「お聞き及びでございましょうが、それがしは江戸から駿府まで、徒とともに歩いてまいりました。それというのも、肥後殿が今申した知行高の違いを、差し出がましき次第ながら上様に申し上げたところ、いたく叱りつけられたからにございます。ここで肥後殿に辞退されたのでは、それがしがまた京から駿府まで徒と歩くこととなりましょう」

信綱は自分を卑下して、笑ってみせた。

使いの役を果たせなければ、またお叱りを受ける。そう言えば、意地悪く固辞してみせる者はいないと踏んだのだった。

正之は姿勢を正し、丁寧に頭を下げた。が、少しも驚いたようには見えなかった。

この男は、信綱が歩いて供奉してきたことを、当然ながら知っていた。しかも、そのわけを噂で耳にしたのではなかったか。だから、昇進を見送りたいと申し出て、この信綱の口から真実を語らせたかった。だから、得たり顔を隠すため、深く頭を下げたのである。

「まこと恐縮至極にございまする。それがしの勝手な思いゆえに、今以上、伊豆守殿にご迷惑をおかけするわけにはまいりませぬ。こたびの栄誉、謹んでお受け申し上げまする」

正之は一気に告げたあと、信綱と目を合わせるのをさけるかのように、じっと畳の縁を見つめていた。

これはもう疑いなかった。思惑どおりに真相を打ち明けさせられたのだ。知恵伊豆と呼ばれた身でありながら、まんまとしてやられた……。

この男こそ、怖ろしいほどに知恵が回る。

決して侮ってはならない男だった。

天地の違い　寛永十二年　十月

家光の上洛に供奉して侍従への昇進を果たしてから、早くも一年余がすぎた。

保科家の家老は、なぜいまだ官位に見合った加増がないのか、首をかしげることが多くなっていた。その間に、大御所の没後に剃髪《ていはつ》した母の浄光院《じょうこういん》が病で亡くなり、正之は高遠へ帰国した。

考えてみれば、母は正之を身籠もったために大奥を離れ、さらに高遠という見知らぬ地で暮らすこととなり、ついには五十二歳の短い生涯を終えたのだった。将軍の子である正之を守ろうとして、流浪の人生をすごしたと言える。

自分はいくらかでも母に恩返しができたのか。

昨年の末には、長男の幸松が生まれ、母に抱いてもらうことができたのが、せめてもの報いであったろう。

今では家光の弟と認められはしたが、譜代大名としての功績は何ひとつなかった。領内を安らかに治め、与えられた役目を滞りなく果たすほかにないとわかるが、母の死に際して己の未熟さをあらためて知らされる思いだった。

考えこむ正之を見かねたのか、篠田が昔を懐かしむように言った。

「浄光院様はよく仰せでございました。高遠へ来て初めて、心から安らげる日々をすごせるようになった、と……」

「そなたらが陰日向となり、つくしてくれたからであろう。礼を言うぞ」

「いいえ、滅相もございません」

「手のかかる藩主ですまぬ。この先も、このとおり頼む」

頭を下げてみせると、篠田がいつもの顰《しか》め面に戻り、正面から見すえてきた。

「では、お言葉に甘えまして、早速、具申差し上げたいことがございまする」

「遠慮なく申せ」

「お心落としのさなかではございますが、今は早く江戸へお戻りになられるべきと考えまする」

「もう少し母の近くにいさせてくれ」

「いいえ。浄光院様が亡くなられたことは、公方様もご承知にございます。参府した際には、必ずや有り難きお言葉を頂戴できると信じまする」

弔いのことを言っているのではない、とわかった。

母を亡くして消沈する弟を励ますために、今度こそ加増があると期待しているのだった。

昨年、伊予松山藩の蒲生《がもう》忠知《ただとも》が亡くなり、嫡子のないために改易された時、正之が転封されるとの噂が立った。が、ともに侍従に昇進した桑名藩主の松平定行が移されていた。松山藩は十五万石であり、家康の甥である定行のほうが相応しい家格と見なされたのだった。

「よせ。決して物欲し顔をしてはならぬ」

「承知しておりまする。しかれども、殿のように物静かで、爪を隠しすぎたのでは、なかなか能を世に認められませぬ」

「何を申すか。出る杭は打たれるものと決まっておろう」

「いいえ、公方様の弟君を打とうとする愚か者が、どこにおりましょうか」

それがいるのだ、と正直には言えなかった。

家光を囲む六人衆からすれば、いずれ将軍の座を欲しようとするやもしれない男に見えている。いまだ家光には、嫡子がないのだ。昨年も風邪をこじらせて、長く伏せることがあった。その病が快癒した直後に、武家諸法度があらためられたのは、六人衆が大いに不安を抱いたことの表れだと、正之は見ていた。

江戸や他国で不測の事態が起きようと、在国の大名は決して動いてはならない。また江戸へ四月に参勤することも、正式に定められた。許しを得ない城郭の改修や大船の建造に、私設の関所も、明確に禁止された。まるで将軍の座をめぐる争いに備えた処置、とも思えるのだった。

新たに老中職となった信綱らが、正之の動静に目を光らせているのは疑いなかった。隠すほどの爪はなくとも、思い上がるような素振りを見せるわけにはいかないのだ。

十一月になって、正之は家臣を率いて参府した。親しい大名から弔いの言葉をかけてもらったが、家光からは使者を通じて悔やみを伝えられたにとどまった。

篠田ら家老が望んでいた加増は、思いがけない形で実現した。

翌十三年の七月二十一日――。

家光に呼ばれて黒書院へ進むと、老中の酒井忠勝から上意が下された。

「出羽山形藩へ転封せよ、とのことにござりまするぞ」

山形とは、驚くほかはなかった。

この七日に、山形藩主の鳥居《とりい》忠恒《ただつね》が、嫡子のないまま、三十三歳の若さで逝去した。三河以来の忠臣と言われた鳥居家を改易するのは忍びなく、忠恒の弟に高遠を任せて、代わりに正之を山形藩へ移すのだという。

だが、山形は二十万石の大藩だった。

一挙に十七万石もの加増とは、あまりにも多すぎた。

正之が頭を垂れたまま言葉を返せずにいると、家光の声が聞こえた。

「よいか、肥後よ。南の米沢には上杉が、北の久保田には佐竹、東の仙台には伊達という、それぞれ剛の外様がおる。ゆえに、山形は出羽の要となる地であるぞ。近在の譜代をそなたの力でまとめ、出羽の地にとくと睨みを利かすのじゃ。心してかかれ」

十七万石もの加増は喜ばしくとも、容易ならざる難題を与えられたのである。

譜代の忠臣だった鳥居家の代わりに、将軍の弟を要の地に据えようという意図は得心できた。

二十六歳になったのだから、もう若輩ではない。まさしく腕を試されているのだった。

「ありがたき幸せにござります。必ずや公方様のお望みに適いますよう、粉骨砕身いたしまする」

下馬所で待っていた篠田に上意を告げると、喜ぶどころか、茫然となった。

「これは……まことと大変なことにござりまするな」

「すまぬが、この先しばらく、一無尽《いちむじん》に働いてもらわねばならぬ」

「何を仰せられます。我ら皆、望むところ。ささ、早く家中に下知をお与え下され」

直ちに上屋敷へ戻り、転封の支度に取りかかった。

三万石からいきなり二十万石の領地を与えられると、相応の軍役も課される。幕府の取り決めにしたがって、少なくとも騎馬は三百をそろえ、鉄砲や具足の類も三倍近くに増やさねばならなかった。それに何より、新たに入る山形城の造りはもちろん、周りの地形すら、わからないことばかりであった。

まずは丹右衛門とその配下を、下調べのために山形へ先に送ることを決めた。

「直ちに城の縄張りと、辺りの農地を絵図に起こしまする」

指図するまでもなく、丹右衛門は役目を悟った。こういう時こそ、彼らの力が役に立つ。

正之は拝領に出向く支度を進めつつ、あらためて家光に礼を告げて、山形入りの暇を得ると、三日後には早くも家臣団と慌ただしく江戸を発った。

家光の命によって、土井利勝から鉄砲と弓と馬までを借り受けることができたため、かろうじて山形入りの体裁は整えられた。が、どこから見ても、急場しのぎの転封だった。

奥州道中を白河宿まで進み、さらに米沢を経て、山形の地へ初めて足を踏み入れた。

東に山々が連なって稜線を描き、どこか高遠に似た眺めもあり、少しは肩の荷が軽く感じられてくる。西と北には限りなく平地が拓け、さすが二十万石の米所と思わされた。

城の受け取り役として遣わされていた勘定頭と目付が、山形城内にて待っていた。

晴れて城を引き渡され、幕府が蓄えさせていた城詰米《しろづめまい》およそ四千石や、籾に大豆も譲り受けた。また、城に備えられた鉄砲千百丁あまりも引き継いだ。

「これは難儀なことにござりまするな」

受け取った武器を検分するなり、北原がなげきを洩《も》らした。

手入れがまったくされておらず、多くに錆《さび》が浮いていたのだ。ざっと見たところ、城の門や櫓にも傷みが目立つ。藩主が長く病に伏せり、配下にゆるみが出ていたのかもしれない。気を締めてかかる必要がありそうだった。

先に山形へ入っていた丹右衛門は、すでに城下の絵図を仕上げていた。正之が受け取ると、伏し目がちにささやかれた。

「絵図はあくまで、ものの形をなぞったにすぎませぬ」

「直に見るのとは大違い、と申すのか」

「残念ながら、そのとおりにござりまする」

正之は、直ちに家老らと城下の屋敷割をすませると、領内の巡見に出た。

川岸はそこかしこで崩れ、水路の流れを堰《せ》き止めていた。捨て置かれたような田畑も目についた。丹右衛門に言わせると、天童《てんどう》や延沢《のべさわ》の支城も荒れ具合が目立つらしい。

正之は馬の歩みを止めて、天を仰いだ。

「あちこち修繕を急がねばならぬな……」

「申し訳ござりません。人足も費えも、無念ながら当てがありませぬ」

父の従弟である保科正近が、後ろから恐るおそる口にした。まだ九月になったばかりで、あとしばらく年貢は入ってこない。

正之は迷いを振り切り、供の者を見回した。

「皆の加増は必ずさせてもらう。されども、しばらく実入りはなし、と思ってくれ」

「とうに承知しておりまする」

北原が馬上で居ずまいを正し、平然と答えた。配下の者がそろってうなずきを見せる。

まずは人を集めねばならなかった。三万石から二十万石へと一気に加増されて、広い領内を治めていくにも新たな人手がいる。

そこで、鳥居家に仕えていた者を召し抱えることとなった。

二十万石から三万石へと減封されたために、多くの者が職を解かれ、山形の地で牢人となっていたのだ。その一部は先行きを悲観したのか、城下で町民を脅して金をせびるという不法に走る者までいた。新たな藩主のもとに、町の役方から、早くも切なる訴えが出されていたのだった。

「停滞なく領内を治めていくには、土地をよく知る者の知恵を借りていくしかない。ただし、粗暴な者は召し抱えぬ、と触れを出すのじゃ。さすれば、城下の悶着《もんちゃく》も少しは鎮まるであろう」

近ごろは、江戸にも牢人が増えていた。大名をさらに統《す》べるべく、幕府は武家諸法度をあらため、引き締めをはかっていた。改易される大名家は今も減らず、扶持《ふち》を失う武士は増える一方にあったのだ。

特に藩主を継ぐべき嫡子がいないと、お家は断絶となる。忠長が改易された直後は、駿府城下に多くの牢人があふれたと聞く。家光が将軍となってからは、すでに二十を超える藩が改易されているのだった。

大名家を厳しく処断することで、将軍への怖れが増し、幕命は津々浦々へ行き渡るようになっている。が、代わりに職を解かれて路頭に迷う者が増え、世に騒動の種が広がっていく。将軍は江戸城内で多くの側近のみに囲まれているため、荒《すさ》みつつある世情が目に留まることはない。

山形二十万石、隅々にまで藩主の目が届くものなのか。加増されたことの喜びはますますしぼんでいった。

広大な領地を目の前にして、正之は不安でならなかった。

大奥は一入《ひとしお》の喜びに包まれた。

お福が目に涙を浮かべ、駆け寄ってきた。その姿を見て、おなあは胸の奥に重い石が転がり落ちていくのを感じていた。

「そなたのおかげぞ、おなあ。どれほど礼の言葉を重ねても、足りないほどぞ」

手を握られて、拝むように頭を下げられた。

「では、やはり……」

「今日ほど喜ばしい日がありましょうか。おふりが見事、身籠もってくれたのですぞ。いいや、これからは、おふりの方と皆に呼ばせねばならぬ。さあ、皆の者、北之御部屋の支度ぞ。早くしなさい。ささ、早く」

懐妊五月《いつつき》になると、御台も側室も、奥まった北之部屋へと入る。おふりはまだ三月《みつき》ほどでも、家光にとっては初めての子になるため、直ちに移されるのだ。

喜ばしいはずなのに、気が重い。おなあは控えていた溜《たまり》を出て、おふりが休む切形之間へと足を速めた。

懐妊の兆しありと見なされてから、おふりには二十人を超える女中がつけられた。おなあが部屋へ近づくと、廊下に居並ぶ女中が深々と頭を下げた。

今日からおなあは、側室の身内として、上﨟御年寄と同じ扱いになるのだった。

開けられた襖の奥へ、そっと歩を進めた。

すでに奥医師の姿は見えなかった。大火鉢の横に布団が敷かれ、その上でおふりが身を起こしていた。おなあを振り返るなり、火照る頬をさらに赤らめて、うつむいた。

「祝着至極にござりまする」

おなあはその場に端座して、細やかに頭を下げた。

おふりがはにかみ、小さく首を振ってくる。

「そのような仰せ言は、どうかおやめください」

「いいえ、そなたはもうわたくしの孫ではなく、晴れて公方様の室となられたのです」

おなあが微笑んでみせると、おふりは下腹に当てた手をそっと左右に動かした。心から晴れがましく思っているのがわかり、ほっとする。

「上様の御子が、ここにいるとは、まだ信じられませぬ」

「岩田帯を巻くまでは、起座《きざ》はもちろん、歩くのにも女中の手を借りるのですぞ」

「春日様からもうかがいました」

「寝ても覚めても始終、御子様のためを思いなされよ」

「はい。上様のお望みに適いますよう、砕身してまいります」

おふりは本当によくできた孫娘であった。子ができたことを嬉しく思いながらも、おなあの胸には一抹の痛みがある。可愛い孫を大奥などという閉ざされた房舎に入れて、よかったものか。おふりには家格に見合った武家へ嫁ぎ、平穏な暮らしに身を染めることもできたのだった。

まだ十五歳になったばかりとあって、おふりは家光のことを何も知らなかった。多くの女から教えられたとおりに夜伽の相手を務め、昼は作法を学ぶ日々。この半年、心が落ち着くことはなかったに違いない。

昨年の秋のことだった。ついに家光は、夜だけでなく、昼にも二之丸にお気に入りの堀田正盛を呼び出して、二人ですごすようになった。人目を忍ぶどころか、堂々たる逢い引きも同じで、番方の多くが眉をひそめた。武家を束ねる将軍が、昼日中から男と睦み合うとは何事か。

知らせを聞いて血相変えたお福は、義理の孫に当たる正盛を責め立てた。
が、将軍の誘いを断ろうものなら、我が身と家が危うくなる。正盛は目に涙を浮かべて抗弁したと聞いた。

お福はまた取り乱して、おなあの前で泣いた。どうして大奥の女に惹かれてくれないのか。見目麗しく艶《あで》やかな女は、確かに家光の好みでなかったのかもしれない。そう考えて、剃髪させた女を側につけてもみたが、家光の心は頑《かたく》なだった。

もうほかにすべはない。お福に手を取られて、懇願された。

おなあの孫娘が十四の歳ごろになっていた。お福が先に見こんだ母親のおたあによく似て、凛々しい顔立ちだった。髪を短く整えれば、小姓として通用する。

あの子ならば、必ずや家光の目に留まる。どうか徳川家の行く末を守るため、力を貸してはくれまいか。

お福の力をもってすれば、老中を通じて役方を動かし、おふりの父親を説き伏せることはできただろう。されども、人買いのようにして、義理の姪の孫を召し出させるのでは、あまりに忍びない。お福はそう言ってまた泣きつつ、おなあに幾度も頭を下げたのだった。

御家人にとって、娘が大奥へ仕官するのは、大いに栄誉なことであった。おなあは迷いながらも、娘と孫に話を通した。おたあは躰が弱いため、おなあも薬代を用立ててきた。娘夫婦は畏れ多いと言って、一も二もなく承諾した。おふりも親のためになると考え、一心に勤めると健気に誓ったのだった。

お福は屋敷におふりを引き取り、自ら作法を教えこんだ。たったふた月で、おふりは家光の側につけられた。

大奥の稚児であれば、後ろにふたつの輪を作る〝稚児髷《ちごわげ》〟を結うのだが、おふりは元服前の男子のように前髪を垂らし、家光の前に出た。着物も黒縮緬《ちりめん》の羽織という、尼僧のような姿をさせた。

まさか、これほどお福の思いどおりに事が運ぶとは思わなかった。さすが家光の好みをよく知っていた。

――あの者は、なぜ艶やかな着物をまとわずにおるのだ。

おふりを認めたその日のうちに、家光はそっとお福に訊いたという。

男ばかりの家に育ち、女らしいところがないためにございます。あえてお福は嘘を告げたらしい。

六日後に、早くも夜伽の相手に選ばれた。家光の人となりを見定める間を持てなかったのが、幸いしたのかもしれない。おふりは将軍という雲上人に見そめられたと素直に喜び、肌を合わせたのだった。

初めての子ができたことを、きっと家光も喜んでくれる。父となることで、人としての心根に必ず芽生えるものがあるはずなのだ。

ところが、案に相違して、家光は喜ぶ様を見せなかった。

年が明けて、おふりのお腹がせり出すようになると、急に酒量が増えた。虫気《むしけ》と称して中奥に引きこもるほどだった。

老中の松平信綱が暗に諫めもしたというが、癇癪を起こしては酒をまたあおり、政にも差し障りが出始めた。三十路を越えていながら、聞き分けのない童も同じではないか。

お腹の子の曾祖母としても、おなあは心を痛めた。実はおふりが、おなあの孫娘だったと知らされたことも、大いに関わっていそうに思えたからだ。

自分の好みを知るお福とおなあに、まんまとしてやられた。徳川の血を守るためとはいえ、男として辱めを受けた気がしてならない。そう家光が受け取ったとしても、仕方がなかったろう。

家光は、我が身の恥から目をそらそうと、酒に溺れたのではなかったか。

先代の位牌が置かれた御仏間へ姿を見せた家光の顔は土気色で、足取りもおぼつかなくなっていた。おふりの祖母と知ったおなあとは、目を合わせようともしなかった。

ろくに手を合わせもせずに早々と腰を上げた家光の背に、おなあは静かに語りかけた。

「おふりも初めての子とあって、とても心細く思っておりまする。声をかけてくだされば、いかばかり安らぐことでありましょうか」

足は止まった。けれど、家光は振り向かずに言った。

「われの腹も、しくしくと痛んで敵わぬ。産むのはおふりであるのに、不思議なことよの」

「いいえ。父として当然にござりまする。上様のお心内でも、御子様はすくすくと育ち、手足を雄々しく伸ばされておいでなのでしょう」

「父とは、さようなものであるのか」

「疑いなく母より背負うものがござりましょう」

子ができたことで、若き日の己を顧みているのかもしれない。子のままでいたほうが気が楽なのに、将軍という重荷を背負わされて、一人で耐えてきた。手放しで子を喜んではいられない。そう感得しているように思われた。

動かずにいた家光が、やおら振り返った。おなあに向けた目が厳しく見えた。

「男か、女か、わからぬものか」

「わたくしは三人の子に恵まれました。そのつど、産まれる日まで、指折り楽しみに数えておりました。いずれも子は、愛しいものにござります。初めて抱き上げた時の重みは、それぞれまだこの手に残っておりまする」

家光は踵《きびす》を返し、言葉を残すことなく仏間から出ていった。まだ覚悟ができていない。親として、人として、武家を束ねる者としての——。

我が子を抱けば、きっと何かが変わる。

おなあはそう信じて、また仏壇に向かい、孫娘の安産を祈念した。

寛永十四年、閏三月五日。

北之御部屋にて、おふりは難産の末、家光の第一子を産み落とした。おなあは、取り上げた愛しい曾孫に産湯を使わせた。

「よくやりましたな、おふり」

「おなあ様、赤子はどちらでしょうか……」

おふりは汗まみれで苦痛に耐えながらも、すぐに子の性別を尋ねた。すでに周りを囲む女中らの静かすぎる様子から察していたはずだが、訊かずにはいられなかったのだろう。お福はもう早々と部屋から立ち去っていた。

「まことに可愛い女の子にございます。ほおら……」

おなあは精いっぱいに微笑み、懸命に泣き声を上げる赤子を白の産衣《うぶぎ》にくるみ、おふりの胸元に掲げてみせた。

男の子を産めなかったことを悲しんではいけない。たとえ女の子であろうとも大切な徳川の血を受け継いでおり、この子には多くの重い役目が待っている。母が身近で支えていかねばならないのだった。

「そなたはこの子のためにも、養生に専心なされ」

側室としてではなく、あえて孫娘に呼びかける言い方をすると、おふりの目元から涙が次々と流れて頬を伝った。

喜ばしいことであるのに、部屋はしんと静まり、ただ赤子の泣き声だけが健気に響いていた。

おなあは孫と曾孫に頭を下げると、あとを託して北之御部屋を出た。

廊下の先に、やはりお福が待っていた。怖い顔で見つめてくる。

「よくぞ御子を産んでくださりました。お礼申し上げます。次こそ、男子を頼みますぞ」

お福は五人の子を産んでいる。おふりが難産に苦しんだことを承知していながら、本人にねぎらいの言葉をかけるどころか、その祖母に早く次の子を産めと言ってくる。

徳川家にとって継嗣が大切なのはわかる。が、今の今にかける言葉なのかと、おなあは胸の内を火で炙《あぶ》られた。ここに集う女はすべて、世継の男子を得るためにある。

孫の行く末を、おなあは案じた。この大奥で何があろうとも、おふり親子を守ってやらねばならなかった。娘のおたあは、初孫の出産に立ち会うどころか、その腕に抱くことも叶わずにいるのだった。

「娘に知らせるため、少しお暇をいただきとうございます」

一礼はせずに、お福を見つめたまま言った。

だが、返事はなく、気持ちの読めない眼差しを返された。

「せめて初めての産衣を譲り渡したいのです」

五人の子を持つ母であるのだから、気持ちはわかってくれるはずだった。

「——では、使いの者を出しましょう」

「お願いでございます。わたくしの手で渡してやりたいのです」

「今はなりませぬ。まだ三月で寒さもぶり返す日があるのですぞ。もしそなたが風邪を引けば、姫様がどうなると思いますか」

親子の情より、将軍の血を守るほうが先に立つ。

お福の心意は微塵も揺らぎはしない。

「それでも暇がほしいと申すのであれば、二度と姫様とおふりの方の側にはつけないと思いなさるがよい」

お福は厳然と言って背を向け、足早に廊下を去っていった。


いったい自分は何をしているのか。

鳴り物に合わせて手足を右左に動かしながら、信綱は己に腹を立てた。隣では、やはり老中の座にある阿部忠秋も汗をかきつつ踊っていた。

中奥の広い庭にずらりと参府中の大名が並び、下手な風流《ふりゅう》踊りを眺めて、やんやと手をたたく。その様子を、縁先に座る家光が杯を片手に笑う。

病に伏せっていた時から、家光は連日のように名のある役者を城内に呼び、能を楽しんだ。少しは慰みになればと思い、信綱らの重臣も陪席はいとわなかった。

ところが、ようやく癒えて起き出すと、今度は快気祝いと称して、さらにもまして慰み事に入れあげた。しかも、大名にまで能狂言や風流踊りを命じたのである。

一昨年も病が癒えたあとに、巨大な安宅船《あたけぶね》を造らせて江戸湾に浮かべ、その上で酒宴をくり広げたものだった。もちろん、徳川家の水軍の威勢を見せつける意図も、一応はあった。

先代の秀忠も能は好んだが、ここまでではなかった。初めての子が生まれたことで、何かの箍《たが》が外れでもしたのか。

ついには剣術指南役の柳生宗矩に、風流踊りの振り付けを命じる始末だった。宗矩は驚きのあまりに気色ばんだが、表立って抗いはしなかった。ようやく息子の三厳《みつよし》が許されて江戸へ戻ってきたばかりであり、次に逆らおうものなら身内に何が起こるかわからない、と怖れたのだ。

武術に長けた柳生ですら、無体な将軍の命にしたがうほかはなかった。堀田正盛のように、自ら歓心を得ようと媚びへつらう輩が多くなるのも、むべなるかなというものだった。

「そなたも見事であったな、伊豆よ。たんと笑わせてもらった。礼を言うぞ。肥後にも踊らせてみたかったのう。あの実直一本槍の男が右往左往する様も、見物《みもの》であったろうからな」

信綱は意見を控えて、ただ頭を下げた。

保科肥後守正之は、ふた月前に正室を亡くしたばかりで、今はまだ喪に服していた。

それにしても、あの男は疫病神に魅入られたかのようだった。養父を亡くして保科家を継いだあと、実の父であった大御所が身罷り、兄の忠長も自害した。続いて生母を亡くし、今度は正室までを見送ることとなった。そのたびに信綱は、家光に命じられて悔やみを述べに行かねばならなかったのだ。

あの男は将軍の子として育てられて当然の身でありながら、田舎へ預けられるという不遇を経てきていた。そもそも運のない男なのだ。それでも、もう一人の兄のように命を取られなかっただけ、まだ救われていると言えるのだろう。

八月末にかけて、幸若舞が二度、笛や太鼓の拍子を三度、能を城の内外で計十二度、そのたびごとに風流踊りも行われた。ほかに絵師を招くこと三日。茶の湯や射芸に、鷹狩りも楽しんでいた。さらには御成と称して土井利勝、阿部忠秋、酒井忠勝の屋敷を訪ねて歓待を受け、堀田正盛邸には二度も足を運んだ。

まるで遊び惚けのふた月である。

勘気を被りたくないため、徳川一門までが口を出さず、多くの大名がただ家光の機嫌をうかがう日々が続いた。

ついに家光は、中奥の小座敷にて信綱に言った。

「そなたの屋敷も訪ねるつもりぞ。今から支度をしておけ。よいな」

無論、断ることは許されなかった。信綱は畏まって平伏した。

側室が産んだのは女の子であり、祝いの宴を延々続ける意味があるとは思えなかった。あれから少しは女に興味を覚え、子作りに励んでいるかと思えば、実情は違っていた。

春日局はまた大いに悩み、新たな女を捜し始めていた。せっかく千代姫を産んだおふりの方は、産後の肥立ちがよろしからず、床に伏せったままだと聞いた。それなのに、なぜ家光は浮かれきっているのか。

九歳の幼少から家光に近侍して、早三十三年になる。しかし、その腹の底がいまだ読みきれずにいた。この虚しきお祭り騒ぎは、いつまで続くのか。

一橋門内の上屋敷に新たな茶室を設えて、家光を持てなした。

多少の銀を賜ったが、とても費えには足りなかった。三十万人の大軍を率いて上洛して以来、勘定頭はなげいてばかりいた。家康公が国を平らげて蓄えた金は、家光の代になって減る一方なのだった。

諸大名も参勤交代を命じられたうえ、江戸城の改修にも駆り出されるし、御成に備える必要もあった。莫大な金を使うことで、世の中が動き、市中が潤っていく理屈はわかるものの、このままでは衰廃に追いつめられる者が出てくるだろう。

老中はすべて、家光の放蕩《ほうとう》ぶりに手を焼いていた。が、誰も将軍に異見はできない。上洛に歩いて供奉するならまだましだが、改易されたのでは家中の者が路頭に迷う。すでに江戸の城下には、牢人者があふれているのだ。

手をこまねいているうちに十一月が訪れて、事態が急変した。家光は能も風流踊りもできなくなった。

九州から思いもしない知らせが届けられたのだった。

「一大事にござりまする」

豊後府内《ふない》に置かれた九州の目付から、島原《しまばら》藩と唐津《からつ》藩で時を同じくして一揆が起きた、と火急の知らせが入ったのである。

この時、病のために参勤していなかった鹿児島藩主のほかは、九州内に大名が一人も在郷していなかった。その機を見ての一斉蜂起と思われた。

肥前島原で飢饉《ききん》と重税に苦しめられてきた農民が、鎌《かま》や鍬《くわ》を手に島原城へ押し寄せた。が、城が落ちることはなく、一揆勢は島原半島の南にあった古い城を改修して、立てこもった。一国一城令によって廃された原城である。

遅れて唐津藩の肥後天草でも、弾圧されていたキリシタンが農民に加わって蜂起した。そこに島原の一揆勢が加勢したのだ。

直ちに島原藩の家老は、隣の佐賀藩と熊本藩に援軍を依頼した。が、武家諸法度によって、領外へ兵を出すことは禁じられていた。他藩の家老は忠実に幕命を守って兵を送らず、座視したのである。

「皆、慌てずに法度を守っておるとは見上げたものよの」

知らせを聞いた家光はまず、九州各藩の忠節ぶりを喜んでいた。

一部の農民が騒ぎだしたとはいえ、さすがに居城が落ちることはなかった。幕府が命を下して采配すれば、一網打尽にできるはず。

信綱も最初はそう考えていた。三河《みかわ》深溝《ふこうず》藩主の板倉重昌《いたくらしげまさ》を上使として九州へ送るべし、と家光に進言した。かつて重昌は、家康の近習《きんじゅ》出頭人《しゅっとうにん》を務め、大坂冬の陣では豊臣方との交渉役を見事に果たしていたからだった。

「さようにいたせ」

病を理由に年明けから政を老中に任せきっていた家光は、あっさりと承諾した。さらに、島原藩主を国に戻させた。

万が一を考えて、豊前《ぶぜん》と豊後の譜代と長崎奉行も帰国させて、九州の各大名にはキリシタンの仕置きを命じた。これで必ず一揆は鎮圧できる。立て続けに手を打ったので、信綱も高をくくっていた。

ところが、島原の一揆は、騒乱へと拡大した。

蜂起したキリシタンは寺社を襲い、蔵入米《くらいりまい》を奪い取った。島原藩は一揆勢の立てこもる原城を攻めたが、多くの死傷者を出したあげく、撤退を余儀なくされた。

　御座所で知らせを受けた家光は、怒り狂った。

「たかが農民とキリシタンを征伐できぬほど、徳川は非力であるのか」

「お言葉にございますが、あやつらの立てこもる原城は、南北十町、東西二町あまりと広く、三方は海に接した断崖であり、西は沼地。まさしく天然の要害と聞いておりまする」

　年長の土井利勝が平伏し、伝わってきた戦況を説いた。その隣で信綱も、そっと身を縮めていた。ここまで手こずるとは、誰しも考えていなかった。家光も軽く見ていたから、すべての差配を老中に任せていたのであった。

　家光は脇息《きょうそく》を扇子でたたきつけて命じた。

「今のままでは埒が明かん。伊豆よ、直ちに鎮圧せよ」

　信綱はただ頭を下げるほかなかった。

　老中の誰かを遣わすにしても、土井利勝の歳は六十五で、酒井忠勝は五十一になる。次に年長なのが信綱で、しかも朝鮮通信使の饗応役を任され、家臣と幾度も九州の地へ足を運んでいた。次に上使を命じられるのは、自分になる、と多少の覚悟はあった。

「御意にござりまする」

　周りの老中は皆、安堵の目で信綱を見ていた。

　大坂夏の陣から、すでに二十二年。戦は絶えて久しい。

　武士の端くれとして鍛錬は積んできたが、人を斬ったことは一度もなく、ましてや戦を間近に見たことすらなかった。島原藩の者も同じだったはずで、ゆえに命懸けの一揆勢に手こずったと考えられる。

ここは腹をくくるしかなかった。島原の地で敵を見極め、知恵を働かせて入念に策を練り、兵を指揮する。もとは島原藩の治めがまずかったからであり、九州勢を手足のように操ればいいだけのことだった。

ただし、しくじれば命運はつきる。

必ずキリシタンを皆殺しにして、面目を保たねばならなかった。

島原で大がかりな一揆が起こると、正之は家光に呼び出されて、山形への帰国を命じられた。

「西で大乱が起きたと知れば、東でもよからぬ企てに走る者が現れんとも限らぬ。そう老中らが案じておってな。東の押さえは、そなたに任せたぞ。よいな、肥後」

正之の預かる山形藩の西には、庄内藩の分家とされた出羽《でわ》白岩《しらいわ》領がある。その藩主の酒井長門《ながとの》守《かみ》忠重《ただしげ》は領内の年貢を重くしたうえ、厳しい賦役《ぶやく》までを課した。四年ほど前になって、ついに農民が幕府に窮状を訴え出た。以来、騒乱の噂が絶えない地であり、その備えをせよ、と言われたのだった。

正之は直ちに支度を調え、山形へ入った。

領内の検地もかねて人を送り、白岩領内の内探を進めた。するとやはり、酒井忠重による過酷な年貢と暴政が明らかとなり、正之は直ちに江戸へ知らせを上げた。その結果、翌年の三月になって幕命が下り、忠重の領地は召し上げとなった。白岩の地は天領とされて、代官が治めることとなったのだった。

折しも江戸に残した北原光次からは、島原の一揆も鎮圧が近い、との朗報がもたらされた。これで幕府もひと息つける。しばらく様子を見たのち、正之にも帰府の命が下されるだろう。そう胸をなで下ろしていると、思いもしない知らせが城内に届けられた。

「白岩より代官と役方が逃げてきたとのことにござりまする」

藩主が追いやられたうえに、今度は領内の農民が一斉に蜂起したのだった。

白岩の陣屋には火が放たれ、数千の群衆が攻め寄せた。少ない手勢では跳ね返すことができず、代官を任されていた小林時喬《こばやしときたか》と配下の者が、山形領内へ敗走してきたのだった。

「申し訳ござりませぬ。我ら三十余名しか兵がおらず……」

そう言いながらも、傷ついた者は一人も見当たらず、戦う前から遁走《とんそう》してきたとわかった。悪しき先例があるにもかかわらず、重い年貢を課し続けたうえ、満足な数の兵も集めていなかったのである。幕府の力を笠に着て、好き放題をしていたに違いなかった。

正之は、代官の小林時喬を見限った。国元家老を任せていた保科正近に、ひとまず兵二百を預けて、直ちに白岩領へ送り出した。

壺屋丹右衛門とその配下には、一揆勢の動きを見張らせた。憎き代官を追い払ったことで満足してくれればいいが、勢いに乗じて山形へ攻め入ってくることも考えられた。

丹右衛門が山形城に戻ったのは、二日後の夜だった。

「領内は驚くほどに静まり返っておりまする。ただ街道筋に人が配されておるのみで、目立った動きは一切ありませぬ。一揆を企てた長老らは、古い社《やしろ》にこもっており、次の手を思案しているものと思われます」

「武具をそろえての蜂起であったのだな」

「いいえ。多くが竹槍と鍬での蜂起でござりました」

正之はほとほと呆れた。代官所の兵は三十余名と少なかったが、鉄砲と弓の備えがあった。数に怖れをなして、即刻、逃げてきたのだった。

覚悟のほどが、一揆勢とはあまりに違いすぎていた。命懸けの訴えに出てきた以上、農民らがこのまま退くことはないだろう。

「いかがいたしましょう」

丹右衛門に問われて、正之は迷った。

正近に兵を進めさせれば、一揆勢は命を捨てて挑みかかってくるだろう。島原でキリシタンが殉教の名のもと、死を覚悟で戦ってきたのと、変わりはしない。保科家の兵にも、当然ながら犠牲が出る。そうであるからといって、いつまでも睨み合っていたのでは、周りの藩に弱腰と思われる。

考え悩むうちに、ふたつの知らせが江戸から届いた。

先に島原へ送られた板倉重昌は、無謀な攻めをくり返したあげく、討ち死にしていた。次に総大将となった松平信綱は、敵のこもる原城を兵糧攻めにしてから、長崎のオランダ商館に命じて船を出させ、海上から砲撃させた。やがて兵糧がつきて攻め出てきた一揆勢を追い払い、出城から総攻撃をかけて、ついに原城を落とした。農民とキリシタンは逃げることもできず、女も子どももすべて首を刎ねられたという。

もうひとつの知らせは、江戸の中屋敷に残してきた嫡男の幸松のことだった。昨年没した菊と同じ労咳《ろうがい》を病んでおり、急に容体が悪くなったという。息子の身が案じられたものの、白岩の一揆を放り置いて江戸へ帰るわけにはいかなかった。

「殿。ここはご決断の時ではございませぬでしょうか」

正之からの命が届かないため、急ぎ山形へ戻ってきた正近に、ひざづめで問われた。

「すでに一揆が起きたことは、江戸にも知らせが上げられておりまする。公方様も殿がいかにして平らげるか、お手並みを見ているものに違いありませぬ」

さらには、幸松の容体のこともあった。

家臣に見つめられて、正之の胸中は揺れに揺れた。

「我らにお任せいただければ、村の長老らを引っ捕らえてまいりまする」

家老の後ろに控えていた丹右衛門が、つづまやかに進言してきた。知らせを届けに来た時から、一計があると言い続けていた。

皆の訴えを、うちの殿はとくと聞くつもりでいる。そう伝えれば、村の名代らを必ず呼び出せる。山形まで連れ出せば、まとめて捕縛ができる。

つまり、騙し討ちをしてでも、ここは一揆を処断すべし。そう丹右衛門は言っているのだった。

「殿は公方様の弟君にございまする。村の長老が知らぬはずはありませぬ。ゆえに、必ず公方様に上申されるもの、と考えるでありましょう」

謀略なら任せてもらいたい。丹右衛門の目が自信のほどを訴えていた。

正近も正之を見て大きくうなずいた。

変事を長引かせては、保科家の不手際と責められる。島原とは一揆の規模が違うのだ。平定して当然。手をこまねいていれば、臆病者と誹《そし》られる。

「決して騙し討ちではありませぬ。我らと村人、ともに死人《しびと》を少なくするための、やむなき策にござりまする」

丹右衛門は高ぶらず、抑えた声で切々と説いた。

命を秤にかけて、より犠牲をなくしていく。計略の真の値打ちが、そこにある。戦の見通しは、大将の腹ひとつで決すのである。丹右衛門らの間者《かんじゃ》は、いつも死地へ赴き、容易ならざる役目を果たしてきた。その言葉には、覚悟に裏づけられた重みがあった。

正之は心を決めた。

「よし、必ず説き伏せよ。手荒な真似は控えるのだぞ」

みだりに犠牲を出したくはない。その意を見せることで、村人に伝わるものは必ずある。そう信じるしかないのだった。

翌日から、農民への呼びかけを始めた。やはり彼らは、正之が将軍の弟であると知っていた。正近が誠実に説いたことで、長老らはついに山形城下へ来て談判することを決めたのだった。

その数、三十八人。いずれも見すぼらしい身形であったが、彼らは臆することなく、堂々としていた。藩主と代官の長きにわたる不徳を訴え、村人を救う使命に突き動かされているのだと教えられた。

山形城下に入ったところで、彼らを先導してきた正近が手を振り上げた。それを合図に、道筋の家の扉が開き、百を超える兵が槍と刀を手に駆け出した。

「謀《はか》ったな、卑怯だぞ」

「それが将軍のやり方か」

本丸館から見守っていた正之にも、彼らの血を吐くような叫びは届いた。

すべての農民を縛り上げ、城内の牢に閉じこめた。彼らの訴えを文書に認めて江戸へ送り、家光の裁決を仰ぐしかなかった。彼らは天領の民であり、隣藩を預かる正之に裁く権利はなかった。

江戸の酒井忠勝に知らせを上げて、返事を待った。

だが、先に江戸屋敷から便りが届き、正之は慟哭《どうこく》した。

医師による懸命の手当の甲斐もむなしく、幸松が息を引き取ったとの知らせだった。

養父が亡くなってからというもの、次々と親しき者が身罷《みまか》っていく。妻に続いて息子までが命を落とすとは、自分が何をしたというのか。しかも今は、山形の地から動けず、冷たくなった息子の躰を抱きしめてやることもできなかった。

若くして命のつき果てた菊が、寂しく思うあまりに息子を呼んだにしても、幸松はまだ五歳の幼さだった。正之は初めて菊を恨み、涙に暮れた。家臣もみな我がことのように悲しみ、山形城下も幸松を悼んで静まり返った。

家光からの上意は届かなかった。

代わりに忠勝から、すべて存分に処決を、との返書があった。将軍の弟であるからには、天領でも粗相のないよう裁きせよというのだった。

正之が思案に沈んでいると、正近が伏し目がちに尋ねてきた。

「いかがいたしましょうか。島原では弾圧されたキリシタンが苦役にあえいできたため、蜂起したとのことでございました。白岩のみならず、出羽と陸奥にも、今なおキリシタンが潜むと疑う者がおるようなのです」

「あの村人らの中に、キリシタンがおるというのか」

「あやつらをいくら質《ただ》そうとも、自ら認めはせぬでしょう。ただし、白岩領内では九年前に、ディエゴと称するキリシタンが火炙《ひあぶ》りにされ、その身内もすべて斬首されておりまする」

内探を続けていた丹右衛門が、正近の後ろから言い添えた。

「さらに白岩は天領となったため、かつて酒井家に仕えていた者が牢人となり、農民に手を貸していたのは間違いございませぬ」

島原では、藩主に歯向かう農民とキリシタンに、城下はもちろん、近くの藩の牢人もが結集して一味に加わったという。さらに遡るならば、大坂の陣でも、家康によって成敗された大名の家臣が牢人となり、豊臣方に味方した。禄を奪われた者らは、いつの時代も謀反に走りたがる。

白岩領も例外ではなかった。代官を追い払い、近在の寺社を襲うことができたのは、主家を改易した幕府を恨む牢人が加わっていたからなのだ。このまま見すごしたのでは、次なる蜂起を招きかねないであろう。

手を打たねばならないのは、わかりきっていた。家光から明瞭な下知がないのは、正之の裁きを見ているからなのだった。島原へ送られた信綱は、見事に原城を攻め落とし、キリシタン勢を皆殺しにしたぞ。おまえはどうするつもりでいるのか。そう問う兄の声が、耳元で聞こえる気にさせられた。

農民に苦役を課したのは代官であり、彼らの怒りのほどはわかる。キリシタンと認めてもいない。それでも天領に不穏の芽を残したのでは、保科正之の手ぬるさを江戸まで広めることとなる。

正之は煩悶《はんもん》した。悩むうちに、父と兄の厳しい裁きを思い起こした。

父の秀忠は、将軍に逆らう様を見せた弟と甥を果断に改易し、遠い地へ配流した。家光もしかり。それが徳川家のためになる。武門の長たる者は、たとえ身内であろうと、厳しく処するほかはなかったのだ。しかも、白岩の農民は、たとえ竹槍であろうと、真っ向から公儀に刃先を向けた者たちだった。

「殿。ご決断を」

保科家を支える忠臣らの眼差しが、厳しく正之に向けられた。

寛永十五年七月二十一日。馬《ま》見《み》ヶ崎《さき》川の河原にて、一揆の張本と見なされた三十八名すべてを磔《はりつけ》にして晒《さら》した。正之は槍で串刺しにされて死んでいく者の姿を目に焼きつけた。

その後、新たに送られてきた代官を助け、白岩領の手配に目処をつけると、正之は山形を発った。江戸へ戻るとまず、見取ることのできなかった幸松の墓参をすませた。

江戸の城下は驚くほどに静かなものだった。島原や白岩からは遠く、儚くも命を散らしていった者らの苦しみとは無縁に、ただ清水の流れるがごとく静かなる時がすぎていく。もちろん、徳川家がこの国を治め、その中原となる地であるから、多くの民が安らげているのだった。

自らの手を血で染めたことで、正之は平穏のありがたさを噛みしめるばかりだった。

年が暮れて、城下を白く染めた大雪の日に、正之は家光に呼ばれて登城した。

中奥の黒書院に通されると、家光が宿老とともに待っていた。ほぼ一年ぶりの謁見になる。

「もそっと近う寄れ、肥後」

家光はいたく機嫌がいいようだった。珍しく手招きまでして、正之を側に近づけさせた。

「患っていた病も、近ごろは加減がよくなっておる。春には癒えるであろうから、案ずるな」

何か深い意のある言葉なのか。正之は頭を垂れながら思いをめぐらせた。

松平信綱らの幕府軍が島原でキリシタンと戦っていた時も、家光は鷹狩りや能を楽しんでいたという。原城が落ちたあとは、祝儀だと言わんばかりに、また大名の屋敷へ御成をくり返した。三月にまた高い熱を出し、夏には頭痛が続いたものの、鷹狩りや御成が控えられたとは聞いていない。

江戸の留守居を任せた北原から家光の行状を聞かされて、正之は胸の痛みが増した。もちろん、政をおろそかにしたわけではないだろうが、島原の一揆が起こる前と相も変わらず、家光は病を理由にして慰み事に耽《ふけ》っていたのだった。

つまりは、春になれば病も癒えるので、遊び惚けるのはやめる。そう言いたかったわけなのか。

何のためにわざわざ呼ばれたのか、正之は当惑した。

白岩領で一揆の発頭人三十八名を磔にしたことは知らせてあった。そのねぎらいの言葉すらなかった。家臣が将軍のために働くのは当然で、たかだか三十八人ぐらいを始末したところで、褒められたものでもない。信綱が島原で撫で斬りにしたキリシタンは、三万七千余人。三十八名など、たかが知れている。

それでも磔にされた農民の叫ぶ声は、いまだ正之の耳の奥に残り続けていた。

徳川の末

秋の冷えた夜風が身を締めつける。

おなあは一人、仏間にこもった。何もできなかった自分が悔しくて涙が出る。

毎日、おふりの枕元へ足を運び、ただ声をかけて手を握ることしかできなかった。日に日におふりはやせ衰え、まだ二十歳前であるのに、祖母のおなあよりもしわが増え、土気色の肌になっていった。

家光も一度は奥医師を叱りつけた。薬を処方させたが、効き目はなかった。数日前からおふりは声を出すことも叶わなくなり、水を断たれた切花のように細り、一之御殿の座敷にて静かに息を引き取ったのだった。

おなあは涙声で経を唱えた。娘のおたあに、どう知らせたらいいのか。病が癒えぬことを知り、おたあは会えない娘のためにお百度を踏んだと聞いた。千代姫がすくすくと育っているのが、せめてもの救いだろう。

「そうであるか……。存分に弔ってやれ」

家光はそう言うのみで、涙を見せることはなかった。せめて顔を見てやってくれと言いたかったが、おなあは言葉を呑んだ。

家光を恨むことはできない。将軍には日々の政を見定める重き務めがあった。さらに言えば、死は忌み嫌われていたし、おふりは正室でもなかった。男子を産んでもいない。長く伏せってきたので、側室としての扱いも受けられずにいた。ただ千代姫を産むための腹としてのみ、おふりはこの世に生を享《う》けたかのように思えてしまう。

せっかく子をなしたおふりの加減が戻りそうにないと知るや、お福はすぐ新たな女を探しにかかった。

ところが、図らずも家光のほうから、一人の女について問われたのである。

「あの尼御所とは、もう会えぬのか」

伊勢内宮の慶光院で門主となった尼僧が、代替わりの挨拶に江戸城を訪れた。十七代慶光院の名跡を継いだ尼である。この年、十九歳。公家の出とあって所作は美しく、凛々しき小姓にも似た容姿だった。

お福としては悩ましかったに違いない。

慶光院は摂家の血筋にある娘なのだ。

将軍の座を継ぐべき者に、公家の血が入ったのでは、朝廷との関係に支障が生じかねない。お福は幼いころに、三条西《さんじょうにし》家に引き取られて育ったため、公家衆の欲深さと強《したた》かさをよく知っていた。徳川家の治めを盤石としていくには、朝廷を牛耳ることで、帝の威光を少しでも抑えておきたかったのである。が、千代姫を生んだおふりの容体は優れなかった。公家の娘ではあったものの、せっかく家光が女に興味を抱いたのだから、その機をみすみす見逃すことはできなかったのだろう。お福は慶光院を江戸城内に引き留めて、本人を説き伏せつつ、京の六条家と伊勢の皇大《こうたい》神宮に使者を走らせた。礼金を弾むとともに、脅しとも取れる文言を添えたと聞いた。

将軍の意に逆らえる者はいない。六条家と皇大神宮はさして抗うことなく、慶光院を家光へと差し出した。本人の意思など顧みる者はいなかったという。

挨拶のために登城した日から城を出ることを許されずに、慶光院は還俗《げんぞく》した。お万と名をあらためて、田安門内の屋敷に移された。身柄を拘束するようなやり方に思えたが、お福は形振《なりふ》りかまわなかった。

さらにお福は、ほかの女を探すことも忘れずにいた。公家の女に将軍の子を産ませたのでは、京への睨みが薄れる。その一念だったのかもしれない。

「ついに見つけましたぞ」

浅草寺の参詣から戻ったお福が、おなあの手を取らんばかりに言ってきた。浅草寺には、隅田川で見つかった観音様を奉ってあり、家光の気に入る女が見つかるようにと、お参りに通っていたのだという。

その帰り道に、神田橋近くの鎌倉河岸《かまくらがし》を通り、古着屋の店先に立つ一人の娘に目が留まった。慶光院にも似た顔立ちで、さらに若々しいため、家光が気に入るのは間違いないと、お福は喜んだ。

すぐに役方を通じて、娘の子細を調べさせた。名はお蘭といい、母親の再婚相手が営む古着屋で働いていた。ところが、お蘭の実の父親は、些細な罪ながらも、刑死していた、と判明したのだ。

知らせを受けて、お福は肩を落とした。

だが、子を産む母親の貴賤《きせん》は問題ではない。そう思い直した。戦国の世から、腹は借りものと言われていた。父の血統を保つのが優先される。

お福は密かに動いた。父親が罪人なのは聞こえが悪いため、今は老中から退いた永井《ながい》信濃守尚《なお》政《まさ》に引き取らせたのち、名をお楽と変えさせた。みっちりと躾を施したあと、大奥へ出仕させたのである。

古着屋の娘なので、お楽は行儀見習をかねて、呉服之間つきの女中となった。

家康の江戸城入城を祝した八朔《はっさく》の夜には、大奥の女中らによる狂言や踊りが催される。その折りに、お楽は生まれ故郷に伝わる踊りを披露してみせた。やんやの喝采を浴びることとなり、その姿を見かけた家光が、お福の思惑どおりに見初めたのである。

「これも、おふりのおかげですぞ」

お福はあらたまって居住まいを正し、おなあに頭を下げてみせた。

お万とお楽。長く衆道に耽っていた家光が、いつしか二人の側室を愛でるようになっていた。その目を開かせる一助になれたと思えば、おふりもいくらか浮かばれる気にさせられた。

ほどなく望みどおりに、お楽が身籠もった。

時を同じくして、お万にも懐妊の兆しが見られた。が、しばらくして、子は流れた。

月水早流《げっすいはやなが》し、という堕胎の薬が盛られたのだ。そう長局《ながつぼね》では、まことしやかな噂が流れた。

お福であれば、それくらいは平然とやってのける。

寛永十八年、八月三日。

「ついにやりましたぞ。この大奥で今日ほど目出度い日がありましょうか」

かつておふりも入った北之御部屋から飛び出してきたお福が、感極まったように声をしぼり、両手で顔を覆った。茶屋染めの帷子《かたびら》の背が大きく震えていた。

お楽が男の子を産んだのだった。

待ちに待った将軍継嗣が、徳川家に誕生した。

おなあは粛然と受け止めた。生まれた男の子を抱き上げたかったが、おなあは若くして亡くなった側室の祖母であり、縁起がよくないと見なされた。この先も、若君に近づくことは許されないのだろう。忘れ形見の千代姫につくすことができるのだから、それで幸いと思わねばならなかった。

喜びに沸く女中たちに背を向けると、おなあは長局の部屋へ戻った。

将軍の子を産んだとはいえ、御台ではなかったため、無念ながら大奥の御仏間におふりの位牌は置かれていなかった。縁側の横の、狭い床の間に台を置き、質素すぎる仏壇として位牌を置いた。

御鈴《おりん》を鳴らし、おふりを思って手を合わせた。

――つい今しがた、千代姫の弟君が無事に生まれましたよ。この先二人が健やかでありますよう、天の上からお守りください。

おなあは目を開けると、踏ん切りをつけて立ち上がった。望まれていた継嗣が生まれたことで、山ほどの祝儀が大名家から贈られてくる。お返しの品を選ぶのは、大奥の役目となるはずなのだ。お福一人で、さばききれるものではない。新たな行事も増える。御子づきの女中も選ばねばならなかった。

きっと、おふりは空の上から見てくれている。

おなあは気持ちを強く持とうと誓い、部屋を出た。女中らが祝い膳の支度を調えている御膳所へ向けて、大急ぎで歩きだした。

「あとは、よきに計らえ」

家光がいつもの言葉を残して席を立ち、上段之間から去っていった。続いて年嵩の土井利勝と酒井忠勝が鷹揚にうなずき合って、腰を上げた。

信綱はまだ当惑から立ち直れず、ひざを正したまま動けなかった。

これはどういうわけなのか……。

「いたしかたありませぬな、伊豆殿。そもそも肥後殿は弟君にあられて、我らとは出自が違いますゆえ」

阿部豊後守忠秋が踏ん切るように言った。

わざわざ指摘されずとも、承知していた。が、謹厳実直で知られた忠秋でも、信綱に泣き言めいた呼びかけをしたくなったようである。

この五月に、会津藩主の加藤明成が領地の返上を申し出た。猪苗代《いなわしろ》城代を務める家老と対立したあげく、家光の裁きを求めたのちに、その首を刎ねるという一件があった。騒動の理由として、領民に苦役を課していた実情が外へも広まり、家臣の評判も地に落ちた。もはや加藤家を守るには、自ら領地を返上して、将軍の情けにすがるほかはない。そう考えての、やむなき返上だった。

この先しばらく、会津は天領となることが決まった。奥羽の要所であるために、これまでは蒲生家や加藤家という名うての外様大名が置かれてきたが、ようやく信頼の置ける譜代に任せることができる。そう信綱らは考えていた。

ところが、家光は迷うことなく、肥後に任せる、と言いだしたのだ。

保科正之は疑いなく家光の弟である。とても名門とは言いがたいが、家門の最たる者でもあった。が、すでに正之は、高遠三万石から、山形二十万石へ転封されていた。今度は会津二十三万石に、天領の五万五千石まで預ける、と家光は言うのだった。

しめて二十八万五千石。

水戸徳川家の二十八万石をしのぐ領地となる。

かつて信綱は、石高を遥かに超えた正之の昇進に疑問を呈したことがある。その結果、歩いて上洛に供奉するとの罰を下された。次に勘気を被れば、減封もありえるかもしれない。家光の裁きに異論があろうと、誰もが口をつぐんで応ずるほかはなかった。

しかし、あの男が幕府にどれほどの貢献をしただろうか。疑問しか浮かばない。

信綱は、島原へ送られて一揆を鎮めた功績により、川越藩六万石に移封された。キリシタンによる次なる蜂起を防ぐために、ポルトガル人を国から閉め出す策を練り、オランダとの貿易も長崎の出島に限る手配を終えた。武家諸法度も見直したし、江戸城本丸が焼けた際には惣奉行ともなって作事を取り仕切った。が、その後の加増は、いまだなかった。

同じ老中の座にある阿部忠秋は、武蔵忍藩五万石を領している。古株の土井利勝が、下総古河《こが》藩十六万石。最も若い老中の堀田正盛が下総佐倉藩十一万石。

ただし、正盛は、春日局の義理の孫に当たる。家光とは衆道の仲にもあったため、充分すぎる恩恵を受けてきた。が、家光は千代姫を儲けてから女に目覚めたらしく、今ではめでたくも嫡子の竹千代《たけちよ》も生まれて、正盛への寵愛はとんと薄れたと聞く。

すべての老中が、小姓のころから家光につくし、身を粉にして働いてきた。これまでの人生をすべて捧げてきた、と言っていい。ところが、ろくすっぽ幕府に貢献してもいない男が、一門の水戸家を超える石高を得る。到底、納得しがたかった。

最初は家光も、あの男の正身《しょうみ》を怪しんでいた。ところが、己の出自を誇ることをせず、絶えず謙虚に礼節を保ち、気づいてみれば家光の懐へと、いつのまにか入りこんでいたのだった。

望んでいた継嗣が生まれて、大喜びした家光は連日、祝いの宴を催した。

近ごろは、能のあとに小姓を踊らせて見物するのをいたく気に入っていた。時に女のように美しい児小姓を集めては着飾らせて、覆面をつけさせもした。小姓踊りの評判は高まり、城の内外問わずに見物人が鈴なりになるほどであった。

家光の機嫌を取りたい大名は、競うように小姓踊りを披露してみせた。そこに、あの糞真面目な保科正之までが名乗りを上げた。信綱は、まさかと疑ったほどである。

「小姓踊りはなかなかの費えがかかりまするが、我ら保科家でも選りすぐりの児小姓に踊りを習わせ、公方様にご高覧いただきたく存じまする」

己の口から家光には伝えず、土井利勝を通じて上申したのだった。

その話を聞いて、家光はやっと宴にかかる費えの高に気づいたのである。正之に知恵をつけられて、土井利勝もうまい言い方をしたという。

「小身の大名では、本年貢を費やしても難しいことにござりまする。肥後殿であれば、必ずや上様のお目に叶う小姓踊りを催せましょう」

家光は、崇拝する家康の墓参のためにほぼ毎年、大行列を率いて日光へ赴いていた。上洛の際には三十万の大軍を動員した。戦の不安もないのに、巨大な安宅船を造らせ、その上で宴に明け暮れたこともある。江戸城の改修にも多くの金を費やしてきた。

家康が貯めこんだ軍資は無尽蔵ではない。家光に代替わりしてから減る一方となり、勘定方は頭を悩ませている。

正之は、霊廟の作事や日光社参、さらに分を超えた昇進や加増と、幾たびも急な入用を強いられた。そこには信綱らの意図もあったが、あの男は家臣に支えられて、藩の困窮を乗り越えてきた。ゆえに、幕府のみならず、多くの大名家に費えを強いる不用意な宴を、家光に控えてほしかったのだと思われる。

己の口から諫めたのでは、いくら弟でも、勘気を浴びかねない。そこで、自分が身に余る加増を得られたので、ようやく小姓踊りを催せるようになった。そう土井利勝の口から言わせたのである。

まったく小狡い策を弄する男だ。

気づいてみれば、いつしか家光の近くには、必ず弟である正之が侍《はべ》るようになっていた。

今さら振り返るまでもなく、室町の世では、家長が守護大名を引き継ぐ倣いであった。戦国の世では、力ある者が人を束ね、国を統べた。が、家康が日本を平らげて将軍となり、また血縁による治世が戻ることとなったのだ。徳川家を存続させることで、戦のない平穏な世が続いていく。

その平穏に、あの保科正之がどれほど貢献してきたかは、あまりにも疑わしい。

だが、血の強さには敵わなかった。しかも信綱は、自ら養子となって、血縁でもない松平姓を名乗れているにすぎないのだ。出自の差はいかんともしがたかった。

知行《ちぎょう》書出《かきだし》をそろえた翌日、黒書院に正之を呼び出した。

老中列座のもとに、転封の下知が言い渡された。

「ありがたき幸せにござりまする。今後はより一層、領内の治めに邁進いたします」

正之は忌々しいほどに落ち着いていた。おおかた土井利勝が内々に伝えていたのであろう。

転封が正式に申し渡されても、正之はすぐに会津入りはしなかった。城の受け取りを家老に任せて、江戸にとどまっていた。朝鮮通信使が、竹千代の誕生祝いに来日し、江戸へ来ることになっていたからだった。

信綱は饗応役を仰せつかった。

祝賀の会の支度を調え、朝鮮の正使に渡す返礼品を取りそろえた。

一方の正之は、束帯の正装で通信使を恭《うやうや》しく迎え出た。しかも、徳川宿老の席に並び、もっともらしい顔を見せていた。将軍の近くに座り、信綱ら老中を上座から見下ろしてきたのである。その姿は憎らしいほど堂々としていた。

これで名実ともに、保科正之は格上の徳川一門となったのだった。

知らせを受けると、取るものも取りあえず、おなあは支度された御忍駕籠《おしのびかご》に乗りこんだ。大奥を出て、汐見坂《しおみざか》門から江戸城外へ出た。

一度は加賀前田家に嫁ぎながら離縁された身であり、二度目の夫は牢人の憂き目にもあっていた。しがなくも不幸だった女が、今は大名家の室が使う駕籠に乗れる身分になったとは、自分でも驚かされる。ひとえに大奥へ引き入れてくれたお福のおかげなのだった。

そのお福が登城できなくなって、ひと月半になる。

いよいよ声も細り、最後に申しつけておきたいことがある、との伝言を受け取ったのだ。

大名家に引けを取らない拝領屋敷に近づくと、なぜか門へと続く道筋の途中で、駕籠が止まった。男の声で素性を問う声が聞こえた。

おなあは自ら簾《すだれ》を開けて、駕籠を降りた。

広くもない道に、槍を手にした警固の侍があふれていた。遠い門の前には、溜色《ためいろ》の大きな駕籠が見えた。その担ぎ棒には、金漆で葵紋が描かれていた。

家光が見舞いに訪れているのだった。

おなあの姿を認めた若い侍が、急にひざまずいた。側衆の一人なので、おなあが千代姫の曾祖母であると承知しており、そのままお福の屋敷へと導かれた。

道を固める徒の者に一礼しつつ、武家にも負けない立派な長屋門をくぐった。

屋敷の玄関は言うに及ばず、庭先から廊下の隅にまで、警固の者が立っていた。その間を歩いて、奥の間へ進んだ。女中たちは近づくこともできず、近くの溜《たまり》で控えているようだった。

若い侍が廊下に平伏して、部屋の奥に声をかけた。

「おなあ様、お出でにござりまする」

「おお、来たか。さあ、早くこちらへ参れ」

家光が自ら声をかけてきた。

将軍の前に進めるわけもなく、おなあはその場に着座し、深く一礼した。

奥の襖が開け放たれていて、秋を濃くする庭が見通せた。横たわるお福の側に、家光が胡座《あぐら》をかき、前屈みになっていた。

おなあは驚きに目を瞠《みは》った。下座に当たる廊下側に将軍が腰を下ろしていたからだ。お福への敬意のほどが感じ取れる。

「廊下になど座るやつがおるか。お福が待っているぞ。そなたまで、古くさい武家の作法を守ることはない。ささ、早く」

家光は明らかに変わった。優しい目を見せることが多くなった。

おなあも初めての子を抱いた時、この日のために自分は生を享けたのだと心から悟れた。夫が牢人となって苦しい暮らしが続いた時も、子への慈愛は変わらなかった。大切な人の生き死には、心の目を開かせる。

おなあはひざ立ちにお福の足元まで進み、また頭を下げた。

「頑固にも、お福はまだ薬を飲もうともせん。おなあからもきつく叱ってくれ」

「わたくしめも僭越ながら、ずっと申し上げております。されど、上様のために願をかけたからには、その誓いを自ら破るわけにはいかない。そう仰せになるばかりで……」

家光は二十六歳の時に、疱瘡を患った。その快癒を祈願するために、お福は薬断ちを神仏の前で誓った。もし自ら立てた誓いを破ろうものなら、家光にまた病の災いが降りかかるに違いない。そうお福は今も頑なに信じているのだった。

お福自身も、幼いころに疱瘡を患っていた。死の病を乗り越えていたから、将軍継嗣の乳母に選ばれたのだと、お福自身から聞かされていた。願掛けをして以来、たとえ高熱が出ようと胸の痛みを覚えようと、お福は一切薬を飲まず、ひたすら大奥で働いてきた。その一念には心を打たれる。

「そろそろ大名方が御登城なされまする」

側衆の若侍が、後ろからそっと声をかけた。京の帝が譲位するとの話が出ていた。その談義をせねばならないのだろう。

「今大路《いまおおじ》に薬を作らせた。必ず、飲めよ。いいな。また来る。必ずだぞ」

家光が名高い医師の名を添えて言い、腰を上げた。

おなあは平伏して見送った。側衆に声をかけられてすぐ応じたところにも、家光の大人《おとな》しぶりが感じられた。昔の家光であれば、聞く耳を持たず、あえて周りを困らせようとすることさえあったものだった。

「おなあ……」

震える細い声が耳に届いた。

おなあは枕元に進み、お福をのぞきこんだ。目に力はなく、もしやおなあの顔さえ見えていないのでは、と疑いたくなるほど瞳が左右に揺れていた。

「ここにおります」

おなあの声に応じでもしたように、女中が次々と現れた。縁先の左右から二人ずつ。後ろからも数名が近づいてきた。

雇われているから、お福の側へ寄ったのではない。いくら将軍の意向があろうと、大奥三千人の女を、無理強いに率いていけるわけはなかった。お福は端者《はしたもの》であろうと、その名を忘れなかった。大奥を辞めていった女中にも手紙を送る気遣いを見せた。厳しさだけで、人は素直にしたがいはしない。

「あとは……頼みますぞ」

「いいえ。まだまだ春日様に多くを教えていただかねばなりません」

本心から言った。

刃で削がれたようなお福の頬がわずかに、ほころんだように見えた。

「公方様の下知にございます。どうかお薬をお飲みください」

「お願いいたします」

口々に女たちが言い、手をついて頭を下げた。が、お福は静かに目を閉じた。家光のために、誓いを破るわけにはいかない。

腹を痛めて産んだわけでもない家光のために、なぜそこまで身を捧げられるのか。

評判の高かった弟の動静を、側衆につけた息子の正利に集めさせた。その働きによって、忠長の不行跡をあげつらい、幽閉へと追いつめることができた。が、正利は主君とともに配流されて、今は遠い肥後の地で細川家の預かりとなっている。いまだ許されることがないのは、多くを知る正利に、江戸へ帰ってきてほしくない者がいるからなのだ。

大切な息子が配流されようとも、ただひたすら家光につくす。

お福のそばで働き、おなあにはようやくわかりかけてきたことがある。

明智光秀の血縁でもあるお福は、流転の人生を歩んできた。

主君である織田信長を、光秀とともに討った父——斎藤利三を恨んだこともあったに違いない。お福は兄弟と美濃へ逃げ、やがて母方の縁者を頼って、京へ移り住んだ。身元が知れれば、命を奪われてもおかしくない旅路を経て、ようやく三条西家の庇護を受けることができた。

その後、養女に出された先で稲葉正成の後妻となったが、夫は関ヶ原の戦いで主君を寝返らせたものの、そりが合わなくなって蟄居し、二年後には牢人の身となっている。五人の子を抱えたお福は、京都所司代が乳母を探していると聞き、身内を養うために志願して、夫とも別れる道を選んだ。

父が光秀とともに織田信長を討たなければ……。そう思いはしただろうが、当時は戦世で、明日をも知れぬ人生を誰もが歩んでいた。お福は大奥に入り、女たちを束ねることで、驚くほどの出世を手にした。それも徳川の世になり、戦がなくなったからなのである。

男たちが戦を強いられる世は、もうたくさんだった。

女たちのためにも、平穏な世であってほしい。徳川家が連綿と続き、武家を束ねていってもらわねば困る。そのためには、将軍を継ぐ家光の養育に砕身し、ぜひとも世継を作ってもらいたい。徳川家のためであれば、いくら人に恨まれようと、鬼にもなる。

お福はただ、女たちの幸せのために、ひたすら徳川家を守ろうとしてきたのだった。

——あとは頼みますぞ。

自分にはとてもできない。おなあは泣きたくなった。

大奥で働く三千人の女のためでなく、この日本に住まうすべての女たちのため、徳川家につくす。竹千代を四代将軍へと導くことが、この国に穏やかなる日々を与えていく。自分には重すぎる仕事だった。

どうか一人にしないでほしい。薬を飲み、病に打ち勝ち、迷える女たちを導いてほしい。

お福の手を握りしめると、押しいただくようにして額に当てた。

その手は悲しいほどに冷たく細り、握り返してくる力はもう残されていなかった。

九月十四日。お福は頑として薬を飲まず、静かに息を引き取った。

葬儀を終えたのち、おなあは剃髪した。お福も晩年、息子の正勝を亡くしたのを機に出家していた。せめてお福を見習うことで、その遺志を継ぐと大奥の女たちに表しておきたかったのだ。

名も捨てて、祖心尼《そしんに》と称した。

祖には、世代の元となる魂を表すとともに、いくつも重なる、との意もあった。心を重ね、人として成していく。

御仏間を訪れた家光に、剃髪姿で一礼した。

ともに経を唱えたあとで、家光が見つめてきた。

「祖心尼と申すのか。よき名じゃな。竹千代をしかと頼むぞ」

家光からも徳川の末を託されたのだった。

幕間の二

由比正雪という師の出自を、丸橋忠弥はよく知らずにいた。駿河は由比の地で生まれ、実家は紺屋《こうや》を営んでいる。そう本人の口からは聞いていた。

真実のほどはわからなかった。楠《くすのき》不伝《ふでん》の教えを受け、南木《なんぼく》流を継承したというが、その詳しい経緯に謎は多い。不伝に向学心を認められて、養子に迎えられたと言いながらも、その道場を受け継いではいない。忠弥が出会った時には、神田連雀町の長屋を本拠として、すでに多くの門弟をしたがえていた。修行で諸国をめぐり、いくつもの大名家から援助を受けてきたとも聞くが、その真偽は定かではない。

ただし、正雪の博識と弁舌には舌を巻くほかなかった。ひざを交えて話せば、底知れぬ才知に誰しもが、たちまち圧倒される。

南木流を受け継いだうえに、北条流をはじめ、孫子の兵法から三略や呉子といった中国の七書にまで、正雪は通じていた。しかも、槍術の師範としてならしてきた忠弥と剣を交えても、互角の腕前を見せるのだから畏れ入る。

「生まれてこの方、修行と鍛錬に明け暮れてきた。伊達に兵法者を名乗ってはおらぬ」

笑いながらも、目の奥に強い自負を漂わせて、正雪は言ってのけた。まさしく師として仰ぐに相応しき人物である。

多くの門弟が、その足下にかしずくのは当然だろう。忠弥も多くの教えを受け、人として、武士として成長できたのは疑いなかった。正雪の出自など、取るに足らないことなのだ。

そもそも、忠弥自身が身元を偽り、都合のいい造り話を語ってきた。

父親は、加賀前田家の名もなき家臣だった。忠弥も父の下について奉公したが、主が急死したため、親子そろって禄を失った。槍術の腕には自信があったので、次の仕官先はすぐに見つけられると甘く考えていた。が、前田家での功績が乏しかったために、望みは叶わなかった。屈辱と自失の日々をすごした。

頼りとした父を亡くすと、食うに困り果てた忠弥は、とある剣術道場の門をたたいた。怒りに任せて自慢の槍を縦横無尽に振るい、居合わせた門弟らを次々とたたきのめしてみせた。その腕を見こまれて、師範として雇ってもらえたのだから、運に恵まれていたのだろう。

その後、九年の時を経て、ついに己の道場を開くことができた。その際に、力と金を貸し与えてくれたのが、由比正雪だった。

「おぬしには猛々しくも果てることない意気と、己に向ける厳しき眼差しがある。それでこそ、人を導けるものぞ。苦難の時が、おぬしの魂を磨き上げたのであろう」

そう言って惜しげもなく兵法を説いたうえ、忠弥を一番弟子と認めてくれた。

正雪は、慕ってくる者あらば、あまねく受け止め、迎え入れる懐の深さを持っていた。

「牢人が金に困っているのは、当然ではないか。おぬしも細かいことは言わず、勘定など後回しにして、みなに等しく槍術の手ほどきをせよ。情けは人のためにあらず、というではないか。揺るぎなき誠を心に持ち、真正面から人に向き合う。さすれば、必ずおぬしの宝蔵院流槍術の評判は高まって江戸城下に知れ渡り、多くの門弟が押し寄せようぞ」

　正雪の教えは、見事なまでに的中した。

忠弥の道場は次第に名を上げ、今では大名家の家臣さえ門をたたくようになっている。が、決して驕らず、自らをなお鍛え上げる。正雪の教えを忠実に守ることで、多くの門弟に慕われた。己への自信を得られた。この世に生を享けた意を知らされる思いだった。

　正雪という師と出会えたことで、人として開眼《かいげん》できたと言えそうだった。

「牢人たる者、金も力もないが、日々の鍛錬を忘れずにいる者であれば、必ず廉直《れんちょく》なる志を胸に秘めておる。その熱き意を、ひとつにまとめ上げるならば、多くの切なる願いも叶っていく、とわしは信じておる」

「先生の切なる願いとは、いかなるものでござりましょうか」

「ありがたいことに、戦のない世となってはおる。そもそも多くの名もなき兵が命を懸けて徳川家を支えてきたゆえのこと、と言えるであろう。ところが、おぬしも承知のとおり、将軍の意にそわぬからと理屈をつけられて、六十を越える藩が改易されてきた。あげく、巷に数多の牢人があふれるようになってしまった。そのくせ将軍と取り巻きは、猿楽やら風流踊りやらに興じて遊び惚けるばかり。なげかわしくて、涙も出ぬ」

　先年、家光が上洛した折りは、三十万人もの大軍を率い、江戸の市中は武家と人足でごった返したものだ。

「しかれども、将軍が人を集めたことで、江戸城下の多くの宿や店が大いに潤ったと聞きまする。飢饉のあとであったため、命拾いした者が多かったとか……」

「江戸城下のみを見ればの話であるぞ。もっと広く世を見よ。飢饉に見舞われた陸奥《みちのく》の田舎では、娘を売るしかなかった農民の話がいやになるほど転がっておる。将軍と宿老が我が世の春を迎えながら、その裏では、徳川家を支えてきた名もなき民が苦しみ、身を削られている」

正雪は、謂われもなく禄を失って惑う牢人だけのことを案じていたのではなかった。もっと広く、深く、この国の行く末を憂い、人々の幸いを望んでいるのだった。

「紀伊の大納言様も、大いになげいておられた。なぜなら、今の宿老らは公方様の言いつけを守るのみで、民の苦難を見ようともしていない。あの者らの目を開かせぬ限り、真の平穏は永遠に訪れまい。もし紀伊大納言様が身を投げ打つお覚悟で正義をもって処されるおつもりならば、わしもこの身を捧げてもよいと考えておる」

「それがしも同じ覚悟にござりまする」

嘘偽りなく、胸を張って忠弥は言えた。

正雪と紀伊大納言という二人の雄々しき賢人の導きさえあれば、多くの門弟が賛意を表すに違いなかった。それでこそ、武士の本分であろう。

政をほしいままにする宿老を正し、世を一新する。

そのためにならば、命を捧げられる。苦しむ民を必ず救うことが叶う。

「公方様が身罷った今こそ、世直しの時かもしれぬ」

「先生に策がござりましょうか」

「なくは——ない。しかれども、少なくない犠牲を出しかねぬ」

「我らの命、先生にお預けいたしまする」

「早まるな。同志をもっと集めねば、儚く犬死することとなろう」

「お聞かせください。我らには三千の門弟がおりまする」

正雪は計略のさわりを語ってくれた。

忠弥は驚きに我をなくし、身を震わせた。師は鋭く先を読み、二の矢、三の矢までを考えていた。しかも、壮大な世直しの一端でしかないというから、驚かされる。名うての兵法者でも、ここまで周到な策は思い描けないのではなかろうか。

怖ろしい人……。

忠弥はさらにも増して、正雪に心酔するほかはなかった。

多少の犠牲は、確かに出るであろう。しかし、もっと多くの者が救われることとなる。

「事を起こすその時まで、決して口外してはならぬぞ」

「万事心得ておりまする」

由比正雪にしたがっていけば、必ずや世直しが叶うはずだった。

第三章

将軍の死　慶安三年　秋

その日、家光は久方ぶりに月次のお目見えに姿を現した。が、譜代名門と老中らの限られた者のみの列座となった。正之も末席に着くことを許されたため、下段之間の後ろからひと月ぶりに兄の顔を見ることができたのだった。

この年初来、家光は躰の具合が悪かった。元日から嫡男の家綱《いえつな》が代わりに大名の礼を受けた。半年ぶりに八朔《はっさく》の祝いで御座之間へ出でて、ようやく快癒の兆しありと皆が喜んだものの、今日はまた小姓に肩を支えられて、すぐに席を離れた。夏の暑さが身に応えているようだった。

家光が退席したあと、新たな改易の知らせが、老中から告げられた。

丹波《たんば》柏原《かいばら》藩三万六千石。藩主の織田《おだ》上野介信勝《のぶかつ》が二十八歳で子のないままに病没したための、無嗣断絶だった。二代前の藩主は、織田信長の実弟という由緒ある家柄にもかかわらず、改易を言い渡されたのだった。

正之は声もなく、ただうつむいた。家を継ぐ者がないという事情のみで、藩を支えてきた多くの者が禄を失う。六月には、大和郡山藩の本多《ほんだ》勝行《かつゆき》が、十六歳で没していた。遺領の一部は父の政勝《まさかつ》に戻されたが、家臣すべてを引き取ったとは聞いていない。

信綱らの老中は、詮議すべき用向きがあるため、すぐに御用部屋へと移っていった。

正之は、政に際して思うままを献策せよ、と家光の上意を得ていた。が、将軍の弟という立場であり、老中らが遠慮しかねないため、呼ばれた時にのみ意見を述べていた。今日も例によって、声はかからなかった。まったく上辺のみの立場と言えた。

気を落ち着けて考えた末に、正之は控之間を出ると、側衆を呼んだ。月次の席に出ていた大老職の酒井讃岐守忠勝に面会を申し出た。

かつて忠勝は、駿府十八万石への転封を家光から持ちかけられた際、家康が領していた地を預かるなど、あまりにもったいない、と辞退したことがある。さらに甲府二十四万石への加増も断っていた。身に余る大禄を得ては驕りが生じかねない、との理由からであった。そののち家臣には、今の若狭小浜十二万石では、多くの兵を養うには費えが乏しく、大事の際に役立てぬかもしれぬ、と笑いながらもこぼしたと聞く。

謹厳実直でありながら懐深く、粋人《すいじん》でもあった。家光にも信頼され、「我が右手は讃岐」とまで言わしめたほどだ。長く保科家の後見役を担ってくれた土井利勝が病のために亡くなったため、正之は忠勝を公私において心頼みとしていた。

大老の御用部屋を訪ねると、忠勝は神妙そうな顔で出迎えた。

急に会いたいと言ってきた意を、すでに察していたと見える。さすがの眼力だった。

「肥後殿の御懸念は、それがしも心得てはおりますぞ。しかれども、上様はこうも仰せである。

もし細君に懐胎の標《しるし》あって、男の子が生まれたなら、柏原藩の再興を必ず考える、と……。藩の取りつぶしを望んでおられるわけではないのじゃ」

「たとえ幸いにも子が生まれようと、藩の再興は数年先のこととなるでしょう。もし子ができねば、多くの家臣が禄を失うのです」

すでに没した者の子種を妻が宿している僥倖《ぎょうこう》など、ほぼ期待はできない。正之が懸念を表すと、忠勝は真顔で大きくうなずき返した。

「上様は我慢ならぬようであった。武士たるもの、つねに死を覚悟しておくべし。家を継ぐ者があらぬのに、養子を迎えておかないとは、怠慢《たいまん》でしかない。そうも仰せであられた」

理屈は確かに、そのとおりだった。

しかし、家光はかつて衆道に耽り、長く子をなそうとしなかった。無論、子を持ってみて初めて、家を守り継ぐ意義深さを学び、無嗣をなおざりにする迂闊さを許せずにいるのかもしれない。

正之は引かずに言った。

「それがしの知る限り、公方様の代となって改易された藩主は、二十を超えまする」

またも忠勝がうなずいてみせてから、なげくように首を振った。

「言わずとも多くの者が知っておろう。つまり、幕府と上様がそれほど厳しく臨んでおると知りながら、藩と家を守ろうとしないのは、まさしく怠慢の限りと申せましょうな」

「我が保科家の先代も、御子がおらなかったため、二人の養子を迎えておりました。そこにまた、それがしが台命《たいめい》を受け、保科家へ入ったのでした。お一人は早世なされたものの、もう一人は気狂いとの、ありもしない事由をつけられて、遠縁のもとへ預けられたのでした。もし、それがしが台命を受けての養子でなければ、家中で世継争いが起きていたのは必定にござりまする」

　実の兄弟の間でも、世継争いは起きるのだ。よそから養子を迎えるには、さらなる覚悟と備えが必要となる。

「あまつさえ、昨今の江戸の城下には牢人があふれておりまする」

　主家が改易されて職を失った武士が故郷へ帰ることもできず、江戸に留まっているためだった。そのうえに、仕官先を求めて近在から縁者を頼ってくる者も少なくなかった。

ただし、つてを頼って新たな職を得られる者は数えるほどで、多くが暮らし向きに困窮している。正之のもとにも、家臣を通じて度々、微禄でもいいので雇ってほしい、との依頼がくるほどだった。

　算勘に秀でた者であれば、寺子屋の師範となれる。武術に覚えがあれば、町中で道場を開くことも叶うだろう。が、中には刀に頼って町人に銭をせびり、押し買いに走る輩がいた。奉行所は博打を禁じたが、城下の騒動はまだ止む気配はないと聞く。ひとえに、牢人が増えすぎているせいなのだった。

　徳川の治世となり、戦は絶えた。もはや武勲を上げての恩賞は望めなかった。江戸への参勤のため、莫大な費えが各藩にのしかかり、人減らしを図る大名もいた。正之の会津藩でも、新田の開発を進めていたが、寛永末期の飢饉の際には、家臣への禄が滞ることさえあったのだ。

「せめて末期《まつご》養子《ようし》を認めてくだされば、改易は一段と減り、江戸の牢人も少なくなるものと思われまする」

断絶をさけるために急いで養子を願い出ようとも幕府はいっさい許さずにきた。ゆえに改易が多くなってしまう。

忠勝は口をへの字に曲げ、見返してきた。

そんなことは誰しもがわかっている。だが、武士としての覚悟を持たずにいるのが悪い、という家光のなげきには一理あるのだ。真っ向からの異見はしにくい。金科玉条とも言える将軍の正論に、誰が抗えるものか。忠勝の見すえる目が強く訴えてくる。

武門の頂に立つ者には、その広い裾野が見えていない。道理としては正しくとも、行うは難し、なのだ。規範をひとつゆるめれば、やがて綻びが広がっていく。その折り合いをうまくつけていくのが、真の政と言えるだろう。

「この先、公方様のお加減よろしく、また相見える機を得られますれば、それがしから注進差し上げたいと考えております。讃岐守様も、詮議にてお目見えなされる際あらば、お伝えのほどをお願いいたしまする」

本気で注進する気なのか。そう問うように、忠勝の目が見開かれた。

家光を支える宿老の中、忠勝一人が小姓上がりではなかった。その忠勝でさえ、家光の顔色をうかがう素振りを見せるのだから、いまだ意に染まぬことあらば癇癪を起こし、老中らを手こずらせているのだろう。

決して出すぎた杭にならないよう、正之は気をつけてきた。が、家綱の元服式の理髪役も務め、今では将軍の弟として広く認められている。弟であるからこそ、できることがあるはずなのだった。

夕七つ前（午後四時前）に城を出て、桜田門に近い上屋敷へ戻った。

駕籠を降りると、田中三郎兵衛《たなかさぶろべえ》正玄《まさはる》が迎え出た。高遠のころから正之の側近として長く仕えてきた家老の一人で、歳はふたつ下。人懐こい柔和な顔を作る男であるのに、今日はいわくありげな目で深い辞儀を見せた。何かふくむところありと思えたので、奥の書院へ通して話を聞くことにした。

「実は、庄伍朗《しょうごろう》からたっての願いと請《こ》われまして、いかにすべきか、困り果てておりまする」

三郎兵衛とともに正之の小姓を務め、今では藩邸と領国の間をつなぐ使番頭を任せている男だった。たっての願いと言われて、正之は見当をつけて訊いた。

「よもや、またも仕官の話であるのか」

「仰せのとおりにござりまする。妹の亭主が安房《あわ》の藩邸務めをしておったものの、改易となったために役を解かれ、ついに庄伍朗を頼ってきたというのです」

またも改易による牢人の仕官願いだった。

つい十日ほど前にも、勘定方の者に請われて、縁者の一人を召し抱えたと聞いている。

「庄伍朗が申すには、堅実を人の形に固めたような男で、今は妻子を国元に置き、人足の仕事を手伝いながら、夜には算術と兵法の道場に通っておるそうにござります……」

長く頼みとしてきた家臣の願いとなれば、無下には断りにくい。が、領国の会津も寛永末期の飢饉から立ち直ったとは言いきれず、藩の貨財《かざい》は乏しいままなのだった。

「まことに腕の立つ者であらば、ほかにも仕官の道はありそうなもの。そう申したのですが、我ら会津ほど評判高き藩はなく、一度お目通りを願えないか、と頭を下げられまして……」

庄伍朗とともに会うのでは、情がわきかねず、仕官を許すことになりそうだった。が、縁者だからとそうそう召し抱えるわけにもいかない。もし噂が広まれば、この上屋敷の前に仕官を願う者の列ができかねないであろう。

悩んだ末に、正之は言った。

「まずは丹右衛門に評判を確かめさせる。会うのはそれからにせよ」

「承知仕りました」

ない袖は振れないのだ。庄伍朗の言葉に嘘はなく、本当に腕の立つ男であるのか。

丹右衛門であれば、こともなく調べ上げるだろう。

城下の町並みに、着崩れた侍の姿が増えた。

辺りを睨みつけながら荷車の前を歩くのは、商人に雇われた用心棒だ。道ばたに筵《むしろ》を広げる物売りを冷やかす侍が二人。ともに薄汚れた着物から、牢人とわかる。荷を抱えて歩く侍は、家財を売りに行くのかもしれず、目つきが悪い。かかずらっては損と、町人は野良犬をさけるようにして目を合わすことなくよけていく。

壺屋丹右衛門は中間に扮した家臣をしたがえて、神田川にかかる吉祥寺橋を渡った。高林寺の先に小普請方《こぶしんかた》の屋敷が並び、その裏長屋に算術指南の道場があると聞いていた。

寺の境内からは、木刀をぶつけ合う音が聞こえた。牢人が寄り集まって、鍛錬の場としているのだろう。出ていけと言おうものなら、何をされるかわからない。僧侶も仕方なく見逃しているに違いなかった。

武芸の腕を磨こうとするだけ、まだ先を望める牢人らであった。徒党を組んで商家に押し買いを迫る者も、近ごろ珍しくはないのだ。そこかしこで騒動が続き、もはや町名主の力のみで治めきれなくなっていた。ついに奉行所は重い腰を上げて博打を禁じ、ようやく狼藉者を捕らえようと動きだした。

上方では、牢人を京と大坂から追放することが決められた。牢人への宿貸しも禁じられたという。いずれ江戸でも同じ手を打たねば、食いつめ者の小競り合いではすまなくなるだろう。

高林寺の東へ回ると、町屋の道筋で幼子の遊ぶ姿があった。役方の屋敷が近いため、破落戸《ごろつき》は滅多に出ない一角らしい。

教えられた算術道場は、すぐに見つけられた。

仕官を求める者の素性を知りたいと正直に告げたのでは、ほかにも才ある者は多く、よろしく頼みたい、と言われかねないであろう。先に道場主の評判を聞いてから、策を練るべきだった。

近くの井戸端を探して、配下の者が町人の女らに話しかけた。

悪い噂は聞いたことがないという。譜代名門の藩邸で勘定役にあったが、二代目の主君とそりが合わなくなったために暇をもらい、この地に来て道場を開いた。そう自ら触れ回っていたらしい。あるいは当の道場主も、幕府の役方からお呼びがかかることを待っているとも考えられる。

ひとまず道場に疑わしさはないとわかり、いくらか安心はできた。

庄伍朗の縁者が住む長屋を見に行かせた六郎と落ち合い、調べを進める手順を打ち合わせた。

二日もあれば、その者のかつての働きぶりも明らかにできるだろう。

翌日は、安房藩の元家臣で、幸運にも新たな仕官先を見つけられた者を探し、下総佐倉藩の江戸藩邸を訪ねた。庄伍朗の縁者を名乗って話を聞いた。そこそこ真面目な男であるらしい。配下に用いても面倒事はなさそうに思われた。丹右衛門は先に上屋敷へ戻り、六郎からの知らせを待った。

存外にも、暮れ六つをすぎても六郎は帰らなかった。その夜、ようやく屋敷の表長屋に戻ってきた六郎は、帰着の遅さを詫びたあと、声を低めて言った。

「庄伍朗の義理の弟は、道場でも真面目な男として通っておりました。されども……気になるところが、ひとつございました」

「申せ」

「あの道場に、医者坊主の身形をした者が訪ねてきておるのです」

「身形と申すからには、まことの医者ではないのだな」

「道場主の身内や門弟に病人が出た、とは聞いておりませぬ。さらに、従者の背の負箱《おいばこ》はなぜか空で、中には一通の書状しか入っていなかった。そう門弟の一人が、不思議そうに申しておったのです」

空の負箱を担いでいるとは、確かに怪しい。医者の身形をしていれば、どこの屋敷を訪ねようと、誰に見咎《みとが》められるおそれはなかった。

「その者らの姿を確かめたのだな」

「言いつけにはございませんでしたが、道場前を少し張っておりました。すると、夕暮れが深くなって、それらしき男どもが現れました。ところが、身を乗り出したそれがしの足音に一人が気づき、やにわに振り返ったのです。十間も離れた物陰から見ていたにもかかわらず、です」

「当然、あとは追ったな」

「申し訳ございませぬ。それがし一人では難しく……」

組頭を任せた六郎を振り切るとは、かなり腕の立つ者らだった。

ただの医者ではなさそうだ。もし書状を運ぶのが役目であったのならば、いずこかの隠密《おんみつ》との見方もできる。

だが、なぜ牢人の集う道場に密書のようなものを届けるのか。

「苦労であった」

丹右衛門がねぎらうと、六郎は虚を突かれたような眼差しを返してきた。さらなる探索を命じられると考えていたのであろう。

ここは若手に任せず、自ら動いてみたほうがよさそうだった。

将軍が通る御鈴廊下《おすずろうか》へ進み、祖心尼は大奥から中奥へ急いだ。

案内役の若い側衆が待っており、礼儀正しく頭《こうべ》を垂れた。導かれるまま、中庭の真ん中を伸びる回廊を小走りについていった。息の乱れを押さえつつ角を曲がると、左手に見えた御小座敷の襖が小姓によって開けられた。

祖心尼はひざまずいて頭を下げ、座敷の奥へ進んだ。

床に伏せる家光の枕元には、奥医師が端座していた。祖心尼を振り返ると、静かに礼を返してから、腰を上げた。目を落としたまま無言で部屋を出ていく姿が、家光の病の具合を何よりも物語っている。

「上様、祖心尼にござりまする」

「おお……待っていたぞ」

あまりにも声が弱々しく、その顔をのぞき見るのが怖かった。火鉢に炭が赤々と燃えていながら、躰の奥までしんと冷えてくるようだった。

秋口には鷹狩りへ出かけられるほど快気に向かいかけたが、年の暮れから再び加減が悪化した。少しでも慰めになればと、中庭で歌舞伎や兵法の演舞を催したが、このごろは床から起きられず、粥《かゆ》と葛切《くずき》りしかのどを通らなくなっていた。

「千代姫は、息災であるか……」

「おかげさまをもちまして、権中将《ごんのちゅうじょう》様と睦まじく暮らしておりまする」

祖心尼の曾孫でもある千代姫は、家光の計らいで、尾張徳川家の二代目となる光友《みつとも》に嫁ぎ、今は市ヶ谷の上屋敷に暮らす。早く初孫を、と家光は会うたびに言っていた。けれども、千代姫はまだ十五歳。じきに嬉しい知らせが届くものと信じていた。

「まこと無念じゃが……孫は、拝めぬかも、しれぬ」

声が細り、途切れとぎれに聞こえた。

「何を仰せられまする」

「おふりも喜んでおろうな……」

まるで再会を楽しみにするような口振りだった。

家光に生きる気力を取り戻させるためにも、次は必ず千代姫を連れてこよう、と祖心尼は心に決めた。

「おぬしは、会津を懐かしく思うこと、あるか」

急に話が変わり、祖心尼は我に返った。

加賀の前田家から離縁されたあと、京の寺に身を寄せた。まもなく、会津の重臣だった町野幸和の後添いとなり、会津の地で娘を産んだ。懐かしくはあるものの、遠い日々である。

「今思ってみるならば、もっとも幸せな時であったのかもしれません」

「すまぬな。その幸いを奪ったのは、われである……」

祖心尼は首を振った。思いつめたのでは、病の身に障る。

家光は末期養子を認めてこなかった。当時の会津藩主だった蒲生忠郷は、跡継ぎのないまま没し、祖心尼の夫は牢人となった。そのため、大奥で働いていたお福を頼って一家で江戸へ出てきたのである。

禍福はあざなえる縄のごとし。夫が牢人となったから、祖心尼は大奥に仕え、孫娘が家光の側室となり、千代姫が生を享けたのだ。

その曾祖母であるから、祖心尼は城外に屋敷を賜ったばかりか、今は家光によって牛込《うしごめ》の地に寺を建立《こんりゅう》してもらってもいた。その地代が入るため、息子たちも不自由なく暮らせているのだった。

「上様のご配慮の賜《たまもの》にござりまする」

「今の会津藩主が……言いおるのだ」

もちろん、保科正之——家光の腹違いの弟のことだった。

「末期養子を認めろ。多くの家臣を、路頭に迷わせるな……」

「……はい」

「戦の厳しさ、怖ろしさを、権現様より幾たびも聞かされてきた。才なき者は研鑽して、己を磨いていくしかない」

「はい……」

「侍たる者、死の覚悟を忘れてはならぬのじゃ……」

力なく揺れる瞳を見つめ、祖心尼はうなずき返した。

「わたくしども僧門も似ておると申せましょう。死を見つめるがゆえ、恥ずかしくない生を重ねられるのでござりまする」

家光の目がまたたいた。微笑もうとしたのかもしれない。

「あやつは……優しすぎる」

祖心尼は噂に聞くだけだった。将軍の弟でありながら、出自を誇らず、黙々と幕府の務めを果たす。継嗣の家綱も、傅役のように慕っていた。

「されど、あやつしか、おらぬ」

死んだあとのことを言っているのだった。

嫡男の家綱はまだ十一歳。とても政に断を下すことは望めなかった。老中に任せるとしても、後見の者なくば、舵取りに狂いが生じかねない。

叔父である正之であれば、必ず若き将軍を助けてくれる。が、正之は人がよすぎて、厳しさに欠ける。その辺りのことを案じているようだった。

「いいえ。まだまだ上様が身をもって、若き大納言様に将軍のお姿を見せていただかねばなりませぬ」

誠心誠意に告げたが、家光は言葉を返さなかった。そんな慰め事を聞きたかったのではない、とばかりに目が閉じられた。

迷いながらも祖心尼は言葉を継いだ。

「――戦世は終わりました。大権現様と台徳院様、並びに上様が力をつくされたからにほかなりませぬ。上様の砕身なさるお姿は、幼いながらも大納言様はお認めくださっていると、わたくしは信じております」

親は言葉で子を諭し、人の道を教えようと努めたがる。が、子は必ず親の姿を見ているものなのだった。

そうであるから家光は、不安をぬぐえずにいるのだとわかる。本当に自分はよき親であり、恥ずかしくない将軍であったのか。我が子家綱の目に、どう映っていたであろうか。

家光は、小姓上がりの者で老中を固め、政に睨みを利かせてきた。忠言する者は遠ざけられ、時に配流までされる者もいた。

死期を悟ってなお、傲慢であっては悲しすぎる。今になって家光は、水鏡に映る己の姿を見つめているのだった。心が凪《な》いでいるから、見えてくるものがある。

祖心尼は偽りなく思った。今の心を保てているのであれば、もっとこの先も生き長らえてほしい。初孫を抱き上げ、慈愛をもって家綱を導けるはずなのだ。

「なぜ泣いておる」

問われて気づいた。

人の哀しさに涙がいつしか落ちていた。

家光は続いて、保科正之を呼び寄せた。

祖心尼は、兄弟の対面に陪席を許され、部屋の隅へと下がった。

兄が許しを与えるまで、正之は枕元に近づかなかった。近う、と言われて、ようやく静々とひざを進めた。

「あとは頼むぞ……」

かすれるような声が押し出された。

正之は頭を下げるのみで、慰み事を口にしなかった。重く兄の言葉を受け止めていた。やつれ果てて、骨が浮き出そうになった顔を見れば、病のほどはうかがい知れた。

「……しかと承りましてござりまする」

兄を見舞う弟としてでなく、あくまで征夷大将軍に仕える家臣の態度を崩さなかった。それが保科正之という人なのだろう。

だが、心の奥底では、肉親としての兄を求めてきたと見えた。滂沱《ぼうだ》と落ち始めた涙をぬぐわずに、家光の細い腕にそっと優しく手を添えたのである。

何か言いかけたが、正之はぐっと口を閉じて抑えこんだ。声にならなかった叫びが、祖心尼には確かに聞こえた。

——兄上。

正之は、躰の奥底からあふれそうになる言葉を呑み、また深く頭を下げたのだった。

その日も、家光は多くを語らなかった。奥医師が側から離れようとしないのは初めてで、やつれた顔を見るまでもなく、容体がかなり悪いのだと知れた。

近くの大溜には、小姓や警固の者を差し置いて、月番をのぞく老中が控えていた。正之が涙をぬぐって一礼すると、それぞれ目をそらして肩を落とした。彼らも医師から病状を聞き、すでに覚悟はしているはずなのだった。

正之は一人廊下を進み、中奥を出た。

去りがたい思いが強く、譜代名門の控える溜之間へ足が向いた。用向きのない者は登城を控えよと言われていたが、家光を案じて今日も多くの大名が集まっていた。心は重くとも、お目見えを許された者の務めとして、正之には病の具合を語らねばならない使命があった。

「しばし、お待ちくだされ」

衣擦《きぬず》れの音に続いて、背中に声がかかった。

廊下を振り返ると、松平信綱が足音を忍ばすように歩いてきた。

「ひとつ、よろしゅうございましょうか」

正之は向き直って礼を返した。

「聞くところ、城下にもご容態よろしからずとの噂が広がっておるようです。こういうご時勢ゆえ、家中の引き締めが肝要と思われます」

例によって、信綱の話は回りくどい。

保科家の者が、何か巷《ちまた》に動揺を与えかねないことをしている、とでもいうのだろうか。

「いかが相成りましたでしょう」

「壱岐守殿ご配下の小人目付《こびとめつけ》が言っておるらしいのです」

中根壱岐守正盛。家光の取次役から側衆へ進み、大目付の任にもあった。その配下の小人目付は、役方や諸国の監察を担い、義に悖《もと》る行いに目を光らせている。

「そちらの家中の者が、牢人どもの集まりに加わっていたと申すのです」

初めて聞く話だった。正之は気を引き締めた。城下に牢人が増え、悶着が多くなっているというので、町奉行のほかに目付も警戒を強めていたのだろう。その際に、保科家の者が目に留まったわけか。

「これはご配慮のほどをいただき、お礼申し上げまする。仕官を請うてきた者がおったために、やむなく集いに顔を出したのでござりましょう。牢人の中にも、算勘や武芸の腕を磨こうとする律儀者もあるように聞きまする。その腕前を確かめに行ったものと――」

「いいや、牢人らしき薄汚れた身形をしておったため、目付が怪しみ、壱岐守殿に知らせを上げたようにござりますな。問いつめることもやぶさかではなかったものの、肥後殿にお知らせしてから、と申しておったのです」

「これは……」

まさか大目付に怪しまれるようなしくじりを、丹右衛門らが犯すとは思ってもいなかった。正之は姿勢を正して告げた。

「直ちに家中の者を戒めるとともに、子細をただしたのち、必ず壱岐守殿にお知らせをいたしまする」

多くの大名が下城していくのを見届けてから、正之は下馬所へ向かった。駕籠の前で待つ三郎兵衛に子細を話して聞かせた。

大目付からの諫めと聞き、三郎兵衛は畏まるなり深く頭を下げた。

「このような時に、まこと申し訳ございませぬ。されど、丹右衛門にしては、ちと粗忽《そこつ》がすぎまするな」

「そなたからは咎め立てをするでない。牢人風情に扮していたと聞けば、目付でなくとも気にかかる。そこまで手をつくそうとしたからには、事の由があるはずぞ。それがしがただすことにいたす」

「お待ちください。そのように殿が常々気を回されるために、皆も安きにほだされるのではござりませぬでしょうか。丹右衛門までが油断のあまり、迂闊な振る舞いをしたと思われまする」

人の上に立つとは難しい。正之は思う。厳しいばかりでは家臣を縮こまらせる。目をかけすぎたのでは、家中にゆるみを生む。

二度の転封を重ねたために、このごろは顔も見知らぬ家臣が増えた。山形や会津で、多くの牢人を召し抱えもした。三郎兵衛も、家内の治めには苦労が絶えないのだ。

もとは三万石の小藩であり、会津ではまだ目の行き届いていないところも見られた。家光の加減が悪かったこともあって、正之は領国に戻ることができず、国元の留守居役にほぼ任せきりとなっていた。

――あとは頼むぞ。

家光にかけられた言葉が胸に去来する。

身の丈を超える大藩を預かったうえ、甥である家綱の後見までを、しかと果たせるものか。今は何としても家光に持ち直してもらいたい。心から念じずにはいられなかった。

屋敷に戻ると、正之は軒先を歩き、合図の鳥笛を吹いた。

ほどなく庭師に扮した大原源助《おおはらげんすけ》が現れた。

「申し訳ございません。丹右衛門、六郎ともにまだ戻っておりませぬ」

目付の配下に悟られながらも、二人が一切気づかずにいたとは思いにくい。そのさなかに、まだ調べを続けているとあれば、気がかりでならなかった。

夜遅くになって、裏庭でかすかに鈴の音が鳴った。

正之は奥座敷を出ると、まだ肌寒い夜の庭へ足を運んだ。

茂みの陰から、音もなく丹右衛門が姿を見せて、ひざまずいた。今宵は珍しく、黒装束に身を包んでいた。

「どこへ出かけておったのだ」

「畏れながら申し上げます」

丹右衛門はあらたまって頭を下げ、声をひそめた。

「それがしの独断で、お茶の水春木《はるき》町の槍術道場に、先ほどお目見えさせていただいた源助を通わせておりました」

「そこに、庄伍朗の縁者が通っていたのだな」

「いいえ、違いまする」

　話が少しこみ入っているようだ。正之は庭石に腰かけて、言葉を待った。

「庄伍朗の縁者が通う道場に、医者の姿をした間者としか思えぬ男が出入りしておりました。そう六郎から聞き及び、それがしも算術道場の近くに潜んでおったところ、それらしき男を見かけ、目を疑ったのでござりまする」

「そなたの知る者であったのか」

「いかにもそれらしき法衣《ほうえ》をまとっておりましたが、足の運びが医師や仏僧のそれとは、明らかに違って見えたのです。しかも、それがしが近づこうとした足音を聞き取ったか、道場裏から逃げ出したのでござります」

「そうか、忍びの者か……」

　丹右衛門には旧知の相手であったのだろう。しかも、我が目を疑いたくなるほど、その場にいたのが解せない者であったと思われる。

「正直に答えよ。おぬしは誰を見た」

　丹右衛門の黒く小さな瞳が迷うように揺れた。

「――高崎の城下で相見えた男。風魔の配下を率いておった者のように思われました」

　高崎、と聞いて胸の奥が痛んだ。

忠長の幽閉先であり、自害して果てた地なのだった。

「その者は、岡村弥一郎と称しておりました。高崎へ送られてきた柳生の刺客と刀を交え、返り討ちにしたものの、深手を負って死にいたった、と聞かされた者にござりまする」

正之は首をひねった。死んだはずの者の姿を、丹右衛門は見たというのだった。

おそらくは見間違いだ。ありえはしない。高崎城から筵にくるまれた亡骸が運び出されるのを、丹右衛門自身が見たはずなのだ。忠長の首の検分も、役方によって行われている。ともに討ち死にしたという岡村なる男が、もし生きていたとするならば……。

風魔の配下は、丹右衛門に偽りを語ったこととなる。

なぜ、生き残った者を死んだと言わねばならなかったのか。

「すでに十八年もの歳月がすぎております。人の見かけは、驚くほどに変わることもありましょう。されども、間者を長く務めてきた者の足さばきを、それがしが見紛うはずはござりませぬ。あの者は道場を張っていたそれがしらに気づき、そっと裏から逃げ出したのです」

「待て。迂闊なことを申すでない」

正之は庭石から腰を上げた。信じがたき思いが、心にもない言葉を発せさせていた。

丹右衛門は面輪を固めたまま、身動ぎひとつせずに言った。

「それがしも己の目と勘が信じがたく、ゆえに六郎と密かに調べを進めたのでござります。するとあの日、紀伊徳川家のお屋敷に、医師の姿をした男二人が出入りしていた、とわかりました」

まさか徳川一門の名が出てくるとは思いもせず、正之は我を失いかけた。丹右衛門を睨みつける。

「わけがわからぬ。なぜ源助を槍術の道場へ通わせた……」

「怪しき医師のもう一人——頭目の岡村に似ている者でないほうの男が、その道場を度々訪れていたことをつかんだからにございまする」

「そのもう一人も、風魔党の者か」

「いえ、素性はまだつかめておりませぬ。ただし、身形と違って、医師でも坊主でもないのは明らかにございまする。その道場へ足を運ぶ時は、いかなるゆえか、牢人風の身形をしておりました。さらに、その道場主が暮らす長屋へも、あたかも馴染みの者かのように出入りしてもおったのです」

正之は茂みの闇へ目を転じて、深く息を吸った。気を落ち着け直して、考える。

医師の姿は、江戸城の門をくぐりぬけるための出で立ちであったのかもしれない。当然、紀伊家の許しを得ての出入りであったろう。そのうちの一人が、牢人に槍術を指南する道場に出入りしていた……。

ひとつの見方が浮かぶ。

その道場主の腕を見こみ、紀伊家が正式に召し抱えようとしていたことは考えられる。家臣の鍛錬に指南を請うつもりだったとすれば、仲立ちの者、との見方はできた。その道場主の素性を、まだ紀伊家は少し怪しむところがあり、かつて間者であった者を雇い、調べさせた。そう考えれば、一応の筋道は通る。

だが、丹右衛門はそう考えていないのだ。男らの動きを探るため、六郎と今も調べを続けている。もっと裏があるのでは、と懸念を抱いているのだろう。

「おぬし、何を疑っておる」

正之がただしても、丹右衛門は足元の暗い地に目を落としていた。

「目付に気取《けど》られたことくらい、おぬしであれば、わかっておるであろうな」

わずかにあごが引かれた。

「伊豆守殿は、それがしにあえて苦言を呈してこられたのであるぞ」

「手を引け、と仰せにござりましょうか」

「――いいや。すぐに人を変え、調べを続けよ。この先は断じて、目付に気取られてはならぬ」

正式に言いつけると、丹右衛門が目を見張り、息を呑むのがわかった。が、すぐに口元を引き締め直し、頭を垂れた。

「御意にござりまする」

明らかに丹右衛門は、揺るぎない懸念を胸に宿しているのだった。

松平信綱は、目付の中根正盛から知らせを受け、正之に注進してきた。裏を返すならば、目付は信綱の命で動いていたと思われる。

だが、たかだか牢人を集める一道場を、老中筆頭がわざわざ目付に命じて内探させる旨が読めてこない。別の目途から、その道場へ関心が向かい、丹右衛門が通わせていた大原源助に目が留まることとなったのではないか。

丹右衛門が調べたところ、その道場主のもとへは、紀伊家に出入りする間者とおぼしき男らが訪ねていたという。

つまり、信綱が警戒して目付に内探させていたのは、紀伊の徳川頼宣ではなかったろうか。

頼宣は、父の家康が没した直後、秀忠の命で駿府から紀伊へ転封された。その際、父から与えられた地を離れたくないと言い、将軍である兄に抗う様を見せた。さらに、転封されるのであれば、せめて大坂城を領したい、とも言った。

島原で一揆が起きた時も、自分が征伐に向かうと高らかに名乗りを上げた。が、家光から許しが出ないと知るや、これ見よがしの大船団をまとめ上げてもみせた。九州へ送られた信綱自身が、その威勢を目にしているはずなのだった。

将軍家光の病が悪化し、いつ死にいたるかわからない瀬戸際にある。

嫡男の家綱は、まだ十一歳と若い。とても将軍の任にはあらず。その若さをあげつらう者が出てくることは考えられる。ここは中継ぎの将軍を当てるべきではないか。その場合、家康の子である自分ほど相応しき者はいない。徳川一門や譜代をまとめる策謀を練っていたとしても、頼宣であれば不思議はない。

もし世継をめぐって家中で騒動が起きようものなら、盤石だった徳川の治めに罅《ひび》が走る。今から警戒しておくべし。そう考えて隠し目付を使い、紀伊家を見張らせていたとしか思えなかった。

案の定、牢人の集まる槍術道場に、紀伊家の間者とおぼしき者が出入りしていた。しかも、将軍の弟の家臣までが通っていた、とわかったのだ。

――おかしな真似をするでないぞ。

徳川家のためには、嫡男の家綱が将軍を継ぐべきなのだ。もし逆らう者あらば、必ずつぶしてみせる。頼宣と結び、おかしな企てを夢想しておるのではないだろうな。信綱が声をかけてきたのは、正之への警告だったと思える。

むろん正之に、不遜な気持ちは毛頭なかった。その意を表すために、保科の姓を名乗り続けてきた。松平の姓を受け継ぐべき、と言う者はいたが、相手にしてこなかった。それでも、腹違いとはいえ、将軍の実の弟という出自は多くの者が知る。家光が没したならば、血縁である正之は嫌でも耳目を集めることとなる。

丹右衛門は、正之の危うい立場を見ぬいていたから、密かに調べを進めていたのだ。忠長を救おうと謀った者らの頭目が、実は生き長らえていたかもしれない。しかも、なぜ紀伊家に出入りしているのか。家光の病状が思わしくない今だから不安が走り、確かめずにはいられなかったのだ。

茂みの奥へ下がろうとした丹右衛門を、正之は呼び止めた。

「待て。念のためだ。その道場主の素性は確かめておるな」

向き直った丹右衛門が、再び庭の芝に手をつき、言った。

「大坂の陣で斬首された長宗我部《ちょうそかべ》盛親《もりちか》の落とし胤《だね》を称したり、かつて加賀前田家にて奉公していたと言うこともあったりで、定かなことはわかっておりませぬ。知人のつてで道場を開いたと聞きますが、その委細もつかめてはおりませぬ」

「名は何という」

「これも称しているだけやもしれませぬが——丸橋忠弥という者にござりまする」

四月二十日。奥医師が寝ずの番を替わりで務めたが、朝より家光の息は細り、脈も弱まっていった。

多くの大名が登城してきたものの、信綱らの老中は家光の伏せる御座之間にそろって伺候《しこう》した。小姓を通じての様子うかがいが、譜代名門より出されたため、大老の酒井忠勝が一度席を外し、のっぴきならぬ病状を伝えにいった。

こういう差し迫った時であっても、保科正之は出すぎた真似などせず、見舞わせてくれと進言してもこなかった。いよいよ脈が途切れだしたと奥医師が顔をしわめるのを見て、忠勝がまた立ち上がった。肉親である正之を呼びに行かせようとしたのだろう。

襖が開けられると、脈を取っていた奥医師が急に家光の鼻先へ顔を近づけた。その姿を見て、忠勝が動きを止めた。

「……ご臨終にござりまする」

無念そうに固く目を閉じた奥医師が、声をしぼり出した。

その言葉が終わりきらないうちに、信綱の横で阿部重次が声を上げて泣きだした。腹を斬られでもしたような勢いで前のめりになり、畳に額を押しつけ、身もだえした。

この男は、忠長を自害させるべく高崎へ赴いたうえ、柳生の刺客をも送りこんだ。その手配には、信綱も力を貸したが、そうまでして仕えた家光が没したとなれば、己の命運もつき果てたと思うほかなかったに違いない。

腰を落ち着け直した忠勝は、もう決して起き上がることのない家光を、まだ茫然と見ていた。阿部忠秋も背を丸めて、肩を震わせた。声を殺して、泣いているようだった。

「讃岐守殿。まずは御一門のおかたがたにお伝えせねばなりませぬでしょう」

忠勝の面輪をのぞきながら畳に手をつき、信綱はゆるりと腰を上げた。家格から見て、縁戚を先んじて扱うのは当然だった。紀伊の頼宣がどういう顔を見せるのかも、我が目で確かめておきたかった。

信綱は返事を聞かずに廊下へ出た。

控えていた側衆を差配しながら、考えた。

一門に続く家格を有するのは、誰になるか。先代秀忠の孫に当たる越後高田藩主、松平光《まつだいらみつ》長《なが》。家康の孫に当たる出雲松江《いずもまつえ》藩主、松平直政《まつだいらなおまさ》。秀忠の娘を娶った加賀百万石の藩主、前田利《まえだとし》常《つね》。

保科正之は、そのあとで充分であろう。先に呼び寄せたのでは、将軍の弟という出自をことさら厚く老中が遇したと思われかねない。あの男であれば、不平は口にしない。

家光の亡骸を前にした頼宣は、覚悟していたはずでもあり、派手になげく様は見せなかった。家光の最後の上意として、皆で家綱をよく支えること、と忠勝が告げた際も、当然のような顔で受け止めていた。が、その胸中に隠された本意は、うかがい知れない。時がすぎて葬儀が終われば、必ず性根を顕してくるに違いなかった。

その見極めこそが肝要だった。

保科正之は、兄と無言の対面をすませたあと、忠勝の許しを得ると、直ちに家綱の住まう西之丸へ向かった。家光に請われたとおり、家綱を支えるのは自分、と思ってのことであろう。泣き顔ひとつ見せず、足取りに乱れもなく、憎らしいほど落ち着いていた。

それにしても、保科正之という男は呪われているのかもしれない。

父の秀忠が没した前年には、養父が先に逝っていた。生母が亡くなったあとには、正室と嫡男までが相次いで死んだ。そして今、兄の家光が身罷ったが、この数日前には側室の生んだ娘が二歳の幼さで早世していた。二年ほど前にも、七歳の次女を亡くしたばかりではなかったか。確か、会津城代を務める保科正近も、昨年に死んでいた。

あの男に近しい者は皆、幸が薄い。

下城の時刻はすぎていたが、在府する譜代大名が黒書院に集められて、忠勝から家光の遠逝《えんせい》と上意が伝えられた。

やがて西之丸から、家綱も駆けつけた。覚悟ができていたと見えて、取り乱すことなく、父に別れを告げた。その傍らには、保科正之が静かに寄り添っていた。

家光の横たわる御座之間から先に出てきた正之が、信綱の前で一礼して言った。

「今宵は大納言様に、それがしがおつきいたしまする。あとはお頼み申し上げまする」

次の将軍は自分が支えていく。葬礼の手配一切は怠りなきよう。そう言われたも同じに聞こえ、腹の奥で渦巻くものがあった。

むろん、家光の意向は、老中の誰しもが聞いていた。が、正之の口振りは、かつて将軍の代わりに政を担った鎌倉の執権や、室町の管領職を気取るつもりにも受け取れたのであった。

家綱を補佐することで、この先は正之の権威が嫌でも増していく。

あの男の配下におかしな動きがある。そう目付からは知らせがきているのだ。紀伊の頼宣と同じく、決して目を離してはならなかった。無事に将軍宣下が終わるまでは、当分気のぬけない日々となる。

　家綱を見送ったあと、信綱は城内に仕える者を竹之間に呼び、剃髪の禁止と、これまでどおりに役目を果たすべき、と厳に命じた。それでも殉死を図る者は出るかもしれない。

　武士はいたずらに命を惜しむべからず。戦世でなくとも、そう考える者はいまだ多い。主君に殉ずることこそ、家臣の誇りでもある。

　役方に葬儀の手はずを伝える中、病のために老中から退いて側衆となっていた堀田正盛が、家光に別れを告げにきた、と教えられた。声を上げて泣き、家臣に支えられて席を立ったという。その去り際に、黄泉路《よみじ》の供をするつもりだと言ったらしい。

　その場にいたとして、自分は何を言えたであろうか。家光の寵愛を受けてきた正盛を、多くの者が妬み、陰で誹謗《ひぼう》してきた。正盛も己の立場は承知している。共に死なずば、生き恥をさらすこととなる。

　信綱とて、正盛を長く嫉妬してきた。あの男の死を、誰も止めることはできないだろう。

　その夜、信綱は本丸を離れなかった。正之が家綱について西之丸につめると聞き、御座之間の御納戸《おなんど》構《がまえ》で夜を明かした。一晩寝ずとも、支障はない。それぐらいは身を鍛えていた。

　朝になると、家臣に持ってこさせた小袖と裃《かみしも》に御用部屋で着替え、家光の眠る御座之間へ赴いた。

　そこに側衆から知らせが届けられた。

「堀田加賀守様、追腹《おいばら》なさりましてござりまする」

　心支度はあったが、信綱は肩を落とした。

やはり正盛は、昨晩の言葉どおりに、黄泉路の供をしてみせたのだった。

「阿部対馬守様、殉死なされましたとのことにござりまする」

驚くことに、さらに知らせは続いた。御側出頭《おそばしゅっとう》である内田正信《うちだまさのぶ》に、堀田正盛の母までが、家光のあとを追ったのだった。ほかにも、家光の身近に接してきた役方の者が四名、命を絶ったという。

続く知らせを聞いて、信綱はぐっと奥歯を噛んだ。

正盛は致し方なし、と思うほかはなかった。が、その母親までがあとを追う必要があったろうか。御側衆には昨晩、これまでどおりに役目を果たせ、と告げたばかりなのだ。面目を保ち、己の名を上げるつもりもあるのだろうが、家光の今際《いまわ》の願いを捨て置くも同じではないか。

――幼い家綱を引き立ててやってほしい。

家光は、最後の力を振りしぼって言い残した。それはつまり、自分のあとを追おうなどはするな。何よりの大事は、家綱を支え、家康公が死力をつくして平らげた世を、さらなる安寧へ導くことにある。そう家光は言い遺したかったと思えるのだ。

長く家光とは衆道の仲にあり、将軍継嗣の誕生を遅らせる因ともなったことを、正盛は悔やんでいた。阿部重次も、継嗣をめぐる家中の騒動を防ぐためとはいえ、忠長を自害に追いやったことに、後ろめたさを抱いてきた。おそらく重次は、家光のみでなく、忠長にも殉じるつもりで腹を切ったに違いなかった。

だが、その二人の死を、家光が望んでいたとは思えない。

武士は死して名を残す。そう言われるが、あくまで戦場で逃げることなく戦いきったうえでのことなのだ。島原で多くのキリシタンが、己らの信じる宗教に殉じようと命を散らしていった。そのあげく、肥前島原や肥後天草の地は荒れ放題となり、その実りはまったく戻っていない。残された者らの苦しみは、長く続くのである。

酒井忠勝が登城してくると、すぐに御座之間へ現れ、泣きはらした目で家光の亡骸に頭を下げた。信綱と目が合うと、ただ静かにうなずいてきた。この先まだ多くの重き仕事が待っている。そう無言で呼びかけてきたのだとわかる。

阿部忠秋も、従兄弟の殉死を受け止めきれずにいるようで、唇を嚙みつつ御座之間へやって来た。言葉は交わさずとも、課された役目への覚悟は見て取れた。力を合わせて、代替わりを進めねばならないのだ。

朝四つをすぎて、在府する大名が次々と登城してきた。

側衆に呼ばれて、信綱は忠勝のあとに続き、大広間へ急いだ。

すでに二之間と三之間に大名は着座していた。廊下から入側《いりがわ》を抜けて、中段之間へと歩を進めていった。――と、異様な気配を察して、足が止まった。

控えていた多くの大名が、信綱の姿を認めて躰を揺らし、驚く様を見せたのだった。中には息を呑み、慌てて目をそらす者までいた。

またたく間に悟れた。

堀田正盛、阿部重次、内田正信。小姓から家光に引き立てられて栄進した三人は、見事に殉死してみせた。最も取り立てられてきた信綱が、なぜ追腹を切らず、老中面してのこと現れたのか。まさか家光に殉じなかったとは、信じがたい。そう考える者が多かったのだ。

ところが、信綱の後ろに阿部忠秋が続いてきたのを見ても、誰一人として驚きはしなかった。当然と受け止め、あらたまるように頭を下げる者もいた。

忠秋には子がなく、捨て子を雇い入れ、教育を受けさせていると聞く。老中の中では六万石と禄は少なくとも、取次に際して、贈り物は受け取ろうとしない男として知られてもいた。

信綱は、たとえ人から汚いと誹《そし》られそうな策であろうと、徳川家のためと思えば迷いなく用いた。さすがは伊豆である。そう家光に幾度も賞されてきた。頼りとされたから知恵を使い、果断にやってのけた。恥じるところは、一片たりともない。

ところが、堀田正盛と同じく、将軍にただ寵愛され、その威を借りて我が物顔に振る舞ってきた男――そう見られていたらしい。

屈辱だった。

死んで当然の男。まだ生き長らえて恥をさらすつもりなのか。

無言の非難が、矢となって次々と胸を貫いた。信綱は動けずに、足元へ目を落とした。

「ささ、伊豆守殿。早くこちらへ。皆が待っておいでにござりまする」

声が聞こえて、目を上げた。

すでに中段之間に控えていた保科正之だった。

彼も泣きはらしたとわかる赤い目で信綱に大きくうなずき、掌を差し向けてきた。

後ろに立つ忠秋も言った。

「参りましょう、さあ。我らにはまだ多くの役目がござります」

正之は、この場に集まる大名の驚きを悟り、助け船を出してきたのだった。その言葉の意を忠秋も察し、信綱の背を押してきた。

そういう気遣いができるから、二人は人物と言われてきたのだとわかる。が、彼らに見下されたように感じられて、さらなる屈辱が熱く胸を焼いた。

まだ自分は名を残してなどいない。死んでたまるものか。

見ておれ、者ども。家綱をしかと支え、徳川の世を盤石としてみせる。保科正之など、何ほどの役に立つものか。四十七年もの長きにわたり、誰よりも将軍に力を貸してきたとの自負がある。

信綱はさらなる闘志をかき立てて胸をあえて張り、居並ぶ大名らの前に老中として列座した。

疑わしき男

四月二十三日。家光の亡骸は東叡山寛永寺に移されたのち、大造替《だいぞうたい》されて朝廷より宮号を宣下された日光東照宮へと運ばれ、大黒山《だいこくやま》の頂に埋葬された。

朝廷から太政大臣正一位が追贈《ついぞう》されるとともに、大猷院《たいゆういん》の諡号《しごう》が与えられた。

幕府は霊廟の普請を決めた。正之の会津藩は総奉行と人足一千人を日光へ送り使わした。

老中の阿部重次が殉死したために、家綱づきであった館林六万石の藩主、松平和泉守《いずみのかみ》乗寿《のりなが》が新たに老中となった。譜代筆頭であり、家綱が元服した折に加冠役を務めた彦根三十万石の藩主、井《い》伊《い》直孝《なおたか》が大老格として政に参与することも定められた。

正之はあくまで家綱の叔父としての後見が認められた。が、兄の喪に服する意もあり、老中らの詮議には陪席するにとどまった。

もちろん、その役目に不足はなかった。甥である家綱は十一歳の若さであり、心を割って相談できる者は欠かせなかった。

「ご高配ならびにご教示のほど、お願い申し上げます」

家綱は健気に言うと、あらためて正之に頭を下げてみせるのだった。

生まれた時から多くの教えは受けてきている。が、まだ将軍の本分を十全に解してはいない。没した父より年配の宿老らに平伏されて戸惑い、心細そうな目をいつも正之へ向けてきた。

「正式な宣下を受けるまでに、曾祖父大権現様のなしてきた偉大なる治績と、祖父台徳院様と父大猷院様が盤石となされた幕府の治めを体得していかれましょう」

ひととおりは学んでいても、まだ頼りない面はあり、さらなる習いが求められた。

武芸の鍛錬も大事ではあるが、侍講《じこう》を務める林道春信勝《はやしどうしゅんのぶかつ》に話を通して、講義を夜にも増やしてもらった。宣下の日取りが決まるまでは、脇目も振らずに学んでもらうしかなかった。

正之は暇を見つけて顔を出し、時に紅葉山《もみじやま》への散策にも誘い、くつろぎの時をすごさせることも心がけた。

信綱らの老中は、夜の市中に多くの見回りの者を出した。

先代の秀忠が身罷った際には、城下で火つけが頻繁に発生したというからである。将軍の死を知らされて不安を抱く世情に乗じて騒ぎを起こし、商家を襲う不届き者があったのでは困る。幕府は滞りなく務めを果たしていると、城下に伝えるための夜回りなのだった。そのおかげもあって、市中に火の手は上がらず、大それた騒ぎが起きることもなかった。

気がかりがあるとすれば、丹右衛門から知らされた医師の形《なり》をした男たちの消息だった。

正之は夜半に裏庭へ出ると、合図の鳥笛を小さく吹いた。

すぐに若い源助が現れて、闇の庭先でひざまずいた。

「丹右衛門、六郎、両人とも内探を続けておりまする」

「今宵は戻らぬのか」

「急の御用あらば、それがしにお命じください」

「子細を報じに来い、と伝えるのじゃ。よいな」

よほど手のこんだ調べになっているのだろうか。

もし丹右衛門の睨んだとおり、風魔の末裔が生きて高崎城から逃れていたならば、なぜ今になって江戸の城下に出没したのか。紀伊の頼宣も、忠長の前に駿府城を預かってもいた。その縁から、今は紀伊家の隠密として働いているわけか。一抹の不安が胸に萌《きざ》していた。

その夜、ふいに気配を察して目を開けると、暗い部屋の隅に摺《す》り足のかすかな音が聞こえた。

「丹右衛門か」

「朝を待つべきとは思いましたものの、胸に納めておけず、失礼と存じながら参上仕りました」

正之は薄掛けをのけて、飛び起きた。二之間の襖が開いており、その奥に黒装束の丹右衛門と六郎が控えていた。

「やはり紀伊家には、怪しき僧侶や医師が訪れておりました」

「前と同じ者か」

「いえ、また別の男どもにござりまする」

六郎が初めて答えて、頭を下げた。

「隠し目付も紀伊家を張っておったのであろうな」

信綱との話を思い出して訊くと、丹右衛門が小さく首を振った。

「隠密らしき男どもは、紀伊大納言様の乗られた駕籠をつけ回しておりました。されど、公方様が亡くなられた直後であり、中屋敷へ赴いて、鷹司信平《たかつかさのぶひら》様とお会いしたぐらいしか、目立った動きはござりませぬ」

鷹司信平は、家光の正室だった孝子の弟である。十年ほど前に姉を頼って京から江戸へ出て、家光から旗本寄合席の家格を得ていた。家光の死によって孝子は出家している。その弟を、屋敷に招いたようなのだった。

「怪しき僧侶らのあとは追えたのか」

「やつらは鎌倉河岸に船を待たせ、いずこへか逃げ去りました。追っ手を警戒してのことと思えまする。ただし、うち一人は、丸橋の住む長屋の住人で、おそらくは門人の一人でござりましょう。その者は、神田白銀《しろがね》町の北条流兵法道場や、神田連雀町の南木流の道場にも顔を出しておるようなのです。いずれも門人の数、千は下らぬと言われる名門道場との話がござりまする」

北条流は、武田信玄の戦術を学んだ北条氏長《ほうじょううじなが》が創始した兵法の一派だった。氏長の弟子によって、全国の藩へと広がり、泰平の世の武士の心構えを説くものだと聞く。もう一方の南木流は、楠木正成の戦術を伝える流派であった。

牢人を集める道場と、紀伊藩邸を行き来する偽の僧侶……。

紀伊の頼宣はかねてより、武芸に秀でた牢人を多く召し抱えてきた。中には、いきなり紀州軍の武者奉行に就いた者までいた。才あれば、家格にとらわれずに重用する懐の深さを、頼宣は持つ。

またも腕利きの牢人を召し抱えるつもりで、頼宣はあちこちの道場に人を向かわせていたわけなのか。その動きを知った信綱や中根正盛が、疑わしき行いと見て、隠し目付を配したとも考えられる。

今は将軍が没した直後なのだ。その時期に多くの牢人を集めようとするのでは、確かに誤解を与えかねなかった。

大坂の陣や島原の一揆にも、多くの牢人が荷担していた。江戸の城下で牢人による大きな騒ぎがもし起きようものなら、頼宣にまず疑いの目が向けられるだろう。

その朝、正之は少し遅めに屋敷を発つと、大手門前の下馬所で紀伊家の家臣を探した。

すでに頼宣は登城したあとと見え、大手濠の前に葵紋の入った溜色の駕籠が置かれ、二十名近くの家臣が毛氈を敷き、座っていた。

三郎兵衛に申しつけて、紀伊家の家老を保科の駕籠の前へ呼び寄せた。

「お呼びにござりましょうか」

家光の弟に呼び出され訳がわからなかったのだろう。年老いた紀伊家の家老は駕籠の横でひざをついて畏まった。

「そう恐縮せんでほしい。それがしはただ、礼を告げたかったからにすぎませぬ」

「畏れ多いことにございまする」

「近ごろ、我が藩で召し抱えた平左衛門と申す者が、そちら様に仕官するとの話をお断りさせていただいた、と聞いたのです。ご配慮たまわりました由、一言お礼を申し上げたく、お声かけさせていただきました」

「恐悦至極に存じます」

「紀伊大納言様はかねてより、才に秀でた牢人を高禄で迎え入れなさることもあり、我が藩も見習いたいものにございます」

「殿に、しかとお伝えいたしまする」

「しかれども、今は栄えある代替わりの前にあり、多くの牢人に声をかける時ではござらぬかと……。あたかも徒の者を増やそうとしているかにも、見えてしまいかねませぬゆえ」

「さすがのご見識にございまする。殿より、同じお達しを仰せつかりました。将軍宣下が無事に終わるまでは、徳川二百五十藩、穏便なることこそ肝要と、それがしどもも考えておりまする」

意外な話し向きに、正之は家老の目をのぞきこんだ。

紀伊家では、牢人の召し抱えを、今はしていないらしい。では、道場に出入りしていた僧侶らはなぜ紀伊藩邸を訪ねていたのか。

浮かんだ懸念を顔には出さず、それとなく正之は訊いた。

「平左衛門が申しておりました。かつて通っていた兵法道場で見かけたおかたが、紀伊家にも出入りをされていたとか……」

家老は頭をさらに下げて答えた。

「実を申しますと、少々困っていたところにござります。十年より前、兵法者を名乗る者が、武者修行の際に我が藩を訪れ、広く講義をしていったことがあったようなのです。その者の使いが、近ごろまた来訪し、門弟の召し抱えを願ってきた、と聞いておりまする」

少し事情が読めてきた。その兵法者が仕官の仲介を請け負っていたのだろう。たまたま紀伊藩の者と面識があり、そのつてを頼ってきたと見える。

礼を言って下がらせようとすると、家老が目を上げ、言葉を続けた。

「その者、駿河は由比の生まれで、紀伊家とは昔より縁ありと触れ回っておるために、家臣も無下にできなかったようにござります」

頼宣は、紀伊五十五万石に転封される前、駿府五十万石を領していた。その時の転封は、秀忠が次男の忠長を一門きっての家格へ引き揚げるために決めたと聞く。

「今や門人三千と聞き、我らも大いに驚かされておりまする」

丹右衛門の調べでは、千名ほどであったはずだ。三倍に喧伝して、紀伊家を頼ろうとするのだから、かなりの策士と言えた。

正之は試しに訊いた。

「その兵法者の名は何と申す」

「——由比正雪と名乗っておると聞き及んでおりまする」

殿がお呼びである。そう聞かされて丹右衛門は一人、桜田門内の上屋敷へ急ぎ戻った。

　表長屋をぬけて夕暮れの庭へ出ると、すでに正之が思いつめた面輪で待ち受けていた。離れた濡れ縁には、家老と近習の控える姿までが見えた。ただならぬ気配に、身が引き締まる。

「そなた、高崎で出会った風魔の者とおぼしき偽医者を見たと申したな」

「見間違いであったかもしれませぬ。あれからいっこうに姿を見せません」

「張孔堂の兵法者を知っておるな」

　問われて、丹右衛門は息をつめた。

　さすがは正之で、同じ怖れを抱いたと思われる。

「その男の顔は、しかと見たか」

　ここまでくれば、もはや隠し立ては難しいであろう。正直に告げるしかなかった。

「何度か遠目には見かけました。月代《さかやき》は剃らず、長い髪を束ねもせずに後ろへなでつけておりました。口髭も伸ばしているため、ただ目つきの鋭さのみが際立つ者でした」

「歳と背の高さを申せ」

「五十手前か。背は五尺半ほどで、殿とあまり変わらぬ丈にござりましょう」

「眉は薄かったのではないか」

「いいえ。墨で描いたような太さに思えました」

「思えた、とは丹右衛門らしくもない曖昧さよな」

　心の内を見透かされていた。が、丹右衛門は返事を控えた。

「その兵法者、駿河は由比の生まれであるらしいな」

「詳しい調べはまだできておりませぬ」

「この四日、六郎とどこへ行き、何を調べておった。正直に申せ」

無駄とは承知しながらも、丹右衛門は迷いなく嘘を述べた。

「配下と手分けして、牢人どもの集う道場をいくつか張っておりました。偽の医師を探りだすためにござります」

正之は言葉を継がず、じっと見つめてきた。丹右衛門が口を割るのを待っているのだった。

確たる証拠のない妄想を、いたずらに語るわけにはいかなかった。

「先刻、六郎を先に問いつめた。あやつを責めてはならぬぞ。主君を一義に考える忠義者であるからな」

正之も、明らかに嘘を述べていた。

たとえ主君に問われようと、六郎は無闇《むやみ》に口を割る男ではなかった。正之に知らせたのでは、自ら動くと言いだすに決まっていた。将軍が亡くなった時世に、新たな火種を熾《おこ》すことになりかねない。

それでも、座視はできなかった。ゆえに丹右衛門は、大急ぎで駿府まで走ったのだ。が、求めていた答えは、無念ながら見つからなかった。

由比正雪は、駿河由比の紺屋に生まれた。そう自ら周囲に語っていた。

駿河の地で調べを進めると、確かに吉岡治右衛門という者が、大坂天満橋から藍の産地に近い由比へ移り住み、染物屋を開いていた。関ヶ原の合戦の際には、石田三成《いしだみつなり》に請われて、佐和山《さわやま》城下で旗指物《はたさしもの》に紋を染める役目にあったらしい。が、三成は捕らえられ、吉岡一家は難を逃れるために、由比へ移ったという。

その息子は、駿府城下の臨済寺で修行を積み、十七歳で江戸へ出た。が、その後の行方はわかっていない。

臨済寺は、今川家の人質となった家康が預けられていた寺であった。二度も戦で焼き払われたが、家康が再建し、その後は徳川家の庇護を受けてきている。駿府城主を務めていた頼宣や忠長も、たびたび参詣に訪れたとの経緯があった。

そこまでの調べはついていた。だが、確たる証拠は見つかっていない。

正之が背後の家臣を気にして、声を落とした。

「そなたまで、口を割るつもりはないのか」

丹右衛門はただ頭を下げるしかない。

「では、致し方ない。それがしも由比正雪とやらの顔を確かめに出向こう。直ちに六郎と手はずを整えよ。よいな」

たとえここで丹右衛門が断ろうとも、ほかの家老らが動くこととなる。そう悟らせるため、濡れ縁に家老と近習を控えさせていたのだった。熟考したうえでの、厳命なのだ。こうなることを怖れていたから、知らせを上げられずにいたのだった。

もはや正之を止めることはできそうになかった。

翌日、丹右衛門は粗末な権門駕籠《けんもんかご》を支度した。

正之は熱が出たと偽って登城を控え、上屋敷を裏手から一人で出た。おもに大名家の家臣が使う駕籠で、竹と莫蓙《ござ》で覆ってある。小ぶりな駕籠なので裃姿で乗ることはできず、正之は小素襖《こすおう》に半袴《はんばかま》という身軽な出で立ちだった。

二人の配下を担ぎ手にして、警固の者はつけなかった。六郎もついているのだから、難事は防いでみせる。手勢を増やしたのでは、相手に気取られてしまう怖れがあった。

やはり丹右衛門が見こんだとおり、六郎は口を割っていなかった。昨夜のうちにただしたところ、正之に問いつめられて理屈にならない嘘を語り、ますます疑念を強めたようだと恥じ入っていた。

「心苦しく思うでない。殿の才知が上なのだ」

「遠目に見て、確かめられるものでしょうか」

「わからぬ……。たとえ難しくとも、見極めておかねば、お気がすまぬのであろう。そのご心中は、痛いほどに察せられる」

配下の二人と駕籠を担ぎ、大名小路《だいみょうこうじ》を越えて、鍛冶橋門から城外へ出た。

昼日中から、道筋をうろつく牢人の姿が目についた。長屋の前にたむろし、大声で笑い合う輩がいた。刀を手放さずにいるため、棒手振《ぼてふり》は呼び声をぴたりと止めて、遠巻きに走り去っていく。

「ご覧ください。また近ごろ増えたようにござりまする」

丹右衛門は駕籠の横を歩きながら、ささやいた。中から返事はなかった。

普段は徒が先導して道を空けさせながら進むため、正之がありのままの城下を見る機会は少ない。このところは国元へも戻れていなかった。役方から話には聞いていても、実際に見ることで肌に感じられるものがあるはずだった。

由比正雪が開く張孔堂は、神田連雀町にあった。その名は、中国で兵法の大家だった張良《ちょうりょう》と孔明《こうめい》から取ったという。

南木流の兵法者として名を高めた楠不伝に学び、あとを継いで、今の道場を開いた。が、話を聞く者によっては、不伝の養子になったとか、実は楠木氏の末裔だとか、諸説入り乱れていた。ひとまず門弟の多くが、正雪に心酔していることから見て、博学で弁が立つのは疑いないと思われる。

寛永十年ごろに、二十九歳で不伝の名跡を継ぎ、道場を開いたとも聞いたが、その場所を知る者はなかった。

そもそも不伝は、牛込榎《えのき》町に屋敷を構え、道場を開いていたのだ。正式にあとを継いだのであれば、その地で門弟を集めればよかったはずなのである。

今は神田連雀町の長屋を五間《ま》、通しで借りているにすぎなかった。しかも、連雀町に居を構えたのは、五年ほど前からだったのだ。紀伊徳川家で講義をした実績があると吹聴し、その噂を聞きつけた牢人が集まり、評判になっていったという。

それにしても、たった五年で門弟二千余名を集めたのだから、感心させられる。

平家物語や太平記を紐解《ひもと》き、物語を通してわかりやすく兵法を説いたのが、功を奏したらしい。代価も安く、人を引きつける話法を持っていたのであれば、自ずと道は拓けただろう。

神田連雀町に入ると、誓願寺の角で駕籠を止めた。

今日も、講義の前から道場には、牢人の門弟が多く集まっていた。裏店の三間が張孔堂として使われている。寸暇を惜しんで兵法書の写しを間に、議論を戦わせていくのが常なのだという。

「よろしいでしょうか」

丹右衛門は駕籠の中の正之に呼びかけてから、目で合図を送り、六郎を走らせた。

道筋を行く町人は少ない。六郎は辺りを見回しながら声を上げた。

「火事だ。藤堂様のお屋敷裏で火の手が見えるぞ」

近くの武家屋敷の名を使わせてもらった。江戸の城下に火事はつきもので、たちまち長屋の扉が開き、門弟どもが駆け出てきた。

道場横の住まいとする部屋に、由比正雪が戻っているのは、すでに配下の者が確かめてある。

「戸が開きます」

引き戸の動きを見て、丹右衛門は駕籠に声をかけた。

莫蓙の押縁《おしぶち》が動き、正之が外をのぞく。

「火事だ、逃げろ」

六郎が張孔堂の前を走りぬけると、長屋の引き戸が大きく開いた。

その奥から、髭《ひげ》の男が現れた。長い髪が少し乱れていた。眉は濃く、目つきが鋭い。色白で額が狭い。紺屋の倅《せがれ》らしく濃紺の単衣《ひとえ》に、簡略袈裟をかけた虚無僧《こむそう》のような姿だった。由比正雪に間違いない。

道へ飛び出すなり、門弟と並び、北の藤堂屋敷の方角を睨みつけた。

「この場に長くいては、怪しまれます」

火事だと騒いで回る男がいながら、駕籠が動かずにいるのはいかに。門弟らの目に留まる怖れがあった。

「行け」

短く命が下された。担ぎ手の配下にうなずいた。請願寺の角を離れ、ひとまず北の一口《いもあらい》橋の方角へ急いだ。帰るには遠回りとなるが、張孔堂から見通せない道へまず入るのが肝心だった。後ろを振り返ったが、追いかけてくる者はいない。

桜田門内の屋敷へ戻るまで、正之は何も言ってこなかった。

六郎の待つ裏手に駕籠をつけると、丹右衛門は粗末な茣蓙をめくった。中で正之が目を閉じ、手を組み合わせていた。まぶたの裏に浮かぶ人の姿と、由比正雪を比べているかのように見えた。

「いかが思われたでしょう」

丹右衛門が問いかけると、正之は無言のまま駕籠を降りた。が、足は止まったままで、屋敷へ歩こうとはしなかった。

「……十八年の時は、長い」

ぽつりと言葉が洩れた。

正之は、その人の江戸屋敷を訪ね、たった一度のみ会っただけなのである。丹右衛門も高崎城へ忍び、闇の中で相対したにすぎなかった。十八年もの歳月は、人の面差しを変貌させもする。丹右衛門はいまだ、己の目を信じられずにいるのだった。

あの時に見かけた偽の医師が、高崎城で討ち死にした岡村弥一郎であるわけがない。他人の空似にすぎないのだろう。

もし万が一、風魔の頭目であった岡村が生き延びていた、とするならば……。

彼らはなぜ、丹右衛門に嘘をつかねばならなかったのか。

答えはひとつしか思い浮かばない。

頭目の岡村は高崎城内で死んでいなかった。柳生の刺客と戦い、討ち死にしたのは別の者なのだ。

そしてもう一人、あの離れ屋で死んだと言われる者がいた。

駿河大納言忠長。

あの時、丹右衛門の具申を受け入れて、配下の頭目らは、忠長の身代わりを探し回った。乱心のあまりに形相までが変わり果てた。そう偽ることで、別人の亡骸を忠長に見せかける策を進めたのだった。

が、彼らは丹右衛門に真実を告げぬまま、謀《はかりごと》を密かに実らせていたのではなかったか。

正之が曇り空を見上げた。そこに兄の面影を見ようとしたのだろうか。

物憂げに首を振ると、正之はようやく丹右衛門に背を向けて、無言のまま屋敷の中へと戻っていった。

まったくわけがわからなかった。

信綱が大急ぎで登城すると、譜代筆頭の井伊直孝が早くも白書院にて待っていた。

集められたのは、信綱に阿部忠秋、松平乗寿の老中と、奏者番の酒井《さかい》忠清《ただきよ》、そして保科正之の五人だった。大老の酒井忠勝は呼ばれていない。

直孝は参集した一同を見回すと、ひざもとに置いた書状を回覧させた。

「昨夜、松平能登守《のとのかみ》殿がそれがしの屋敷を訪れて、これを託されたのでござります。その際、能登守殿は剃髪し、墨染めの僧衣をまとっておられました」

松平能登守定政《さだまさ》。家康の異父弟の六男という実情のみで、三河刈谷《かりや》藩を預けられて大名となった男であった。家光が没したために、今さら主君に殉じたかったとの意を表そうと、出家してみせたに違いなかった。

「息子と二人東叡山最教院《さいきょういん》に入り、能登入道不白《ふはく》と名を変えたそうにござります」

信綱は詳しく話を聞き、呆れ果てた。

定政は前日に、目付と町奉行や、侍講の林道春ら六人を屋敷に招いて持てなしたうえで、ひとしきり演説をぶったというのだ。家綱を篤く補佐すべきと思うが、今の幕府の陣容を見ると、早晩世は乱れるに相違ない。領地と屋敷を返上するので、困窮する旗本を救済してもらいたい。刈谷藩の二万石があれば、四千人の旗本を養えるはずである。

定政から託された書状には、下手な和歌や夢想とともに、家綱を支える宿老への批判も認《したた》められていたのだった。

直孝は、身を捨てての意見書と感じ入り、今こそ姿勢を正すべきと考えたらしい。が、まったくもって、ふざけた批判でしかなかった。

信綱は大げさに首をひねって、意を述べた。

「独善も甚だしい限りである。なげかわしくて、怒る気にもなりませぬな」

一言の下に切って捨てると、保科正之が目を向けてきた。

「すべてが独善と申せましょうか。一理はあるかと思われまする……」

「いいや、能登守殿は大権現様の弟君の男子。宿老に異見しようと、裁けるはずはなし。しかも、先に出家し、所領も明け渡すと申しておけば、かえって己の世評は高まるに違いない。そう見こんでのことでありましょうな」

信綱は声を張って訴えた。世迷い言を連ねたにすぎない書状を、まともに受け取って、どうする気なのだ。

「しかれども、二万石もの所領を手放せるものではないと……」

生真面目な忠秋が、また意見書に目を落として言った。

首を大きく振り返すしかない。

「よろしいですかな。能登守殿は十数年も前に小姓組番頭になりながら、多少の加増はされても、新たな役は与えられぬままにおられます。この先、代替わりとなれば、ますます出世は望めないと悲観し、血迷ったとしか思えませぬ」

「確かに言えまするな」

代替わりを機に、老中へ上がった乗寿がうなずいた。こういう日和見《ひよりみ》ができるから、今の地位を手にできたと言える。

「お待ちください。城下には近年、禄を失って惑う牢人者が増えておりまする」

正之がまた物々しく面輪を固め、言葉を挟んできた。

乗寿がすぐに応じた。

「それがしも奉行所から聞き及んではおりまする。しかれども、返上された所領を旗本に分け与えるなど、できるはずもございませぬ。我も我もと、牢人が門前に群れをなすこととなりましょう」

「無論のこと、能登守殿の進言どおりに、分けへだてなく困窮する旗本に手を差し伸べることは難しいとわかっておりまする。せめて代わりの救済となる策は打っておくべきかと考えまする」

その場の目を集めてから、正之は一同を見回した。

「末期養子を認めれば、改易される大名家はかなり少なくなると思われまする。家禄を失う者を減らすことで、城下も今より静まるはずにございます」

正之は以前から、同じことを家光に進言していた。だが、侍は常に死を覚悟し、務めを果たすべきと信じる家光は、首を縦に振らなかった。

すでに幕内の宿老は、いくつもの縁組によって、多くが身内となりつつある。互いの役得を確かめ合うとともに、その力で縁者を引き上げてもらい、それぞれの家を繁栄させようとの意図からだった。そこに、安易な養子縁組までが広まれば、馴れ合いと身内贔屓が横行しかねなかった。

保科正之は本気で言っているのか。

人は楽を望み、いつしか研鑽を忘れ、あげく堕落していくものだ。時に所領を召し上げられる者がいるから、油断なく幕命を果たそうと尽力する。遠方の外様などは、特に警戒が必須と言えた。

信綱は、そっと正之の面輪をうかがった。

人がいいのか、定政と同じで世評を上げたい思惑があるのか。

正之の配下が、牢人どもの集う道場に通っていた事実が気になってくる。さらに、それらの道場によく顔を出す医師や僧侶が、紀伊家の江戸屋敷にも出入りしていた。

頼宣は、才に長けた者であれば、牢人でも厚遇してきた。その評判は城下でも高まっている。亡き将軍の弟と紀伊の副将軍は、牢人を支えるべしと言っている。松平能登守が意見書を突きつけたように、今の宿老は己と身内の利得しか考えていない。家光に小姓として傅《かしず》いてきた者に政を任せていたのでは、新たな将軍に替わろうとも、治世はおぼつかなくなる。

この代替わりを好機と見て、威勢を得ようと謀る者が出てきてもおかしくはなかった。

城下には今、十万を超える牢人が集まっていた。二十万に近いという隠れ目付もいた。

定政の意見書は封殺するほかはなかった。認めて新たな策を打ったのでは、老中のこれまでの司政にぬかりがあったと首肯《しゅこう》するに等しいであろう。

徳川頼宣。保科正之。将軍の血筋たる者が、幼い家綱を支えて当然。改易を命じた幕府を恨む牢人は、城下に数多いる。その者らを手懐《てなず》けようと、密かに企みを抱いているのではないか。

正之は西之丸に通い、家綱の信をすでに得ていた。そのうえに、おかしな知恵をつけられたのでは、ことだった。あの男は油断がならない。

信綱はあらためて男たちに眼差しをめぐらせた。

「このような意見書など、取り上げる値打ちもありはしませぬ。それより今は、将軍宣下の時をつつがなく迎えられるよう、手配に砕身するのが急務であると申せましょう。このような能登守殿の行いは、ただ市中に不安を広げる一役にしかならぬと考えまする。さらには——大猷院様の百箇日法要も近づいておるのです」

信綱はそこで、正之へ目を移した。

正面から見すえられて、正之の瞳が左右に揺れた。戸惑いの色が浮かんでいる。

「ここはやはり、肥後殿にお参りいただくのが本筋にございましょう」

日光東照宮の大猷院廟まで、おおよそ七泊八日の旅となる。支度にも五日はかかるだろう。

すでに朝廷へ使者を送り、江戸城内で宣下を受ける手配は進んでいた。が、家綱の後見役として、正之が子細を取り仕切る、と言いだしかねない。

血筋を盾に取られれば、異を唱えられる者はいない。宣下の采配を許したのでは、あの男が宿老を導く者であると、天下に知らしめることとなる。

正之のいない間に、すべてを取り決め、動かしがたいものに固めねばならなかった。

もちろん、頼宣にも口は挟ませない。手順が整えられたあとで、形ばかりに意見を聞き、朝廷の意向で決められたのだ、と言い逃れることはできる。

正之はまだ解せない顔を見せていた。

信綱は仕上げに頭を下げて言った。

「肥後殿。ここはお願いいたしまする」


「まこと誉れ高きことにございまする」

屋敷に戻って百箇日法要の子細を伝えると、三郎兵衛は畏まって頭を下げた。わずかに目を戻すと、眉根を下げて言った。

「その折に少しの暇をいただき、会津へ寄らせていただくこと、叶わぬものでございましょうか」

　できるものなら、正之もそうしたかった。

　十五日ほど前、会津から悲しい便りが、またひとつ届いていたのだ。

　正室の菊が若くして亡くなったために、正之は側室を娶った。京の上賀茂社の神官の娘で、万《まん》という娘だった。子には恵まれたものの、不幸にして次々と早世していた。保科家を守るためにと請われ、もう一人の側室、塩《しほ》を領国の会津に迎えた。

　その塩が、第二子を産んだあと、二十五歳の若さで息を引き取ったのだった。

　家光が身罷った直後であり、正之は会津へ戻ることができず、墓参すら叶わずにいた。亡くなった側室を悼む時をすごしたとしても、許されるのではないか。そう三郎兵衛は言っているのだった。

「すぐ社参の支度に取りかかろうぞ。できうる限り早く江戸へ戻る。そのつもりでいてくれ」

　正之が命じると、三郎兵衛は目をまたたかせた。

「今は江戸を長く留守にはできぬ。将軍宣下の時も近づいておるのだ。大猷院様から託された大事な務めが、それがしにはある」

　そう告げておけば、次の将軍を支えるためには致し方ないと考えてくれる。わけは別にあったが、家中の者に不安を抱かせてはならなかった。

　正之は夜が更けるのを待ってから、一人で庭の奥へ歩んだ。屋敷の中で話せるようなことではなかった。

すぐに若い源助が現れたので、丹右衛門を呼べと申しつけた。駆けつけるまではここにいる、と言い添えた。その間に、腹をくっておくことができる。

半刻近くも待つと、ようやく横の茂みが揺れた。またどこかを六郎らと嗅ぎ回っていたと思われる。

「お待たせいたしました」

今宵の丹右衛門は修験者の身形で現れ、芝の上でひざまずいた。

「あれから、なぜ新たな知らせを上げに来ぬのか」

「実を申し上げまするると、かなり手こずっておりまする。岡村らしき者は、いっこうに姿を現しておりません。あるいは、それがしの見間違いであったのか、と……」

「心にもないことを申すでない」

正之は声音を強めて言った。

丹右衛門はひざまずいたまま、面を上げようとしなかった。目付《めつけ》が動いているので、相手も警戒しているとわかる。が、自ら確かめるべき時がきていた。正之は丹右衛門を見ずに、暗がりへ向けて言った。

「そなたらであれば、目付に決して悟られることなく、由比正雪に会う算段を調《ととの》えられような」

丹右衛門はまだ黙したまま、身動《みじろ》ぎもせずにいた。

殿には関わらずにいていただきたい。それがしらにどうかお任せを。頑なに動こうとしない姿で、そう語りかけてくる。

「寝ずに考えても、答えは見つかりそうにない。牢人の師範を務めてきた目途は何か。紀伊家とのつながりも危ぶまれてならぬ。あとはもう、この目と耳で解き明かすほかはない。そうであろうが……」

丹右衛門はまだ言葉を返そうとしなかった。

「では、答えてくれぬか、丹右衛門よ。命からがら死地から逃れられたあと、刺客を放ってきた者の近くに、そなたは戻ろうとするか」

「いいえ……」

「多くの町衆は、名のある大名であろうと、ろくにその顔は見たことがない。その大名らも、たとえ将軍にお目見えできても、面を上げることは無礼になるため、ご尊顔を拝める機会は数えるほどなのだ」

参勤交代の行列が通る際、町人は平伏せねばならない。将軍に拝謁できる立場にある旗本でも、その姿を目にできる者は限られている。ましてや、将軍の兄弟などは、表舞台に立つことは滅多になく、正之の名は知られていても、顔は町人の間に広まってはいない。

「それでも、江戸へ戻ってくるとなれば、よほどの覚悟がなくてはできぬはず。幼少から侍講をつけられ、多くを学んできた身であれば、兵法を説いて牢人らを感服させることなど容易くも思われる。しかれども、わざわざ人の目を集めることとなる道場を、安易に開くものであろうか……」

そうすべきわけがあった、としか考えられない。

虎穴に入らずんば虎子を得ず。自分を亡き者にしようと謀った連中への復讐を胸に秘め、江戸へ戻ってきたのではないのか……。

「それがしは兄上から託されたのだ。家綱を頼む、と。つまりは、徳川家の安寧に力をつくせ、と言われたにほかならない。そうであろうが、丹右衛門よ」

まだ丹右衛門は黙したまま、地を見すえていた。

「正直なところ、それがしはそなたの目を疑いたい。ゆえに、違っておることを、自ら確かめたいのだ。承服できぬと申すのであれば、力ずくでも神田連雀町の道場から、由比正雪なる者を掠《さら》ってこさせるほかはない。多少の血は流れるであろうが、致し方なしと思うまでのこと。その覚悟はすでに固めておる。それでも、手を貸さぬと言うつもりであるのか」

丹右衛門が肩を揺らした。呆れたと表すかのように、大きく首が振られた。

「あの者を掠えるとは思えませぬ。由比が動く際は、十重二十重《とえはたえ》に間者らしき者が周りを固めておりまする」

「では、どうしろと申す」

「紀伊家の名を騙るしかありませぬ。——それがしにお任せください」


玉砂利の敷きつめられた参道を進むと、法堂《はっとう》の左手に木深い庭が広がっていた。

七堂伽藍を有する済松寺《さいしょうじ》の敷地は広い。晩夏の陽射しが天から照りつけても、木々を通して涼やかな風が吹き寄せる。

正之は供の者を下がらせると、一人で境内《けいだい》を歩んだ。森の木々に隠されたような、慎ましやかな法堂が見えてくる。

その角に、祖心尼が一人で待ってくれていた。

出迎えはいらない、と使いの者には申しつけてあった。が、山門で駕籠の到着を見届けた稚児が知らせに走ったようであった。

祖心尼は法衣の胸元で手を合わせ、静かに一礼してきた。声をかけてはこなかった。正之の急な願いと、供を連れずに一人で歩いてきた姿を見て、由々しき用件なのだと悟ったに違いなかった。

正之は足を止めて姿勢を正し、深く礼を返した。

この済松寺は、大奥を陰で支えてきた祖心尼のために、家光が建立した寺だった。臨済宗の宗祖である臨済禅師と、徳川氏の祖である松平から、それぞれ一字を取って、家光が命名した。

祖心尼がまだ大奥で仕えている時から、家光はことあるたびに、この済松寺を訪れていた。御成や鷹狩りの帰路に立ち寄り、そのつど祖心尼が城から出て迎え、持てなしたと聞く。家光の長女で、尾張家に嫁いだ千代姫とも、庭園を散策する機会を持てたらしい。晩年の家光にとって、よほど安らげる場所であったのか、自分が死んでも心は済松寺にある、と言い残したほどなのだった。

――屋敷は隠し目付に見張られている。牛込の済松寺にて待つ。

紀伊大納言の家老の名を騙り、由比正雪に偽の使者を送った。丹右衛門が調べた目付同心と、その手先の名も記すことで、今までにない申し越しの言い訳ともした。

狙いどおりに由比正雪は足を運んでくるか。

危ぶみを抱き、門弟のみを送ってくる、とも考えられた。総髪に髭と僧衣であれば、別人を仕立てることも難しくはない。そもそも真の容貌を隠すために、その身形を選んだとも思えるのだった。

正之は庭園の奥へ進み、鳳凰池《ほうおういけ》の前で待った。

澄み渡る水面に陽射しが届いて輝き、その一角だけ光の玉に包まれているような心持ちになる。

やがて奥の茂みから、六郎の声が聞こえた。

「山門前に門弟二名と到着いたしました」

「門弟らは忍びか」

「足取りから、腕は立つ者か、と。さらに、この庭深くには、二、三の怪しい気配もございまする。が、それがしらが決して近づけさせませぬ。ご安心ください」

正之はうなずき、腹に力をこめた。

長刀は駕籠の中に置いてきた。辺りの茂みには、すでに丹右衛門の配下が潜む。たとえ向こうが風魔の者を連れてこようと、危難は防げる。そう信じるほかはなかった。

砂利を踏みしめる音が近づいた。

参道の奥の日陰に黒い影が揺れた。

真ん中の男が、素早く右手を上げた。それが合図であったらしい。着流し姿の男二人が、刀に手をかけたまま、その場で立ち止まった。総髪で法衣の男のみが日向へと進み、一人で歩いてきた。

「お見かけしたところ、紀伊家のおかたではありませぬな」

五間は離れた先で、男が足を止めた。鋭い眼差しで、正之を射るように見つめてくる。

先日、遠目に見た時より近くで相対していながらも、男の面差しははっきりとしない。眉は濃く描けるし、白髪のまざった髭も邪魔をしていた。

正之は背筋を張り、腰を折った。

「ほかに手立てが見つかりませんでした」

目を戻すが、男は近づこうとしなかった。正之は続けて言った。

「名乗るまでもないでしょうが、保科肥後守正之にございます」

「さて……。名乗るまでもないとは、面妖な物言いをなさりますな」

声は野太く、張りがあった。二十一年も前に相見《あいまみ》えた忠長は、もう少し甲高い声であったろうか。酒でのどを潰すことは容易い、とも聞く。

「一門三家と並び、もう一人の副将軍と申せしおかたが何ゆえ、紀伊家を騙ってまでして、町場の道場主を呼びつけたのでありましょうかな」

正之は答えず、一歩前に進んだ。

すると、由比正雪と名乗る男も、一歩退いた。その五間ほど後ろで、門弟二人が刀の鯉口《こいぐち》を素早く切った。が、由比なる男が手を軽く振り、制してみせた。それでも男たちは構えを解かず、正之を睨みつけてくる。

「後ろの二人は、風魔の配下にあった者なのでしょうな」

すべて承知の上、と知らせるために言った。

由比正雪の首がわずかに傾けられた。

「何を申されておるのか、まるでわかりませぬな。騙されているやもしれずと思い、腕自慢の者がしたがってくれたまでのこと」

「二十一年ぶりにございまする。まさか、こうしてまたお会いできるとは考えてもおりませんでした」

正之は目をそらさず、脈所《みゃくどころ》に斬りこむつもりで声を張った。

由比の髭が揺れた。声を立てずに笑っているのだ。が、眼差しの厳しさは変わらず、射るような力強さで見つめてくる。

「多くの犠牲の下に生き長らえたとなれば、名乗り出ずにいたのは当然でございましょう。息の根を止めにかかる者が、必ずまた追ってくると思われまする。されど、密かに江戸城下へ戻られていたとは、いかなることでありましょうか」

由比は何も言い返さず、そっと微笑んでいた。

言葉を続けるしかない。

「世に知られた大名であろうと、市井《しせい》の者はその面差しを知らず、誰に悟られる怖れもない、そうお考えになられたのかもしれませぬ。呉子や三略などの七書を学ばれたかたであれば、そこらの牢人に兵法を説くなど容易いとも思われまする。されど、生きる糧《かて》を得たいと考えてのことであるならば、わざわざ将軍の住まわれる江戸へ戻らずとも、ほかにすべはあった、と思えてなりませぬ」

「いずこの誰と勘違いされておられるのかはわからぬが、それがしはただ生きるために道場を開いたのではございませぬ。貴殿は副将軍と呼ばれながらも、武士の本分と世の成り立ちを、まったく了知《りょうち》されておらぬようですな」

「では、お教えください」

由比が望むところとばかりに、大きくうなずき返してきた。

「今の徳川家があるのは、多くの名もなき兵が夥しき血を流し、命を賭して戦ってきたからにほかなりませぬ。大名などは旗印や御輿にすぎず、己と身内のために死を覚悟で戦に挑んだ者らの篤き魂こそ、最も尊きまことなるものでしょうぞ。ところが、お上は自らの都合のみで、徳川を支えてきた大名を軽易に改易し、名もなきまことの忠臣が禄を奪われて、路頭にあふれることとなった。江戸城内という限られた場で幅を利かす宿老らは、己の立場のみを保持しようと血眼で、将軍の顔色しかうかがっておらず、惑える牢人には手を差し伸べようともしない。忠臣を使い捨てることこそ、武門の最たる非道と言えましょう。徳川のために命を散らした幾万もの兵が、草葉の陰で泣き叫ぶ声が、それがしには今も聞こえてなりませぬ」

決して高ぶることなく、真実を積み重ねていくような物言いに、打ちのめされた。

単に弁が立つのではない。広く世を見る眼力により、裏打ちされるものが感じられた。

「今や、多くの牢人が武士の誇りを捨て、その日雇いの力仕事に無益な汗を流しておるのです。ゆえに、それがしは道場を開き、仕官の道を探ろうという志ある者に兵法を説き、ささやかなる一助になろう、と心を決めたのです。紀伊家へ使者を向かわせたのも、門弟に道を拓くためにほかなりませぬ。お尋ねいたしますが、肥後守殿は城下にあふれる幾万もの牢人を見て、何か手を貸されましたかな」

家臣に請われて、牢人を幾人か雇い入れた。だが、目の前の男は、将軍を支える者の一人として、救いの策を考えたのか、と問いただしていた。

何ひとつ手を差し伸べてこなかった。将軍に末期養子を認めるよう説いたところで、路頭に迷う牢人の助けにはならない。

「黙っておられるところを見れば、答えは訊くまでもなかったようにござりますな。幕領の農民が苦役を訴えるため、命懸けで蜂起しようと、首謀を捕らえて磔にすれば、ことは治まってくれる。兄の将軍も大喜びしてくれたのであるから、さらなる加増が期待できるし、己の名も城内で高まっていく。農民と手を貸した牢人が三十余名死んだところで、誰も困りはしない。腹立たしく、なげかわしいのに、涙も出てこぬわ」

「違う……」

大声で言えはしなかった。島原に続いて幕府の領する地で一揆が起こり、その鎮圧に手間取れば、農民らの怒りが野火のごとく周りの他藩へ広がりかねない。その一理があっても、上に立つ者の言い訳にすぎなかった。

幕領の隣の地を預かっていながら、自国の実りさえ増えてくれれば、傍《かたわら》の地の悪行を気にしても始まらない。すぐ隣で苦しむ者がいようと、知ったことではないのだから。そう厳しく指弾されていた。それが国を預かる者の正しき姿なのか。

あの当時の浅間神社の神主を務める榊原氏は、社領の民に苦役を課していた。ゆえに忠長は、神社で神の使いとされる猿であろうと、迷いなく駆除したのだった。実際に実りを野猿に奪われていたこともあろうが、農民を苦しめるのであれば、ただではおかぬぞと、駿府を預かる領主としての決意を表すためでもあったのだ。

徳川のために戦ってきた多くの名もなき侍。領地で汗を流し、実りを献上する農民。その者らが支えているから、幕府はある。多くの汗と涙と血の上に、平穏が保たれている。

「そなたの眼は、江戸城内で何を見てきたのであろうかな。幼少のころより、絶えずへつらってきた者に囲まれて安穏とし、兄は領民を見向きもせずにきた。宿老は己の地位と利を人より得ようと謀り、甘い言葉ばかりを将軍にささやき続ける。幕府の芯柱は腐る一方ではないのか。さらには、日和見に徹して手をこまねく者の、何と多いことか」

おまえのことだぞ。由比正雪と名を変えたもう一人の兄が糾弾していた。

兄との証拠はまだない。けれど、本物の副将軍であった兄であるから、己らの利しか見ようとしない幕府の宿老に、正義の怒りを滾《たぎ》らせているのだった。

ここに徳川忠長がいる。

駿河の地を治めていたので、生まれを由比の紺屋と称した。祖父の家康が生誕し、隠居の住処として、逝った地でもある。兄にとっても、第二の故郷と言える地であったのだろう。

だが、忠長は江戸へ戻ってきた。駿河の地でも、藩主であった自分が改易されたことで、多くの牢人が生まれていた。江戸にも苦しむ侍とその身内が、もっと多くいた。その者らを見捨てておけようか。家臣の尽力によって幸運にも命拾いできた身を、無駄に費やすことは断じてできない。危難が待ち受けようと、江戸へ戻らねばならなかった。

ここに徳川忠長がいる。心からそう信じられた。

「兄上……」

呼びかけの言葉が洩れた。

由比正雪は静かに首を振った。

「肥後守殿の兄上は、すでに身罷られたはず。その御嫡男を支え、幕府を正しき道に導かなくて、何のための副将軍でござりましょうか。国を支える多くの民が、貴殿の働きぶりを見ておるのですぞ」

一言もなく、うなだれた。

今日ほど出自を恥ずかしく思えたことはない。国を導くべき将軍の身内でありながら、誰の手本ともなれずにきた。幕府の発する武家諸法度を律儀に守ることこそ、務めであると盲信していた。己の眼で見て、考えることをしてこなかったも同じだった。

「まだやり直せるとは思いませぬかな、肥後守殿」

呼びかけられて、うつむくしかなかった顔を上げた。

熱の漲《みなぎ》る目で見すえられた。

「代替わりの時であるから、非道な者を一掃できる。いいや、血を入れ換えて、正しき道を歩み直すほかはない。今こそ、世直しの時でありましょうぞ。肥後守殿にしかできぬ務めがあると、どうかお覚悟くだされ」

静かなる言葉の奥から、裂帛《れっぱく》の気合いが伝わった。

由比正雪は一礼すると、正之を今一度見つめ直してから、背を向けた。

落ち着き払った足取りで、参道を引き返していった。供の二人をしたがえて、その姿が日陰の奥へ消え去っても、正之はその場から動けなかった。言葉の重みに打ちのめされて、照りつける陽射しが痛みをともなって感じられた。

やがて、砂利を踏みしめる音が聞こえ、目を上げた。

丹右衛門や六郎が様子をうかがいに来たのではなかった。法衣を見て、兄が戻ったのかと見間違いかける。日陰の下で、灰色の頭巾が小さく上下した。

祖心尼だった。

丹右衛門らは由比正雪のあとを追ったのかもしれない。客が帰ったのに庭から戻らずにいる正之を不思議に思い、近づいてきたようであった。

「大猷院様もこの池が好きと仰せで、いつまでもお一人でおられることがござりました」

兄の家光は、生まれ落ちた時から多くの家臣に囲まれてきた。自分も同じで、忠心あふれる者らの垣根を通して、世の中を見ていたにすぎなかった。振り返った池の水面が輝いていた。

「清らかな水面を見ていると、多くの眺めが見えてくる。そうも仰せでござりました」

祖心尼はまた静かにうなずいてみせた。

「またいつでもおいでくださいませ。御子様と庭を散策なされて、木々や水の流れに癒やされるのもよし。お一人で池の水面を飽くるまで眺めるも、また格別にござりましょう。この祖心尼も、心を開き、お待ちしておりまする」

ふいに、高遠の草花と青く高い空が思い出されて、胸の奥が痛んだ。

けれど、あの時に戻ることはできない。不惑の歳をすぎて、多くの背負うものが自分にはあった。

「ありがとうございました。また、必ずお邪魔させていただきます」

正之は折り目正しく礼を返し、大きく一歩を踏み出した。

変の真実

兄家光の百箇日法要に発つため、家綱から暇をもらい、香典の品を託された。

二十一日の朝、幕府の番方に守られて、正之は大手門前から出立した。都合六泊という急ぎの道のりだった。

信綱らの老中は、将軍宣下の手はずを急いで進めようとしていた。自分らが栄えある行事を取り仕切ることで、家綱を支える役目をこの先も担うのだと、大名家に広めようとする意図もあるのだろう。すなわち、新将軍の叔父である正之を、ひとまず幕府の要職から遠ざけておきたい、とも見えるのだった。

代替わりとなれば、多くの改新が進められていく。長く家光を支えてきた者からすれば、この際に己の立場を固めておきたい気持ちがあって当然だろう。だが、家綱は若すぎるため、すべてを宿老の手に委ねたのでは、まさしく名ばかりの将軍となってしまう。鎌倉は執権に、室町は管領に、と威勢を奪われた幕府の末路はよく知られていた。この代替わりの陣立てが、徳川の末を決めかねないのだった。

正之の胸には、熱く問われた言葉が残り続けていた。へつらう者に囲まれていては、領民の姿が見えてこない。

家綱には、己の目と耳で多くを感じ取り、民のためにつくす将軍であってほしい。そのためにも、急いで江戸へ戻り、側で見守っていかねばならないのだった。

千住《せんじゅ》から奥州街道を進み、夜は古河宿に泊まった。早朝に宿を発ち、日光の玄関口となる今市を目指した。家康の意向と聞くが、気軽に墓参もできない遠方に、なぜ埋葬せねばならなかったのか。偉大な祖父に八つ当たりをしたくなるほど、日光の地は遠かった。

二十二日の夜になり、ようやく今市宿に近づいたところで、ふいに駕籠が止められた。

御簾越しに、三郎兵衛から呼びかけられた。

「お知らせいたします。庭師の源助が駆けつけましてございまする」

声を聞くなり、心の臓が痛みを発した。正之は手早く御簾を押しやった。

汗まみれの源助が暗い地にひざまずいていた。すぐ近くで馬の鳴き声も聞こえる。丹右衛門に命じられて、急の知らせを届けにきたとわかった。

胸騒ぎを抑えて、顔を近づけた。

「何があったのじゃ」

「丹右衛門がいたく案じておるのでございまする。あの者が、密かに旅支度を進めているように見えてならぬ、と」

由比正雪のことに違いなかった。

江戸へ戻ったなら、また会えないものか、と考えていた。目付が動いていることもあり、丹右衛門には用心せよと戒めてはおいた。が、風魔の頭目を探し当てねば気が治まらずにいたのだろう。見張りを続けるうち、正雪の周辺にただならぬ気配を感じ取ったと見える。

正之が日光へ発った矢先に、由比正雪までが旅に出ようとしている。幕府の隠し目付が動いていることは、呼び出す際の手紙で告げてあった。彼らも察知はしていたろう。それでも、密かに旅立つつもりであるらしい。

その目途は何か。なぜ今なのか……。

「さらに、金井半兵衛《かないはんべえ》という門弟の姿が見えず、供と上方へ向かったと申す者がございます」

「初めて聞く名だな」

「丸橋に次ぐ高弟で、槍術の師範代を務めております」

本当に西へ旅立ったのか。その師の正雪も、密かに旅支度を進めている。目付から逃れようというつもりであろうか。だが、人目を盗んで逃げにかかれば、嫌でも追っ手を放たれる。

「丸橋に動きはないのか」

「今のところはございません」

上方とは、どこを指すのか。駿府か、それとも頼宣の領する紀伊か。

駕籠を覆う薄板の上に、駿府の絵図を思い浮かべて、正之は息を呑んだ。

城の東四里の地には、久能山東照宮があった。駿府で没した家康が、まず最初に葬られた地だ。その後、日光へと改葬されたのだった。

正之が日光社参へ出かけたと知り、由比正雪は久能山へ向かおうとしているのではないか。

忠長と初めて会った日のことが思い出される。

——兄上と誓いの徴とする手形を、久能山に奉納した。

今も久能山の東照宮には、兄弟二人の手形が残されているはずなのだ。

その手形と照らし合わせてみれば、由比と称する男が、自害したはずの駿河大納言忠長である、との証明になる。高崎城から密かに逃れて、今日まで生き延びてきたのだ、と公言できる。

家光亡きあと、次の将軍に相応しき者が、ここにいる。

「丹右衛門に急いで伝えよ。あの者は久能山東照宮へ向かうつもりでおるのだ」

すでに金井半兵衛という門弟も、西へ旅立ったという。かつて治めた駿府の地で高らかに名乗りを上げるのと時を同じくして——もし紀伊の頼宣が兵を起こそうものなら、西の外様大名はどう動くだろうか。

しかも、忠長の弟の正之は、領国の会津に近い日光へ向かっている。

西は頼宣が、東を正之が掌握するためである。そう江戸の外様大名に訴えることができれば、幕府をほしいままにする憎き老中どもを排除できるはず。駿府と江戸にいる数万の牢人が、必ずや自分の大号令にしたがって動く。大坂の陣や島原では幕府の軍勢にしてやられたが、代替わりの前という隙をつけば、事を成せるに違いない。そう忠長は考えたのではなかったか。

いけない。この国を二分する戦になりかねない。

済松寺で正之と会ったことで、一味に引き入れるのは難しい、と忠長は判断せざるをえなかった。ゆえに、百箇日法要へ向かった今こそが、絶好の時。つまり、頼宣とはすでに通じている、と見ていいだろう。

決して考えすぎではない。代替わりの今は、世直しの時。そう由比正雪自らが熱き声で語っていたではないか。

「もし丸橋まで動く気配あらば、直ちに町奉行へ訴え出よ。目付に知らせてやってもいい。いいや……待て」

正之はとっさに考えをあらためた。

城下にもし騒乱が起きたとなれば、江戸城は直ちに守りを固める。鉄砲や大筒も充分な備えがある。特に松平信綱は、島原の乱で総大将となって、一揆勢を殲滅する手柄を上げた。近隣の諸藩からも直ちに兵を集めにかかる。さらに信綱は、江戸城の石垣と櫓の普請も手がけてきたので、どこを警戒すべきかも熟知する。

「念のためだ。信綱の配下にも伝えよ」

忠長であれば、信綱の過去の仕事も探っているだろう。誰が刺客を送ってきたのか。阿部重次が高崎を訪ねてきたように、ほかの宿老も動いたのではないか。江戸へ戻ってから、配下の者を使って調べさせたはずだ。そうであれば、まず信綱の命を取るべし、と考えかねない。幕府を奪い取るには、まず何よりも信綱の知恵が邪魔になる。

「急げ、源助。久能山にあの者らを入れてはならぬ。江戸の騒乱を食い止めよ」

「承知」

源助が頭を下げ、身を弾ませた。後ろに待たせた馬に飛び乗るや、その腹を蹴って走らせた。多くを知らない三郎兵衛が、驚き顔で見つめてくる。

どうか間に合ってくれ……。

走り去る馬が闇の街道に姿を消した。正之は駕籠から降りて、夜空を見上げた。

満天の星が輝いていた。その中で、夜空を支えるがごとく身動ぎせず、大地をじっと見すえる北辰《ほくしん》を探した。

大君家康は死してなお、不動の北辰から幕府とこの国を見守り続ける。そのために江戸の真北に位置する日光に葬られたと聞く。

煌々と夜を照らす北辰を見上げて、祖父家康に祈りを捧げた。

どうか忠長に早まったことをさせないでほしい。

今すぐにも江戸へ飛んで帰りたかった。


七月二十三日、夜五つ刻――。

自ら常盤橋の北町奉行所に駆けこんだ信綱は、石谷貞清《いしがやさだきよ》のもとへ人を走らせた。

老中の来訪に驚いた石谷は、取るものも取りあえず、裏手の屋敷から奉行所へ駆けつけた。

「すぐさま与力、同心を集めよ。御茶の水上へ捕り物に向かう。丸橋忠弥なる者の道場と長屋を囲むのじゃ。急げ。手下は先に走れ。丸橋は槍の使い手と聞くぞ。ありったけの弓に長槍、馬を持てい」

信綱は草履を履き、門前から男どもに号令した。

ようやく馬が奉行所前に連れてこられた。奉行の石谷を差し置いて、自ら鞍上《あんじょう》へ上って指図した。

「南の奉行にも伝えたな。参るぞ、続け。牢人どもを引っ捕らえよ」

手綱を握るや、馬の腹を蹴った。我先にと走りだし、あとから与力の馬が続く。折しも曇天から小雨が落ち始めてきた。

吉祥寺橋のたもとで、先に向かった奥村重昭らが待っていた。橋を越えた先の長屋に、丸橋の道場はあった。

「長屋の裏を七郎右衛門と配下の者が張っておりまする。されど人手が足りず、道筋すべてを囲むことはできておりませぬ」

「篝火《かがりび》は消せ。十重二十重に囲み、鼠一匹取り逃がすでないぞ。丸橋の顔を知る者はおるな」

「御意にござりまする」

「二手に分かれて進め。やつらに気取られるでないぞ」

直ちに与力と同心に命を下した。配下をふくめて四十余名。小雨の中を男どもが身をかがめつつ橋を越えていった。

物音ひとつ立ててはならない。信綱も馬を降りて、足を忍ばせ、息をつめた。長屋にいる者すべて、一人たりとも取り逃すわけにはいかなかった。

夜中とあって、道場に灯りは見えなかった。その横に続く長屋も寝静まっていた。草履が地を擦る音が道筋に轟くかのように感じられる。

「火を熾せ。近くで火事が起きたと思わせるのじゃ」

丸橋に槍を使わせては、多くが手傷を負いかねない。人々が見物に出てきたところを、手当たり次第に捕縛する。その後にすぐさま、長屋中を徹底して検めていく。

長槍の柄に布を巻き、火がつけられた。篝火が煌々《こうこう》と燃え盛る。手下が長槍を振り回して火の粉を散らし、大声で叫ぶ。

「火事だ。逃げろ。焼かれるぞ」

長屋を囲む男どもが、一斉に騒ぎ立てた。夜の静寂が破られて、あちこちで物音が聞こえだした。火事を知らせる大声に、住人が起きだしているのだ。

手前の長屋で戸が引き開けられた。真っ先に片肌をさらした男が走り出てきた。奥に並ぶ戸も開き、次々と男らが姿を見せた。誰もが道へ出るなり、火の手を探して首をめぐらせる。

「引っ捕らえよ」

信綱の号令で、刀を抜いた同心が道の左右から走り寄せた。寝乱れ髪の住人たちが我を失い右往左往する。

「動くな。逃げる者あらば、容赦なく斬るぞ。者どもその場に座れ」

慌てふためく男に、同心の手下がつかみかかった。たちどころに五人が縄でしばられていく。わけもわからず捕り方に囲まれたため、歯向かう者は一人としていなかった。不意をつかれたため、躰が動かずにいるのだった。

「丸橋、捕らえました」

重昭の声が轟き渡った。同心が我先にと駆けていく。

信綱が歩み寄ると、髪を振り乱して身もだえする男が、三人がかりで縄をかけられていた。動転した声が辺りに響く。

「離せ。我らが何をしたという」

「黙らんか。謀反の兆しありとわかっておるぞ」

「濡れ衣だ。謀反など、我らは知らぬ」

信綱は刀をぬくなり、刃先を男の眼前に突きつけた。丸橋とおぼしき男が動きを止めて、息を呑んだ。

「……嘘ではない。お上に楯突くなど、もってのほか……」

「丸橋忠弥であるな。調べはすでについておる。由比正雪めはどこへ逃げた。あやつは何を企てておる。包み隠さず、一切白状せい」

丹右衛門と六郎は一心不乱に駿府めざして馬を走らせた。

関所を越えるのに、保科家の名は出せなかった。修験の道とされた山間《やまあい》を進んで遠回りするのが、もどかしい。

由比正雪と門弟は、正之が江戸へ発った翌日には江戸から姿を消したと見える。窮余《きゅうよ》の策で、張孔堂でも名を知られた門弟一人をおびき出し、力ずくで捕縛した。目付の手下を名乗って、躰を少しずつ痛めつけて問いつめたが、正雪は熱を出したために今も長屋で伏せっていると、涙ながらに訴えた。

だが、六郎が言うには、医師が訪ねてきた気配はまったくなかった。こうなったなら、丸橋忠弥をおびき出すか、と次の策を練っていたところ、源助が日光から駆け戻ってきた。

久能山東照宮――。

正之の命を聞かされて、うなずけるところがあった。

久能山東照宮には、家康ゆかりの品々が収められていた。そこに忠長の出自を証明するものがあるのではないか。兄弟である正之が、その話を聞かされていたことは充分に考えられる。

由比正雪なる兵法者は、まさしく生き延びた忠長なのだ。

おそらく門弟や風魔の配下と示し合わせて久能山へ向かい、神官を脅して目途の品を奪うつもりだ。駿府の代官所には、かつて忠長に仕えていた家臣が今も多くいた。身の証を立てることができれば、かつての配下と城下の牢人は、必ず忠長の命にしたがって動く。代官さえ追い出せば、勝手を知る駿府城を取り戻せる。かつて家康が暮らした城から、将軍を受け継ぐに相応しき者がここにいる、と全国の大名へ号令を発する計略なのだ。

ひょっとすると、江戸では門弟が争乱を起こそうというのかもしれない。

二千人を超える門弟を巧みに操れば、戦をろくに知らない今の老中などは、楽に始末できる。そこに紀伊の頼宣が荷担して、領国で兵を挙げれば、上方は押さえられる。代替わりの今こそ、決起の時である。

この時節に正雪が旅の支度を進めていると知り、正之は兄の計略を即座に見ぬいた。大坂の陣や島原で多くの牢人が活路を見出そうと蜂起に加わったが、成功はしなかった。今回も同じ結果になる。それなりに考えつくした謀《はかりごと》であろうと、数千人の門弟で幕府軍と互角に戦えるものか。頼宣と正之が加わることで、多くの外様大名を味方に引き入れようという策に思えた。

博打に近い無謀さだった。

忠長と風魔の配下は、復讐心に目を奪われているのだ。代替わりの時を逃せば、名乗り出る機会は二度となくなる。信綱らの老中は将軍宣下を急いでいたので、今しかないとの焦りが生まれ、賭とも言える暴挙に打って出たのだった。

正之は、十八年前と同じく、ただ兄を救いたがっている。もし将軍に殺されかけた弟が世に姿を現し、蜂起を扇動すれば、日本各地で内乱が起こって夥しい血が流される。多くの犠牲の上に家康がやっと平定したこの国に、再び戦世が訪れかねない。そのおぞましき口火を、兄の忠長に切らせるわけにはいかないのだ。

目付への内報は、源助に託した。丹右衛門は直ちに六郎と二人の配下を率いて、西へ走った。のども潤さずに箱根を越えた。四頭の馬で街道を飛ばしたのでは目立ちすぎる。二手に分かれて、ひたすら久能山をめざす。

正雪の一味は、すでに駿河へ入ったろうか。彼らが箱根の関を通るとは考えにくい。山間の獣道を越えていったとすれば、先回りができるかもしれない。

たった四人で何ができるか。

東照宮の神官を訪ねて、賊が襲いにくると打ち明けたところで、信じてもらえるとは思いにくい。裏手から近づかれたのでは、こちらの目が届くか、不安がある。いっそ先に火を放ち、町の者を東照宮へ向かわせる手もあった。そもそも丹右衛門は久能山の地形を知らない。策を練るためにも、とにかく今は久能山へ急がねばならなかった。

丹右衛門は狩野川《かのがわ》沿いで少し休み、再び馬を走らせた。

二十四日の深夜には、清水湊に到着した。

疲れ果てた躰に鞭打ち、麓《ふもと》の町へ向かったが、馬が先に動けなくなった。かつて久能山から遷《うつ》されてきたという寺の近くで、再び仮寝した。翌朝に起きだして、参道の横手から久能山の木々の間を登った。

幸いにも、東照宮は静まり返り、正雪一行が急襲した気配はなかった。思いのほかに敷地が広く、とても四人では見張れそうにないとわかった。昼すぎに、合図の鳥笛が参道から聞こえた。

丹右衛門は茂みをかき分け、音の出所を探った。鳥居から離れた林の中に、うずくまる二人の姿があった。疲れ果てた六郎と配下が木の幹に寄りかかり、持参した糒《ほしい》で腹を満たしていたのだった。

丹右衛門が近づくと、六郎が真っ先に立ち上がった。

「小田原《おだわら》宿で探りを入れたところ、紀伊家の家臣十名が今朝早くに宿を発ったといいます」

「正雪の一味だな」

「うち一人が、総髪法衣であったそうで、間違いないかと」

正雪は紀伊家の家臣を騙《かた》り、堂々と箱根の関を越えたのだ。やはり頼宣と通じていたわけか。すでに陽は高くなっていた。早朝に小田原宿を出たのであれば、そろそろ東照宮にたどり着いてもいいころ合いだ。麓の町で支度を調え、夜に襲う腹づもりか。

紀伊家を騙るのであれば、東照宮を訪ねる理屈はいくらでもつけられた。正門から中へ入って神官を襲うとも考えられる。

「参道を固めるぞ。皆は身を潜《ひそ》めよ。それがしが出《い》でて、すでに目付が丸橋らを捕らえたはず、と告げる。それでも東照宮を襲おうとするのであれば、火を放って食い止める。よいな」

「御意」

世直しすべきとの気持ちはわかる。刺客を放った者に復讐を遂げたくもあるだろう。だが、いくら紀伊の頼宣と通じていようと、無謀がすぎる。

何より頼宣は、一筋縄ではいかない男なのだ。己の身が危うくなれば、ころりと幕府の側に寝返るだろう。あるいは、頼宣もただ利用されているだけかもしれない。

丹右衛門は参道を見通せる大樹の上に登った。必ず今日のうちに、正雪一味は現れる。

ところが、森の木々の上に陽が昇っても、誰一人として参道を登ってこなかった。東照宮にも変わりはなく、静まり返ったままである。

「城下で牢人を集めてから、襲いに来る気ではないでしょうか……」

境内の様子を見てきた六郎が声を細らせた。

充分に考えられる。だが、すでに源助が目付に注進しており、奉行所と町方はもう動きだしたと見ていい。悠長に手はずを調えていたのでは、駿府の代官所に幕府の使者が駆けつける。いくら江戸の動きを知らずにいるとはいえ、正雪一味の動きは遅すぎる。

「あとは頼む。それがしは山を下りる」

六郎の返事を聞かずに、丹右衛門は走った。森の奥につなぎ留めた馬に飛び乗るや、駿府城下へ急いだ。正雪一味は今どこにいるのか。

紀伊家を騙って城下に宿を取り、そろそろ発とうとしているころか。多くの牢人を呼び集めるつもりであれば、近在にはいくつも広い寺や神社がある。おそらく牢人どもと、登城する代官を待ち受けて襲い、別の一派が東照宮へ向かうのだろう。

日輪がじりじりと碧天《へきてん》へと昇っていく。

もはや一刻の猶予も残されてはいなかった。

大猷院廟に参拝して香典の品を収めると、正之は急いで江戸への帰路に就いた。

頼むから早まらないでほしい。必ず自分が家綱を支え、幕府を正しき道へと導いていく。忠長の復権に尽力してもいい。

家光とその小姓から出世した老中が、自分を亡き者にすべく刺客を送りこんできたと、忠長は見ぬいている。世直しより復讐心に目を眩《くら》ませていれば、手荒な真似をしかねなかった。

丹右衛門はもう駿府へ到着したころだろう。由比正雪一行が何人の門弟を率いていたか。そこに、駿府の牢人や、かつて忠長の配下にあった役方も加わる手はずなのだ。その数によってはまさしく一大蜂起となりそうで、不安はつきなかった。

——頼む。どうか大乱を引き起こさずにいてほしい。

二十五日の夜半に、正之はようやく利根川筋の関所である房川渡《ぼうせんのわたし》までたどり着けた。

ゆっくり寝ていられるような心情ではないが、渡し船はもう動いていなかった。徒と馬も休ませねば、明日中に江戸へ戻れなくなる。

その深夜に、本陣とする古河宿に、江戸から早馬が駆けつけた。

大老の酒井忠勝から書状が届いたのだった。

上様の機嫌に変わりはない。ただ、城下で牢人が一味し、数名を捕縛した。駿河へ向かった者の手配は終えた。そう書かれていた。

丹右衛門がうまく目付に知らせて、奉行所が動いたのだ。あとは、久能山で忠長一行の暴挙を止めてくれるのを祈るばかりだった。

その夜の内に返書を認めて、早馬で江戸へ送り返した。翌朝早くに宿を発って利根川を渡り、江戸へ急いだ。駕籠を降りて馬に乗りたかったが、藩主が一人で先に帰るわけにもいかない。揺られる駕籠の中、もどかしさにじりじりと身を炙られた。

日没をすぎてから、江戸城内へ帰り着くことができた。

夕暮れの空を見回したが、どこにも火の手は上がっていない。道に控えた町衆も、いつもと変わらず、慌てた様子は見られなかった。城下で騒乱は起きていないと知り、密かに胸を撫で下ろした。屋敷へ戻れば、さらに朗報が待っていることを期待した。

ところが、桜田門内の上屋敷で待っていたのは、思いもしない使者だった。

「殿。松平伊豆守様の御配下が夕刻よりお待ちにござりまする」

出迎えた北原が、ねぎらいの言葉より先に、顔をしわめて言った。ほかの家臣も面輪がやけに固く見えた。少なくとも牢人が捕縛された件は、城内で広まりつつあるようだった。

正之は小声で北原に訊いた。

「丹右衛門は戻っておらぬのか」

「六郎もいまだ……」

胸騒ぎに肌が粟立った。二人の身に何もなければよいが……。

使者の用件は、江戸城への呼び出しだった。老中と譜代家門で詮議したき由あり、という。正雪一味の件で、夜になってもまだ多くの宿老が城に居残っているのだ。城下が平穏無事であるのは、何よりの幸いだった。

正之は降りたばかりの駕籠に再び乗り、急ぎ登城した。

大手門には篝火が赤々と燃え、槍を手にした警固の番方が立っていた。

側衆に導かれるまま、大手三之門をくぐり、本丸御殿へ上がった。薄暗い廊下を歩き、老中の御用部屋へと案内された。

小姓が静かに引き戸を開けた。

「保科肥後守様のお着きにござりまする」

部屋へ進んで、正之は足を止めた。

広い御用部屋の中に、ただ一人の姿しかなかったのだ。燭台の火に照らされて、その男の影がゆらりと揺れ動いた。

「どうぞ、こちらへ」

二羽の鷹が描かれた襖の前に、信綱が一人で端座していた。真向かいを手で示して、そこに座れと目で告げてきた。

信綱は齢五十六になる。正之より十五歳上なので、上座に着いていようと当然である。が、胸を反らし、睨みを利かすような目つきは、互いの官位を超えた不遜さまでが感じられた。

「讃岐守殿より、知らせは届いたでありましょうな」

「書状に目を通し、驚きました」

ひとまず短く答えて、下座に着いた。

なぜ信綱一人が待っていたのか……。部屋のすぐ外には、息をつめた番方が控えているようにも感じられる。

「二十三日の夜、奉行所へ訴人がござりました。神田連雀町で張孔堂という兵法道場を開く由比正雪なる者が、門弟と大それた謀反を企てておる、と申すのです。直ちに奉行所の与力同心が駆けつけたところ、正雪なる者は門弟数名と姿を消しておりました。そこで、一番弟子と言われ、御茶の水上春木町にて槍術道場を開く丸橋忠弥を捕縛してただしたところ、素直に謀反の子細を白状するにいたったのでござります」

信綱は淡々と告げた。が、その目は射るほどに鋭く、正之にそそがれていた。

「……いかなる謀反でありましょうか」

「首魁《しゅかい》なる者、由比正雪。ご存じでありましょうな」

「名は聞いております。それがしの配下にも、その門下の道場に一時、通っておった者がござります」

すでに信綱から諫められていたのだから、認めるほかはなかった。

その真偽のほどを見極めでもするような間を取り、信綱がゆるりと切り出した。

「いかにも、それがしは目付の中根壱岐守殿から、肥後殿の家中の者までが件《くだん》の一派の道場に出入りしていたと聞かされて、大いに驚いたものでござりました。大目付が張孔堂とその一門を怪しみだしたのは、由比正雪なる者が紀伊大納言様と親しくある、などと吹聴《ふいちょう》しておったからだというのです。数年前に、紀伊の領国を修行の際に訪ねて、家臣に兵法を説いたことがあったとか……。代替わりの大事を取るべき時節であるため、壱岐守殿は万が一を怖れて、不届きを吹聴する由比正雪とその門下を、念のために見張らせていたのでありましょう」

実は紀伊の頼宣のほうを見張らせていたのだ、などと真相を語るわけにもいかなかったろう。あくまで表向きのことを、つらつらと尤《もっと》もらしく、信綱は言い連ねた。

「すると……驚いたことに、たまたま肥後殿の御配下の者までが一門の道場で兵法や槍術を学んでおられた。しかも、どういうわけか、肥後殿が日光社参へ発たれると、由比正雪までが張孔堂から姿を消し、門弟十名を率いて西へと旅立ったのでした。謀反の注進を受けて、直ちに捕縛した丸橋忠弥を問いつめたところ、正雪一味は久能山東照宮へ向かったと……」

いわくありげに息をつき、信綱はさらに続けた。

「さてはいかなることか。久能山東照宮には、大権現様が寄進した莫大な財物が残されている。そう正雪めは信じており、奪い取って軍資にする魂胆であったのでしょうか」

正之はそっと息を吐いた。

信綱がさらにも増して声に力をこめた。

「奉行所の者は、よくぞ一味の口を割らせたものです。多少は痛い目にもあわせたのでありましょうな。そのおかげで、正雪めが企てた謀反の子細が、丸橋と門弟の口から語られたのです。まずは夜中のうちに、北之丸の塩硝蔵を襲う。中に貯めこんである火薬を炸裂させて、江戸城を焼き討ちする。多くの門弟が城下のそこかしこに火を放ったうえで、騒乱をあおる。さすれば、我ら老中が慌てて登城してくるので、そこを待ち受けて、鉄砲で討ち取る。その騒ぎに乗じて城へ攻め入り、若き上様を連れ去るつもりであったという」

背中に汗が浮いた。途方もない計略である。

「いやいや、やつらはまだまだ無謀で鬼のごとき変事を企てておったのです。門弟の一人が毒を神田上水に流し、下流を混乱に陥れる。また、丸橋に次ぐ高弟の金井半兵衛なる者と数名の弟子が、すでに上方へ向かっており、大坂と京の市中を焼き討ちにする算段でもあったというのです……」

そこまでは見越していなかった。城下を焼き討ちにしたうえ毒を流すのでは、夥しい犠牲を生じさせかねない。本当に由比正雪が企てた計略なのか。

信綱らが、あえて変事を大きく喧伝し、未然に防いだことを勝ち誇るための大言なのかと疑いたくなる。

「直ちに老中で詮議したうえ、手配書を各地に送ったのでございますが、まだ金井らが見つかったとの知らせは届いておりませぬ」

金井のほかは、すでに見つけてある。そうほのめかすような言い方に聞こえた。

問い返したい気持ちを抑えて、次の言葉を待った。

信綱が肩をほぐすように揺すったのち、やおら胸を張ってみせた。

「迅速に手を打ち、多くの捕り方が砕身した甲斐もあり、正雪一味は駿府の宿にて身柄を捕らえることができた、と知らせが届いております。驚いたことに、あやつらは紀伊家の手形を使い、箱根の関を越えたというのです。駿府の宿にも、紀伊の家臣と称して泊まっておったそうにございます」

「本物の手形であったのでしょうか」

「さあ……。いかがなものか、定かなことは伝わってきておりませぬ。しかれども、正雪の門弟らが、紀伊家を訪ねておったのは、隠岐守殿配下の隠し目付が断じております。保科家の家臣が、正雪らの道場に出入りしていたのと同じにございますな」

ここで保科の名までを、信綱は出してきた。その口元には、はっきりと笑みが浮かんでいた。

「何を仰せになられるのでしょう」

「よくお考えくだされ。西の要は、紀伊の五十五万石。北の要は、会津三十万石。そのどちらもが、もし由比正雪なる者と通じていたならば、いかが相なりましょうか……。西の大名は、紀伊大納言様が押さえられる。北は、会津肥後殿が睨みを利かせられる。今は代替わりを控えて、江戸に将軍は不在。紀伊と会津の一門が手を結び、示し合わせて挙兵するならば、たちまち江戸は手中に収められる」

「戯れ言はおやめくだされ」

正之は焦《じ》れて声を上げた。

燭台《しょくだい》の炎が揺れて、二人の影が暗く蠢《うごめ》く。

「そう。まさしく戯れ言……。何しろ北を固めるべき肥後殿が、兵など起こさず、こうしてあっさり江戸へ戻られたのでありますからな。しかも、由比正雪がめざした久能山東照宮には、大君が残された財物などあるはずもなし。家門であられる紀伊大納言様と肥後殿なら当然、ご承知のことでありましょう」

承知も何も、家康が久能山東照宮に財物を寄進したなど、端から噂にも聞いたことはなかった。そう正直に告げたところで、話の先向きを変える意味も持たない。

信綱がわずかに首を傾《かし》げてみせた。

「それがしには不思議でなりませぬ。あるはずもない財物目当てに、久能山東照宮へ向かうのでは、愚かにもほどがある。ならば、財物とは別に、正雪めにはどうしても取り戻しておきたい品があったのではないか」

怖ろしくも、信綱の指摘は的を射ていた。

確信ありげなうなずきを見せて、信綱は続けた。

「そうではありませぬかな、肥後殿。それがしの思い違いでなければ、確か久能山には、大権現様のご遺骨の片端《かたはし》と手形が収められていたはず。それとともに、兄と弟が力を合わせて徳川家を率いていくようにと、お二人が誓いを立てた証の手形も奉納されていたのではございませぬでしょうか」

「……いや、初めてうかがいました」

「ほう、そうでしたか。ご存じなかった、とは思いもしませんでした。では、もはや確かめようはございませぬな。大猷院様もお亡くなりになり、先の駿河大納言様も自害あそばされておられます。それがしは、ひょっとすると由比正雪めがお二人の手形を取り戻そうとして、久能山をめざしたのではないか、と疑っておりました」

信綱はすべて見ぬいているのだった。そのうえで、正之を呼びつけたのだ。

つまり、忠長はすでに捕縛されたわけか。だが、そう正直に尋ねるわけにはいかない。信綱の狙いどおりとなるだけだった。

「そこで——思いつくことが、ひとつ」

信綱の声に凄みが増した。

「正雪めが企てた謀反の子細を、今一度思い起こしていただきたい。あやつらは幕府の塩硝蔵を襲うつもりであった。そう打ち明けられたため、奉行所の捕り方とともに、それがしも北之丸へ急いだのです。念のために、塩硝蔵下奉行を召し捕り、事なきを得たのですが……。それがしは、塩硝蔵の周囲を見て、まさしく声を上げたのでした。肥後殿であれば、見当はつきましょうな」

「いいえ、皆目《かいもく》……」

嘘偽りなく、見当がつかなかった。信綱は何を言いたいのか……。

「もう一度、申しまするぞ。幕府の塩硝蔵は、北之丸の清水濠が大きく東へ曲がったところに接しておるのです。おわかりでしょうな」

正之は迸《ほとばし》り出そうになる声を懸命に抑えつけた。

まさか、幕府の塩硝蔵がその地に建てられていたとは知らなかった。

信綱が、したり顔でうなずいた。

「そうなのです。そこは十八年前まで、駿河大納言様のお屋敷があった場所なのです」

忠長は江戸へ戻り、かつて暮らした屋敷が今どうなっているか、見に行ったに違いなかった。自害した者が住んだ地を拝領して喜ぶ大名はいない。住み慣れた屋敷は跡形もなく取り壊され、新たに蔵が建ち並んでいた。聞けば、幕府の塩硝蔵だというではないか。

変わり果てた光景を見て、何を思ったろうか。

妻は出家したのち、豊臣秀頼の正室であった姉の天樹院と江戸城内で暮らし、ひとまず心配はない。が、長くともに暮らした屋敷と庭は、跡形もなく潰されて、土蔵が並ぶ。これを文字どおりに幕府の火種としてやらねば、気が収まらぬ。そう考えたのではなかったか。

忠長の心中を思うと、胸がふさがれるようだった。

「正雪なる男は、駿河の生まれで、駿府城下の事情に詳しかったという。徳川家門でかつて駿府を治めていた紀伊家に出入りしており、保科家の家臣とも顔馴染みであったらしい」

「いいえ、それがしの家中の者は、兵法を学びに通っていただけにございます」

すぐさま言い返したが、信綱は涼やかな目のまま続けて言った。

「さらに、幕府の塩硝蔵にまで詳しく、どういうことか久能山東照宮に向かっていた。まるで自害なされた駿河大納言様の生まれ変わりであるかのように思えはしませぬかな」

「驚かされることばかりで、言葉が浮かびませぬ。首謀と思われる由比なる者は今どこに……」

話をそらしたいのに、最も気になってならない問いを投げかけていた。

「駿河の代官が城下を探らせたところ、梅屋という宿に紀伊の配下十余名が泊まっておるとわかりました」

「では、すべて捕縛できたと……」

「抗う者もいたと聞きますが、正雪らしき総髪に髭の者も生け捕りにできた、との知らせが入っております。早速、代官自らきつく調べを進めておるそうですが、正雪めは泣き叫ぶものの懸命に無言を通しているとか……。なかなか見上げた者にございますな」

由比正雪なる者は、生き延びた忠長ではないのか。そなたが認めないのであれば、このまま拷問を続けさせるまで。それでいいのだな。心の声が大きく胸に届く。

信綱の意図がすべて読めた。弟の正之であれば、手形の件は知っているはず。張孔堂に配下の者が出入りしていたのは、由比こと忠長と通じていたからであろう。

さあ、認めよ。

忠長の命を助けたいのであれば、ありのままを白状せよ。

怖ろしいほどの知恵を有する男だった。変事の全容を見ぬいたうえで、家綱の後見を任じる正之をも、この機に葬っておきたい。いくら新将軍の叔父であろうと、幕府転覆の計に乗ったとなれば、配流は間違いなし。いっそ紀伊の頼宣も放逐できれば、幕内に目障りな者はいなくなる。変を未然に防いだ信綱に、こぞって称賛が集まるだろう。家光に引き立てられて老中まで出世できた自分の足場を、より強固にできる。

さあ、潔く認めよ。

このままだと忠長は拷問の末に殺されるのだぞ。兄を助けたいと思わぬのか。

凄まじき知略に、背筋が冷えた。滲み出た汗が凍えていく。

もし正之が認めたとしても、忠長が許されることはないだろう。すでに死んだはずの者なのだ。生きていたことが広まったのでは困る。刺客を放った者がいた事実まで、明らかになりかねないのだ。

忠長の命運は、ついにつき果てたと言える。

だが、ここで手形の件を認めねば、確実に忠長は責め殺される。正之が兄を死に追いやるも同じになる。

正之は一度目を閉じ、胸深くに息を吸った。

「それがしにはまだ、よくわかりませぬ。由比正雪とやらは、なぜ久能山に奉納された手形を奪おうなどと考えたのでありましょうか」

「肥後殿ともあろうおかたが、先を読めないと騙《かた》るなど、実に空々しい。手形を収められたおふたかたのうち、大猷院様はすでに身罷られておるのです。残るお一人が、己の出自の証とするため、取り戻そうと久能山へ急いだ。ほかに考えられることがありましょうかな」

「いいえ、まさしく狂気の沙汰にござります。残るおひとかたは、大猷院様より先に亡くなられておるのです。生きてもいない者が手形を取り戻したところで、何になりましょうか。由比正雪とやらは、門弟の手前、引くに引けなくなり、財物の寄進を信じて久能山をめざしたのでござりましょう」

まだ認めぬとは強情な。信綱の目に怒りが宿った。

「では、駿府の代官に命じて、よりきつい拷問を行わせましょう。素直に白状するまで、決して息の根は止めず、生き地獄の苦痛を与え続ける。さすれば、必ず認めざるをえないでしょうな」

人でなしの言いようだった。すでに死んだ者であるから、二度目の死は必然のうち。忠長の命など、虫けらほどにも考えていない。

まだどこかに打つ手が残されているのではないか。

正之は細い藁《わら》にすがる思いで懸命に考えた。丹右衛門は駿府よりいまだ戻っていない。何かしらの手立てが残っているから、その地に留まっている。丹右衛門ほどに腕の立つ者が、駿府の町奉行に討ち取られるはずはなかった。事態を見極め、手をつくそうとしている。そう正之には思えてならない。

ここは白《しら》を切りとおすのだ。絶対に認めてはならなかった。

正之は物わかりの悪い男を演じて、信綱を見返した。

「もしや正雪なる者は、駿河大納言様に仕えていた者で、主君を自害に追いやった者への復讐を考えていたと申すのでござりましょうか……」

そなたらが高崎まで刺客を放ったのでしたな。当言《あてこと》をあえて口にして、様子を見た。

信綱のこめかみが激しくうねった。ぎりぎりと歯をきしませる音が聞こえるかのようだった。

「では、正雪めを江戸へ送らせ、それがし自ら、とくと調べることといたしましょう。肥後殿も立ち会われますかな」

忠長が拷問の責め苦にあう場を見るがいい。信綱はあくまで正之に語らせたいのだ。

向こうがその気であれば、言うしかなかった。

「はい。ぜひにもお願いいたしまする」

打ちのめされた思いで駕籠に揺られて、上屋敷へ戻った。

妻や子の顔を見ても、心は満たされなかった。

遅い夕餉《ゆうげ》をとると、庭先で小さく鳥が鳴いた。正之は箸を置くと、小姓を下がらせて、奥の座敷に引きこもった。

ほどなく襖が開き、修験者の形をした丹右衛門が現れた。その顔は苦渋に満ち、頭を下げたまま正之を見ようとはしなかった。

「ただ今、駿府より戻りました」

声も暗く沈んでいた。

正之は胸を突かれ、無言で先をうながした。

「……由比正雪、駿府の宿を捕り方に囲まれて、ついに自害なされました」

「疑いないのか」

そう声をしぼり出すのが、やっとだった。

丹右衛門の頭が下がる。

「城下で捕り物があったと聞き及び、駆けつけましたところ、すでに宿は奉行所の捕り方によって、鼠一匹たりとも逃げる隙なく、十重二十重《とえはたえ》に囲まれておりました。その数、優に三百名は超えていたと思われます。一味は久能山へ向かう前に、多くの牢人を集めるつもりであったようなのです。宿に火をかけられては困るため、捕り方が表と裏から壁板を剝がしにかかったところ、正雪ほか一名が自害したと言って、門弟が飛び出してきたのでした。残る八名は直ちに縄をかけられ、亡骸とともに奉行所へ運ばれました。それがしも近くの屋根の上から、そのお顔を確かめることができたのでございます」

「風魔の者はどうなった……」

「亡骸のもう一体は、岡村弥一郎に違いありませんでした」

腹心の者まで、ともに逝ったのだった。もはや逃げ道なし、と覚悟するほかはなかったのだろう。

十八年前、家臣の犠牲のもと、塀に囲まれた離れ家からは逃げ出せたものの、今度こそは自死へと追いつめられたのだった。

その死を知りつつ、信綱は正之を呼び出したのだ。

己の地位を固めるために、邪魔でしかない正之と頼宣を葬る腹づもりでいたとわかる。怖ろしいまでに知恵が回る。この先も、あの男には決して油断してはならなかった。

丹右衛門が深く一礼した。下がろうとするのを見て、正之は呼び止めた。

「待て。ひとつ、訊いておきたい」

夜の庭を背に、丹右衛門が振り返った。

確かめなくてはならないことがあった。正之は怖れを抱きながら問いただした。

「ぜひにも正直に申せ。壱岐守殿ら目付が先に動き、駿府へ手配を送ったのか。それとも、そなたらのほうが早く追うことができたのか……」

丹右衛門は問いかけの意図を素早く読んだらしい。わずかに言いよどんでから、声にした。

「……正雪は軒下《のきした》をたどって、ふたつ隣の部屋へ移り、そこから長持《ながもち》に身を隠して張孔堂を出たのでした。それがしらも、殿の言いつけを聞き、急いで目付へ知らせる手はずを取り、慌てて追ったのですが、間に合わず……」

正之には合点がいった。

北辰への切なる祈りは届かなかった。

目付に悟られることなく、駿府へ密かに旅立てた。そう忠長は信じていたと思われる。だが、意に反して、あまりにも早く奉行所が動き、宿を囲んできた。目付よりも先に嗅ぎつけた者がいたのではなかったか。心当たりはひとつしか、ない。

弟の仕業だ。

正之であれば、久能山東照宮に奉納された手形のことを知っている。済松寺で十八年ぶりに再会した折り、互いの考え方に違いがありすぎることは、無念ながら承知できた。ゆえに、弟が日光へ旅立つと知り、世直しの機は今しかない、と考えるにいたった。

ところが、弟は江戸を留守にする間を不安に思い、そっと兄の行いに目を光らせていた。注進した者がいるとすれば、弟の配下しかいない。

昔の自分に成り代わるがごとく、今や副将軍となった弟の手にかかったのである。もはや逃げる道は断たれ、今度こそ命運はつきた。こうなれば潔く死を選ぶほかはない。無念でならぬが、自分は謀反を企てた由比正雪として死んでいく。そうしたほうが、弟のためともなろう。

「兄上……」

疑いなく自分は兄を売ったのだった。

徳川家のため。この国の安寧のために……。

もし忠長が駿府城を乗っ取ることに成功し、そこで高らかに名乗りを上げていたなら、どうなっていたか。たちまち、旗下に数万の牢人が参集したのは疑いない。さらに、頼宣と正之が加われば、新たな将軍が天下に号令できていたかもしれない。

三代将軍の座に就いたもう一人の兄より、才知に長けて、情にも篤き人であったのは疑いない。人の上に立つべき器を有し、父母や家臣はもちろん、多くの大名も望みを託していた……。

正之は覚束《おぼつか》ぬ足取りで、裏庭へ歩み出た。

夜空を見上げて、偉大なる祖父が宿るべき北辰を探した。

――これでよかったのでしょうか。お教えください、大権現様。

会えずに終わった父と、もう一人の兄にも問いたかった。が、今にも泣き出しそうに雲が厚く、夜空には月さえ出ていなかった。北辰の輝きは届いていない。

正之は滲む涙をぬぐい、たった二度しか会うことが叶わなかった兄の姿を闇の中に追い求めた。

終章

松之廊下から白書院へと、徳川権大納言頼宣がゆるゆると歩み出てきた。

宿老が居並ぶ姿を見るまでもなく、なぜ呼ばれたのか悟っていながら、憎らしいほど落ち着き払っていた。が、内心は千々に乱れ、この窮地をどうやって逃れようか、必死に考えているはずだった。

「ささ、どうぞお進みくだされ」

信綱は手を差し向けて、丁寧に呼びかけた。

いくら疑惑の主であろうと、徳川家門の当主には相応の作法を通さねばならなかった。が、隣の連《れん》歌《が》之間と納戸構には、目付の中根正盛と屈強の者十余名を控えさせていた。頼宣の返答次第では、直ちに捕らえる手はずだった。

尾張の義直と水戸の頼房に、譜代筆頭の井伊直孝、大老の酒井忠勝に老中の阿部忠秋。宿老すべてが見つめる中、頼宣は大仰に長袴の裾《すそ》を払ってみせてから、背筋を伸ばしたまま着座した。

「皆々様おそろいにござりますな」

笑みまで浮かべて切り出すのだから、怖ろしいほどの度胸だった。

この貫禄にだまされてはならない。信綱は冷ややかに応じた。

「すでに由比正雪一味の謀反は、ご存じのことと推察いたしまする」

「もちろん、承知しております。御大老の讃岐守殿が、我が家中の者にお知らせくださったと聞き及びます」

ぬけぬけと、伝聞にすぎない、と断ってきた。

それにつけても、忠勝は余計なことをしてくれたものだ。

由比正雪が遺した書状を調べた役方が、その中に頼宣の花押と印を見つけて驚くあまり、忠勝へと知らせを上げた。もしかすると、あらかじめ手を回していたのかもしれない。なぜなら忠勝は、知らせを受けるや、直ちに紀州藩邸へ駕籠で乗りつけたのだった。

するとたちまち、加納《かのう》とかいう若い藩士が、その夜のうちに切腹して果てた。印の保管を任されていた者だったという。つまり、加納という配下の者が、頼宣の印を勝手に使うか、人に貸し与えたせいであり、張孔堂で見つかった書状はすべて偽物との申し開きをするつもりなのだった。

罪もない若い者の命を犠牲にして、自らの関与を闇に葬り去ろうとの見え透いた魂胆《こんたん》である。

絶対に許してはならない。

信綱は目で合図を送った。

阿部忠秋が後ろに置いた紙片をつかみ、頼宣の前へと押しやった。

「ここに、正雪一味が箱根の関を越えた際に見せた手形がござります。ここにも、紀伊家の印が、しかと押されておるのです。とくとご覧くだされ」

「家中の恥をさらすようで、心が痛みまする。かつて我が藩も、由比正雪なる者の口車に乗せられて、古来の兵法を徒の者に説いてもらったことが確かにござりました。まさか今なお、素性の知れない兵法者を、いたずらに信奉する者が家中におったとは、まこと紀伊家の不覚といたすところにござります」

頼宣は、しれじれと頭を下げてみせた。が、すぐに面を上げると、朗々たる声で続けた。

「しかれども、我ら紀伊家へお気遣いなさることはありませぬぞ。由比正雪とか申す者の一味が、どこぞの外様大名の印を使って謀反を企てたのであれば、神君以来の三代にわたるご恩を忘れて不埒にも逆心を抱いたとの疑念を持たれても当然にござりましょう。悪くすれば、天下を揺るがす騒乱にもなりかねませぬが、それがしの印を模した書を使うのであれば、事はなしと申せまする」

信綱は本意をつかみかねて、うそぶく男の顔を見返した。

忠秋も怪訝な面持ちで、信綱を見てきた。

頼宣が徳川三家の二人に目を転じて言った。

「なぜならば、我ら一門、公方様の身内にござりまする」

身内であるそれがしを、疑うつもりではありませぬな。脅しつけでもするような目が、きりりと向けられた。

弱みでも握られていたかと思いたくなるほど、二人の家門当主が身を揺らした。

水戸の頼房が慌てたように口を開いた。

「……おお、確かに仰せのとおりにござりますな。仮にも紀伊大納言殿が事を起こすのであれば、そもそも牢人風情の力を借りるはずもなしと言えましょう」

その尻馬に乗り、尾張の義直も言い添える。

「よりによって紀伊殿の印を模するのでは、明らかな偽書に違いありませぬ。皆々様も、そうお考えになられましょうな」

徳川三家の当主に目を向けられて、譜代筆頭の直孝が気圧されでもしたようにうなずいた。

その機を逃すまいとするように、頼宣が高らかに言った。

「我ら家門が力を寄せて、新たな公方様をお支えしていく限り、徳川家も天下も安泰にござりまする」

言い終えるなり頼宣は、葵紋の染めぬかれた袖を大仰に振り、話は終わったとばかりにひざを扇子でたたいて立ち上がった。

呆れたことに、義直と頼房も次々と席を立った。側衆までが絵襖《えぶすま》を開いて、詮議《せんぎ》の終わりを告げた。

何たることだ。信綱は奥歯をかみ、白書院を出ていく頼宣たちを見送った。

三人の間で、端《はな》から筋書きができていたとしか思えなかった。忠勝が注進したことで、こちらの思惑を読み、密かに手を握り合ったのだ。

忠勝と直孝までが早々に松之廊下へと歩みだしていた。あの者らも輩《ともがら》だったらしい。

若すぎる将軍を認めてもよい。が、徳川三家を無視するような政と振る舞いは許さぬぞ。そう言われたようなものであった。

白書院に一人、残された。

悔しさが腹の奥から突き上げてくる。

信綱は断固として信じていた。由比正雪などという兵法者は、この世に存在しない。

目付が駿府の城下をくまなく調べたところ、紺屋を営む岡村弥右衛門なる者は見つけられた。が、その息子の弥一郎は、とある間者《かんじゃ》の親方に弟子入りして修行に励み、ついに侍の身分を得たという。

自害した忠長の配下には、かつて風魔と呼ばれた間者の末裔がいたことは、多くの者が認めていた。が、正雪と腹心が宿で自害したため、あやつらの素性は霧の中に隠されてしまった。悔しいかな、頼宣と正之が口をつぐむ限り、証拠と言えそうなものは出てこなかったのだ。

どいつもこいつも姑息《こそく》な連中ばかりだ。

信綱は、隣の部屋に控えていた中根正盛を呼びつけた。

「この先は、紀伊から決して目を離すでないぞ。当分、国元へも帰してはならぬ。これ見よがしに監察の者を配せよ。よいな」

「御意にございます」

「岡村の縁者は、一人残さず探し出して、すべて首を刎ねよ」

無念だが、今はほかに打つ手がなかった。

自害したはずの忠長が、実は生き延びていたなど、絶対にあってはならないことなのだった。徳川の名を辱めかねない兄弟の果てしない対立を、後世に残すわけには、断じていかない。

由比正雪の変は、この信綱の手柄によって、無事に収められた。それだけを伝えていけばいいことなのだ。変の子細は決して記録に残さず、消し去らねばならない。

今は、たとえ頼りなくとも家綱を早く将軍の座に据え、徳川家を守っていくしかなかった。徳川あってこそ、この松平信綱も権勢を振るっていける。粉骨つくしてつかんだ地位を、手放してたまるものか。

あとは、忌々しくも生意気な保科正之の力をいかにして奪っていくか。

その方策を考えねばならなかった。

玉砂利を踏みしめて現れたその人は、涙を見せずに泣いていた。肩の端が下がり、首は深くすぼまり、足取りも危うく見えた。不惑をすぎたばかりであるのに、翁《おきな》のような深いしわが顔を覆っていた。

「お待ちしておりました」

祖心尼が腰を折って出迎えると、保科肥後守正之は石段の前で顔を上げた。泣きはらした赤い目が見開かれた。

必ずまたこの寺に来る。やはり正之は一人で足を運んできたのだった。

「どうぞ、こちらへ」

祖心尼は法堂の中へ正之をいざなった。

家光より背は高いはずなのに、引き立てられた罪人のように腰をかがめて、草履《ぞうり》を脱いだ。深々と一礼すると、そのまま頭を上げずに後ろをついてきた。今は自分の足元しか見えていないようであった。

祖心尼は観世音菩薩像の前に端座すると、静かに経を唱えた。

やや後ろに座った正之には目を向けなかった。波立つ気配から、伝わってくるものがある。念入りに、かつ穏やかに時をかけて、ひたぶるに祈りを捧げた。

まもなく将軍宣下が江戸城内にて行われる。その務めを果たしたならば、きっと正之にもひと息つける時が訪れる。

読経を終えると、祖心尼は居住まいを直し、一礼した。

丁寧な辞儀が返された。正之はまだ伏し目がちだが、いくらか姿勢が持ち直されたように見えた。菩薩像に見つめられていたからではないだろう。

「会津はまもなく紅葉に彩られます」

正之が丸窓へ目を向けながら、領国を思うように言った。

「――はい、心和む季節が懐かしゅうございます」

「お帰りになりたいと思われまするならば、ぜひお供させていただきとう存じまする」

「お心遣い、とても嬉しく思います。されども、わたくしにはこの寺にて大切なお勤めがござります」

帰りたくないわけではなかった。それなりに哀惜の情はあった。けれど、住み馴染んだ屋敷を奪われ、やっと手に入れた親子の睦まじき暮らしを手放さざるをえなかった悲しみが、より深く思われる。愛してやまなかったおたあとおふりは、もういない。二人の菩提《ぼだい》を弔《とむら》い、徳川家の世を見守るために、この寺はある。

「かなりお疲れのようにお見受けいたしました」

「いいえ。ようやくにして、朝廷から将軍宣下の使者を迎える支度が調ったところにござります。あとは不手際なきよう、務めさせていただきまする」

　正之は、城下で起きた変事には触れようとしなかった。祖心尼も問うつもりはなく、ただ話を聞くだけでいいと思っていた。家光もよく、ふらりとここへ来ては、一人で思うままを語っていった。語り合える人を持ててこそ、本当の自分を知ることができる。

　あの日、正之がこの寺へ招いた男の姿は、今も祖心尼のまぶたの裏に焼きついている。

　背の高さも体つきも、家光に似ているとは言えなかった。けれど、目の前を通りすぎていった時の、ほんのわずかな残り香の中に、なぜか祖心尼は家光を感じ、驚かされた。その匂いはまた、少しだけ正之とも似ているように思えてならなかった。

　由比正雪なる兵法者が、門弟を率いて謀反をなそうと企てた。

　久しぶりに訪ねた大奥で、女中らがそう噂し合っていた。幕府の徹底した内探によって、一味は親まで召し捕られて、安倍河原にて四十三人の首がさらされたと聞いた。そのおかげで、不穏の気配は江戸市中から消え去った。将軍宣下が滞りなく終われば、また新たな御代が、雄々しく一歩を踏み出していく。

「この歳になりますと、兄二人を亡くしたことが、胸に応えてきます……」

「いいえ。亡くしたのではございません。お二人は、先に行かれたのです。わたくしも、娘と孫に会える日まで、精いっぱいに生きていくと、御仏《みほとけ》にお誓いをいたしました」

「それがしも誓いました。必ず兄二人の遺志を受け継ぎ、力の限り若君様をお助けしていく所存である、と」

「まこと大切なお役目にございまする」

「――はい」

声に力がこめられていた。

案ずることはないようだった。

前を見つめた正之の目は、新たな意欲に輝いて見えた。

後記

慶安の変に関して、ずっと疑問に思っていたことがある。

なぜ幕府は、由比正雪の謀反を事前に察知することができたのか。

露見のきっかけは、老中松平信綱の家臣である奥村重昭の弟らが、正雪一味に謀反の兆し有り、と訴えたからだという。事件が落着したあとで、奥村らに褒美が与えられた、と幕府の正式な記録に残されているのだから、間違いはないのだろう。

しかし、なぜ老中の家臣が、町屋の兵法者が企てた謀反に気づくことができたのか。

彼らが兵法修行に励んでいた、との説もあるようだ。が、信綱は島原の乱で総大将を務めた武勲を持つ。その家臣らが、どうして今さら、市中の道場に通う必要があったのか。

あらかじめ監視の目的を持ち、由比正雪一味に近づいていた、と見るほうが理屈としては通るだろう。

そう漠然と考えながら、関連資料に目を通してみると、興味深い事実が続々と立ち現れてきた。中でも最も衝撃を受けたのは、丸橋忠弥が爆破しようとしていた幕府の塩硝蔵の場所だった。当時の地図を比べて見たところ、とても偶然とは思えない発見があり、背筋が薄ら寒く感じられたことを、つい昨日のように覚えている。

信綱は、徳川家のために、その事実を懸命に隠そうと画策したのではなかったか。そう考えると、多くのことがうなずけるのだ。知恵伊豆の本領発揮というべきだろう。が、今となっては、何ひとつ確たる証拠はない。波瀾万丈の物語として楽しんでいただけたら、幸いである。

その後のことも、少し書いておきたい。

慶安の変から二年後の承応二年のことだ。二度目の上洛から戻った保科正之は、朝廷から出された従三位の宣旨《せんじ》をなぜか辞退している。この裏には、松平信綱による〝差し抑え〟——つまり妨害——があったと言われる。ここでもまた昇進に難癖をつけたのだから、よほど正之のことが目障りだったのだろう。

そういう強権を駆使してきたせいもあるのか、さらに七年後の万治三年には、かつて家光に寵愛された堀田正盛の嫡男で下総佐倉藩を受け継いだ正信《まさのぶ》が、幕府の許しを得ずに領国へ引きこもってしまった。その際、将軍への訴状を書き、正之に託している。そこには、信綱のこれまでの行いを糾弾してあったという。

この訴状に、正之がどこまでかかわっていたかはわからない。が、少なくとも信綱の味方はしないはずと、訴状を預けた堀田正信が考えていたのは疑いないだろう。

ここでも信綱は、得意の知恵を駆使したらしく、咎め立ては一切受けずにすんでいる。正之の屋敷で寄合が持たれた末、堀田正信のみに処分が下された。城を召し上げられ、弟に預かりの身とされたのだった。

才あれど、徳なし。そう信綱が評されたことを裏づける逸話だろう。

もうひとつ、余談として記しておきたいことがある。

正之はその後、朱子学に傾倒する。欲を捨て、自己の内なる理を高めていくべしとする学問で、儒官となった林羅山によって、幕府の官学とされた。

ところが、その朱子学に疑問を覚えた末、役に立たない空論と、痛烈に批判を試みた者がいる。林羅山の下で朱子学を学び、軍学者として赤穂《あこう》藩に仕えた経歴を持つ、山鹿素行《やまがそこう》である。

官学とされた朱子学への批判を耳にした正之は怒り、老中らの前で素行を糾弾したという。ついに素行は幕府に呼び出されて、江戸を追われることとなった。かつて仕えた赤穂藩へ預けられる処分が下されたのだ。

実は、素行の父親は、会津藩の重臣だった町野幸和に仕えていた。祖心尼の夫である。

しかも、春日局を頼って江戸へ出てきた祖心尼は、当時六歳だった素行を江戸で預かってもいた。素行が林羅山の下で学ぶことができたのは、春日局を通じて、祖心尼が手を貸したからなのだ。

その素行が、よりによって会津藩主の正之に糾弾されたあげく、江戸から放逐されたのだから、祖心尼はどれほど心を痛めたことだろうか。

正之が六十二歳で亡くなると、素行は許しを得られている。祖心尼がここでも手を貸したのではないだろうか。

祖心尼は、延宝三年に、八十八歳の生涯を終えた。春日局の背後に隠れて、その存在はあまり知られていない。今後の研究が進むことを切に期待したい。

参考文献

『台徳院殿御実紀』『大猷院殿御実紀』『厳有院殿御実紀』　吉川弘文館

『徳川秀忠』　山本博文　吉川弘文館

『徳川家光』　藤井讓治　吉川弘文館

『保科正之』　小池進　吉川弘文館

『松平信綱』　大野瑞男　吉川弘文館

『由比正雪』　進士慶幹　吉川弘文館

『平戸オランダ商館日記』　永積洋子　講談社学術文庫

『遊びをする将軍　踊る大名』　山本博文　教育出版

『教科書には出てこない江戸時代』　山本博文　東京書籍

『決定版　江戸時代考証総覧』　別冊歴史読本　新人物往来社

本作は書き下ろしです。

真保裕一（しんぽ・ゆういち）

1961年東京都生まれ。1991年『連鎖』で第37回江戸川乱歩賞を受賞し作家デビュー。1996年『ホワイトアウト』で第17回吉川英治文学新人賞、1997年『奪取』で第10回山本周五郎賞、第50回日本推理作家協会賞長編部門、2006年『灰色の北壁』で第25回新田次郎文学賞を受賞。他に『覇王の番人』『天魔ゆく空』『ダーク・ブルー』『シークレット・エクスプレス』、外交官シリーズ、「行こう！」シリーズ、小役人シリーズなど著書多数。

真《しん》・慶安太平記《けいあんたいへいき》

第一刷発行　二〇二一年十月二六日
第二刷発行　二〇二一年十二月二三日
著者──真保裕一《しんぽゆういち》
発行者──鈴木章一
発行所──株式会社　講談社
〒一一二─八〇〇一
東京都文京区音羽二─一二─二一
出版　〇三─五三九五─三五〇五
販売　〇三─五三九五─五八一七
業務　〇三─五三九五─三六一五
本文データ制作──講談社デジタル製作
印刷所──豊国印刷株式会社
製本所──株式会社若林製本工場
定価はカバーに表示しています。
落丁本・乱丁本は購入書店名を明記のうえ、小社業務宛にお送りください。送料小社負担にてお取り替えいたします。なお、この本についてのお問い合わせは、文芸第二出版部宛にお願いいたします。

ISBN 978-4-06-524998-7　N.D.C.913 326p 20cm